ro
ro
ro

Colin Dexter, 1930 in Stamford, Lincolnshire, geboren, lebt seit 1966 in Oxford. Seinen ersten Kriminalroman *(Der letzte Bus nach Woodstock)* schrieb er 1973 während eines verregneten Sommerurlaubs in Wales. Innerhalb kürzester Zeit gelang es ihm, für zwei seiner Romane den Silver Dagger der britischen Crime Writers' Association zu gewinnen. *Mord am Oxford-Kanal* und *Finstere Gründe* erhielten den Gold Dagger Award, die renommierteste britische Auszeichnung für Kriminalromane. 1997 wurde Colin Dexter für sein Lebenswerk der Diamond Dagger verliehen.

In Großbritannien und den Vereinigten Staaten erlangte Chief Inspector Morse breite Popularität als Hauptfigur einer erfolgreichen Fernsehserie. *Die Leiche am Fluss* ist Colin Dexters elfter Inspector-Morse-Roman.

COLIN DEXTER

Die Leiche am Fluss

Ein Fall für Chief Inspector Morse

Roman

Deutsch von
Ute Tanner

Rowohlt Taschenbuch Verlag

Neuausgabe April 2002

Deutsche Erstausgabe
Veröffentlicht im Rowohlt Taschenbuch Verlag GmbH,
Reinbek bei Hamburg, Juni 1996

Die Originalausgabe erschien 1994 bei Macmillan London Ltd.
unter dem Titel «The Daughter of Cain»

Redaktion Andreas Feßer
Umschlaggestaltung any.way, Cathrin Günther
Illustration Jürgen Mick
Gesamtherstellung Clausen & Bosse, Leck
Printed in Germany
ISBN 3 499 23222 7

Für die Mitarbeiter des Pitt Rivers Museum, Oxford,
mit meinem Dank für ihre geduldige Hilfe.

Oxford ist das Quartier Latin von Cowley
(Anonym)

PROLEGOMENA

Mittwoch, 25. Mai 1994

(I)

Natales grate numeras?
(Zählst du deine Geburtstage voll Dankbarkeit?)
(HORAZ, *Briefe II*)

Von montags bis freitags standen Julia Stevens' Chancen, ihre Post zu bekommen, ehe sie zur Schule mußte, fifty-fifty.

Deshalb zögerte sie am 25. Mai um 8.15 Uhr noch einen Augenblick vor der dunkelblauen Haustür ihres Reihenhäuschens in East Oxford. Noch keine Spur von ihrem Briefträger. Aber heute würde er bestimmt etwas für sie dabeihaben.

Manchmal überlegte sie, ob sie ihren Ex-Ehemann, von dem sie sich vor acht Jahren wegen mehrfachen Ehebruchs hatte scheiden lassen, nicht doch noch ein kleines bißchen liebte. Besonders wenn sie an den Gruß dachte, den er ihr vor genau einem Jahr geschickt hatte – eine riesengroße geschmacklose Karte mit roten Rosen, über die sie sich doch mehr gefreut hatte, als sie zugeben mochte. Vor allem wegen der wenigen Worte, die er draufgeschrieben hatte: «Vergiß nicht, daß wir auch gute Zeiten miteinander hatten.»

Müßte sie es nicht – wenn überhaupt jemandem – wenigstens ihm sagen?

Aber da war ja noch Brenda. Ihre liebe, treue, unentbehrliche

Brenda. Bestimmt würde ein Umschlag auf dem «Welcome»-Fußabtreter liegen, wenn sie nachmittags von der Schule kam.

Die (heute) sechsundvierzigjährige Julia Stevens mit dem tizianroten Haar wäre mit ihrem Leben (zumindest eine Spur) zufriedener gewesen, wenn sie sich hätte sagen können, daß sie nach fast dreiundzwanzig Jahren noch immer Freude an dem von ihr gewählten Beruf hatte. Doch das war nicht der Fall, und sie wußte, daß sie ohnehin bald das Handtuch geworfen hätte, auch ohne daß...

Auch ohne daß...

Aber diesen Gedanken verbannte sie rasch in einen der verborgensten Winkel ihres Bewußtseins.

Schuld an der Berufsmüdigkeit waren nicht so sehr ihre dreizehn- bis achtzehnjährigen Schüler, obschon einige wohl selbst die Geduld einer Mutter Teresa auf eine harte Probe gestellt hätten, sondern das System: Lehrplangestaltung, Ziele und Absichten (wo war da der Unterschied?), Bewertungskriterien, Einzelgespräche, Elternberatung, Anforderungsprofile, Prüfungen... Woher sollte man da noch die Zeit zum *Unterrichten* nehmen?

Bei einer Lehrerkonferenz Anfang des Jahres war sie aufgestanden und hatte mutig gesagt, was ihr nicht paßte, aber der Schulleiter war auf ihre Kritik kaum eingegangen. Wozu auch? Schließlich hatte er seinen Posten ja gerade deshalb bekommen, *weil* er mit Begriffen wie Lehrplangestaltung, Bewertungskriterien und dergleichen so routiniert zu jonglieren verstand. Ein ideenreicher junger Mann, der aber, wie man munkelte, während seiner kurzen Phase als Lehrer nicht einmal bei den himmlischen Heerscharen Zucht und Ordnung hätte halten können.

Julia Stevens lächelte etwas melancholisch, als sie ihr Jobticket aus der Handtasche holte und in einen der roten Oxforder Doppeldeckerbusse stieg.

Nur gut, daß in der Schule niemand wußte, daß sie heute Geburtstag hatte. Zumindest keiner ihrer Schüler. Bei der Vorstellung, zu Beginn einer Stunde würde die versammelte Klasse plötzlich «Happy Birthday, Mrs. Stevens!» anstimmen, bekam ihr blasses Gesicht mit den hohen Wangenknochen einen Anflug von

Röte. Ihr Vertrauen zum Allmächtigen war nicht mehr sehr groß, aber in diesem Moment war ihr fast nach Beten zumute.

Und Ziel (oder Absicht?) ihres Gebetes müßte es dann wohl zuvörderst sein, sich einen kakophonischen Geburtstagschor ihrer 5C zu ersparen. Ansonsten war die 5C gar nicht so übel, und sie, Julia Stevens, *mirabile dictu*, gehörte zu den wenigen Kollegen, die mit dieser aufmüpfigen, buntgemischten Schar fertig wurden. Nein, wenn schon gebetet werden mußte, dann für etwas viel, viel Wichtigeres.

Wichtiger für sie selbst...

Sie hätte sich keine Sorgen zu machen brauchen. Weder im Kollegium noch in den sechs Klassen, in denen sie an diesem Tag unterrichtete, gratulierte ihr jemand.

Dabei gab es in der 5C einen Schüler, der ganz genau wußte, wann Mrs. Stevens Geburtstag hatte – am gleichen Tag wie er selbst nämlich. Am 25. Mai. War es dieser seltsame Zufall, der ihnen all diesen Ärger eingebrockt hatte?

Ärger? Allerdings.

Im Horoskop des letzten *Sunday Mirror* hatte Kevin Costyn interessiert seinen persönlichen «Schlüssel zum Schicksal» gelesen.

Zwillinge

Der einsame Planet steht ganz im Banne der liebreizenden Venus. Jetzt treten erregende Tatsachen an die Stelle falscher Hoffnungen. Ein Maximum an geistiger Energie ermöglicht es Ihnen, den Weg zu einem schwer zugänglichen Menschen zu finden, der Ihnen sehr am Herzen liegt. Nur ruhig Blut!

«Ein Maximum an geistiger Energie» war nun nicht gerade Kevins Stärke. Aber wenn sich der bewußte schwer zugängliche Mensch nur durch eine derartige Kraftanstrengung erobern ließ, war er bereit, sich ausnahmsweise mal ins Zeug zu legen. Vielleicht klappte das ja besser als die Brutalomasche, mit der er es beim ersten Anlauf probiert hatte. Damals hatte er sich bemüht, einer seiner Lehrerinnen näherzukommen.

Als er versucht hatte, Julia Stevens zu vergewaltigen.

(II)

Chaos herrscht' in der Klasse,
Die mutig der Lehrer betrat.
Die Rüpel sich nicht um ihn scherten,
Sein Zustand ward desolat.
(Roger McGough, *The Lesson*)

Mit seinen (heute) siebzehn Jahren war Kevin Costyn unbestritten der Anführer der vierundzwanzig Schülerinnen und Schüler der Klasse 5C der Proctor Memorial School, East Oxford. Er war vierzehn Monate älter als der Klassendurchschnitt, weil sein Intelligenzquotient – gemessen an den üblichen psychometrischen Kriterien – erheblich unter dem Durchschnitt seines eigenen Jahrgangs lag.

Früher war in Kevins Zeugnissen noch mit verhaltenem Optimismus davon die Rede gewesen, mit Fortschritten sei zu rechnen, falls er sich entschlösse, seine brachliegenden geistigen Fähigkeiten zu aktivieren. Doch schon vor vielen Trimestern hatten seine Lehrer jede Hoffnung aufgegeben, ihn zu nennenswerten schulischen Leistungen animieren zu können.

Trotz – oder vielleicht gerade wegen – dieser intellektuellen Defizite stellte Kevin einen erheblichen Machtfaktor und eine nicht zu unterschätzende Bedrohung dar, und wenn es einen Schüler gab, der es fertigbrachte, seine Lehrer in den Ruhestand, in die Kündigung, ja sogar in den Selbstmord zu treiben, so war dies Kevin Costyn, der sich in der Schule ebenso bösartig und gewalttätig aufführte wie auf der Straße. Im laufenden Sommertrimester hatte er sich nur für die alljährlich stattfindenden Wahlübungen in der

Schule interessiert, die den Parlamentswahlen nachempfunden waren und bei denen er sich als Kandidat der British National Party profiliert hatte.

Die Lehrer zitterten, wenn er im Klassenzimmer saß, und priesen das Schicksal, wenn er (angeblich) krank war, schwänzte, als Zeuge zu einer Gerichtsverhandlung oder zwecks neuerlicher Verwarnung zur Polizei bestellt war oder einen Termin bei Bewährungshelfern, Sozialarbeitern oder Psychiatern hatte. Im Unterricht störte er nur dann nicht, wenn nächtliche Ausschweifungen seine subversiven Neigungen etwas gebremst hatten.

Sein Stammplatz war in der ersten Reihe, rechts vom Mittelgang. Das hatte drei gute Gründe. Erstens konnte er sich dort leicht umdrehen, um eventuelle Krawallaktionen zu dirigieren. Zweitens war er (was er nie zugegeben hätte) ein bißchen schwerhörig; der Unterricht selbst interessierte ihn zwar nicht, aber seine verbale Schlagfertigkeit gegenüber den Lehrkräften litt deutlich, sobald er seinen Kontrahenten akustisch nicht mehr folgen konnte. Drittens war die von der Natur recht großzügig ausgestattete Eloise Dring wegen ihrer Kurzsichtigkeit (und weil sie sich weigerte, eine Brille zu tragen) darauf angewiesen, der Tafel so nah wie möglich zu sein. Eloise – das attraktivste Mädchen in der Klasse – saß also in der vordersten Reihe. Und Kevin Costyn wollte ganz nah bei Eloise sitzen.

Da saß er also und wußte nicht, wo er in dem viel zu kleinen Pult die langen Beine lassen sollte. Seine Füße steckten in abgewetzten Tretern, die er von einem verflossenen Freund seiner Mutter geerbt hatte. Diese, eine schlampig-üppige Alleinerziehende, hatte ihren einzigen Sohn auf einem Rastplatz an der Cowley Ring Road empfangen (unter Begleitumständen, an die sie sich nur noch dunkel erinnerte) und wohnte in einer Sozialsiedlung, die bei den finanziell bessergestellten Bewohnern der angrenzenden Straßen nur Nuttendorf hieß.

Kevin war ein schlaksiger, grobknochiger junger Mann mit langen dunklen, ungewaschenen Haaren und ziemlich dürftigem Bartwuchs auf Oberlippe und Kinn. An diesem Tag trug er ein gebatiktes T-Shirt und zerschlissene Jeans. Sein mürrisches, langgezogenes Gesicht sah aus wie von einem magenkranken El Greco gemalt, und auf dem linken Unterarm hatte er eine Tätowierung, die an diesem kühlen Tag vom Ärmel eines angeschmuddelten weißen Sweatshirts verdeckt wurde. In der Schule kannte praktisch jeder diese Tätowierung, einschließlich des Schulleiters, der im vergangenen Trimester in einem seltenen Anflug von Mut Costyn zu sich zitiert und nach dem tieferen Sinn dieser Epidermisdekoration gefragt hatte. Und Kevin war in der glücklichen Lage gewesen, ihm zu erklären, wie der eindeutige Spruch «Fuck 'em All!» im allgemeinen von der Öffentlichkeit (mit und ohne Hochschulabschluß) interpretiert wurde.

So jedenfalls gab Kevin später das Gespräch wieder.

Sein Ansehen war in letzter Zeit in geradezu schwindelerregende Höhen gestiegen, was angesichts zweier Aufenthalte in einer Besserungsanstalt für jugendliche Straftäter nicht verwunderlich war. Hinzu kamen zwei weitere Aspekte, die seine Macht und seinen Einfluß mehrten. Erstens ging von ihm eine Aura primitiver, aber offenbar unwiderstehlicher Sexualität aus, die viele Mädchen magnetisch anzog. Zweitens besuchte er seit seinem zwölften Lebensjahr den Kampfsportkurs eines kleinen Chinesen, von dem die Fama ging, er habe ohne fremde Hilfe eine Street-Gang so lange bearbeitet, bis sie, auf dem Gehsteig liegend, um Gnade gefleht hätten. Kevin konnte dank der dort erworbenen Fähigkeiten Furcht und Schrecken verbreiten, was er auch häufig tat.

«KC» stand in roten Buchstaben auf dem Mädchenklo: Kevin Costyn; Karate-Champion; King of the Condoms... oder was einem sonst noch dazu einfiel.

In der Proctor Memorial School war es früher Sitte gewesen, daß die Schüler aufstanden, wenn ein Lehrer das Klassenzimmer betrat, und hin und wieder erinnerte sich die eine oder andere Klasse tatsächlich noch dieser Gepflogenheit. Als Mrs. Stevens an ihrem Geburtstag nachmittags die 5C betrat, erhoben sich auf ein Zeichen von Kevin Costyn alle Schülerinnen und Schüler in schöner Einmütigkeit, und das Stimmengewirr verstummte so jäh, als habe ein Maestro mit dem Taktstock ans Pult geklopft.

Es war wie die Stille vor dem Sturm.

(III)

Als ich den Schritt von Schülern hörte,
die meine alte knarrende Treppe hochstiegen,
kam ich mir vor wie eine abgeschlaffte Hure,
die auf ihre Freier wartet.
(A. L. Rowse, *On Life as an Oxford Don*)

Er stand vor der rostigen Gegensprechanlage. «Ich bin's nur», sagte er.

Ein kurzes fernes Surren, ein Klicken, dann ihre Stimme: «Es ist offen.»

Er ging die drei Treppen mit dem abgetretenen Läufer hoch und dachte an die junge Frau, die ganz oben wohnte. An das blasse, abgezehrt wirkende Gesicht, die Augen, die (so dachte McClure bei sich) vielleicht einmal gestrahlt hatten wie die der Athena Glaucopis, jetzt aber von einem stumpfen Schlammgrün waren wie das Wasser des Oxford-Kanals. Die Stupsnase, die in der Form ein wenig an einen Übungshang für junge Skihasen erinnerte, verunstalteten (seiner Ansicht nach) zwei billige silberne Ringe in den Nasenflügeln. Die eher zu schmalen Lippen (am aristotelischen Mittel gemessen) waren dick mit orangefarbenem Lippenstift nachgezogen – ein Farbton, den jede nur einigermaßen kompetente Make-up-Beraterin ihr sofort verboten hätte, weil er sich ganz und gar nicht mit den stümperhaft eingefärbten roten Strähnen im langen dunkelbraunen Haar vertrug.

Wozu aber diese Details von Gesicht und Haar? Der zweite Kunde, den die junge Frau an diesem Mittwoch, dem 25. Mai, empfing, hatte ganz anderes im Sinn, als er ein wenig atemlos die letzten Stufen der schmalen, engen Treppe erklomm.

Die junge Frau schlug die schmuddelige Tagesdecke zurück, beförderte mit einem gezielten Tritt einen Schlüpfer hinter die abgeschabte Couch, schenkte Rotwein (2,99 Pfund vom Discounter) in zwei Gläser, setzte sich auf das schmale Bett und aß, als es leise klopfte, rasch noch ihren Marsriegel auf.

Sie trug eine zerknitterte, hochgeschlossene lindgrüne Bluse, an weißen Strapsen schwarze Nylonstrümpfe, die den halben Oberschenkel unbedeckt ließen, und rote Stöckelschuhe. Mehr nicht. So wollte er sie haben; so war sie. Not macht erfinderisch. Und nachdem die Schuldenlast auf der Eigentumswohnung, die sie sich vor fünf Jahren auf der Höhe des Immobilienbooms zugelegt hatte, immer drückender geworden war, die Maschinenbaufirma ihr die Stellung im Verkaufsbüro gekündigt hatte und ihr Alkoholkonsum stetig stieg, mußte sie sich etwas einfallen lassen. So hatte sie sich schließlich einen... neuen Job gesucht.

Daß die Arbeit sie befriedigte, hätte sie guten Gewissens nicht behaupten können. Andererseits war es die bei weitem anspruchsloseste und bestbezahlte Tätigkeit, die sie je gehabt hatte, und sie wußte, daß sie ihre Sache gut machte. Sobald sie die ärgsten Schulden los war, würde sie Schluß machen, ganz klar. Je schneller, desto besser.

Sorgen machte ihr gelegentlich nur der Gedanke, ihre Mutter könne erfahren, daß sie sich ihren Lebensunterhalt als billige Nutte verdiente. Nein, so stimmte das nicht. Als teure Nutte, wie ihr derzeitiger Freier bestätigen konnte. Was sie nicht daran hinderte, sich mies und billig zu fühlen.

Als es zum zweitenmal klopfte, stand sie auf, rückte die linke Strumpfnaht gerade, machte die Tür auf und wenig später auf dem schmalen Bett die Beine breit, die stark geschminkten Augen auf einen feuchten Fleck über ihrem (und ziemlich schnell auch über seinem) Kopf gerichtet.

Es war alles recht simpel. Aber sie hatte nie das Gefühl, wirklich befriedigt zu werden. Ein Mindestmaß an körperlicher Anziehung, das war alles. Kurioserweise *wünschte* sie sich manchmal, daß da mehr wäre. Doch da war absolut nichts. Ganz selten einmal hatte sie für einen Freier so etwas wie Zärtlichkeit empfunden. Dieser hier war eine Ausnahme. Sie hatte sogar überlegt, ob sie, wenn er starb – immerhin war er schon fast siebenundsechzig – wohl ein paar Tränen zerdrücken würde.

Daß man dieses irdische Jammertal auch anders als durch einen natürlichen Tod verlassen konnte, war ihr damals nicht in den Sinn gekommen, und nie hätte sie sich träumen lassen, daß ihr heutiger Kunde, Dr. Felix McClure, eremitierter Professor für Alte Geschichte am Wolsey College, Oxford, in Kürze einem Mord zum Opfer fallen würde.

(IV)

Ein hochgradig geologischer
selbstgebackener Kuchen.
(CHARLES DICKENS, *Martin Chuzzlewit*)

Der Briefträger hatte Julia Stevens nur eine Sendung gebracht, einen braunen Umschlag mit der Gasrechnung, der in ihrer kleinen Diele an der Tischlampe lehnte.

Auf dem Tisch im Wohnzimmer aber lag ein zweiter Umschlag, dessen hintere Umschlagklappe nicht zugeklebt war, daneben eine üppig mit Zuckerguß verzierte Torte mit der Aufschrift «Happy Birthday, Mrs. Stevens», in Rot auf weißem Grund. Das Zuckerblumenarrangement war in Lila und Grün gehalten.

Brenda Brooks nannte ihre Arbeitgeberin, bei der sie nun seit immerhin fast vier Jahren für Sauberkeit sorgte, nie anders als Mrs. Stevens. So auch jetzt – sowohl auf dem Kuchen als auch in dem Brief, der ihrer Geburtstagskarte beilag:

Liebe Mrs. S.,

nur ganz kurz herzliche Glückwünsche zum Geburtstag, hoffentlich macht Ihnen die Überraschung ein bißchen Freude. Allzu genau dürfen Sie nicht hinschauen, es hat einen kleinen «Unfall» gegeben und die Dekoration ist nicht besonders geworden. Die Blumen waren gerade fertig und sollten trocknen und da ist mir eine Schüssel aus der Hand gefallen und hat alles kurz und klein geschlagen. Ich habe was Unfeines gesagt und nochmal von vorn angefangen und schließlich hab ich es dann doch geschafft.

Also dieser kleine «Unfall»... Ich will Ihnen sagen wie es wirklich war. Vor ein paar Wochen hat mein Mann mit mir Streit angefangen und mein Arzt meint daß er mir dabei vielleicht einen Handknochen gebrochen hat. Deshalb komme ich mit dem Spritzbeutel nicht so gut zurecht. Nächste Woche wollte ich den Fortgeschrittenenkurs anfangen. Die 38 Pfund hat er mir erspart!

Viel Spaß heute, wir sehen uns morgen früh, ich freu mich schon.

Alles Liebe,
Brenda (Brooks)

Julia las den Brief noch einmal, besah sich erneut liebevoll den Kuchen und war plötzlich sehr gerührt – und sehr zornig. Sie wußte, wieviel Freude Brenda der Dekorationskurs an der Abendschule gemacht hatte und wie stolz sie auf ihre Leistungen war. Gewiß, die Verletzung war sicher nicht weltbewegend, aber die Sache im Grunde doch furchtbar traurig. Das «Mrs.» war wirklich ziemlich verwackelt, die beiden Ypsilons von Happy Birthday entschieden verunglückt, wie von zitternder Hand geschrieben. Ein Gefühl, das sie sich nicht recht erklären konnte, trieb sie zu sofortigem Handeln. Sie holte ihr breitestes, schärfstes Kuchenmesser, schnitt ein großes Stück Torte mit dem verwackelten *Mrs.* ab und aß es auf der Stelle.

Die Torte bestand aus vier Biskuitböden mit Sahne-, Erdbeerkonfitüre- und Zitronenbuttercremefüllung und schmeckte köstlich. Nur schade, daß niemand da war, dem sie etwas hätte abgeben können.

Zehn Minuten später läutete das Telefon.

«Ich hab in der Schule nichts gesagt, Miss, aber ich wollt Ihnen doch gratulieren.»

«Von wo rufst du an, Kevin?»

«Ich steh hier an der Ecke, an der Bushaltestelle.»

«Hättest du Lust, vorbeizukommen und ein Stück Geburtstagstorte mit mir zu essen? Du hast doch heute auch Geburtstag, nicht?»

«Laß ich mir nich zweimal sagen, Miss.»

Nachdenklich, mit einem leichten Lächeln auf den vollen Lippen, ging Julia zurück ins Wohnzimmer und schnitt mit demselben Messer – dem breitesten, schärfsten Messer, das sie in ihrer häuslichen Waffenkammer hatte – noch zwei Stück Torte ab. Der zweite Schnitt ging genau durch das mißratenere der zwei Ypsilons.

(V)

Lumberjack Hafey, Lehrer in Mandan, tüftelte zwei Wochen
an einem schwierigen Kreuzworträtsel und verlor darüber den
Verstand, weil er das letzte Wort nicht herausbekam.
Man fand ihn in seinem Gartenhaus, wo er auf dem Boden hockte,
sich die Haare raufte und unverständliche Worte murmelte.

(*Illinois Chronicle*, 3. Oktober 1993)

Detective Sergeant Lewis fand seinen Chef in dessen Büro, wo er, auf dem äußersten Rand seines schwarzen Ledersessels sitzend, kopfschüttelnd über dem Kreuzworträtsel der *Times* brütete.

«Noch nicht fertig, Sir?»

Morse sah kurz und mit kaum verhülltem Ärger auf. «Sie sehen doch, daß mir nur noch ein einziges Wort fehlt, Lewis! Alle anderen habe ich glatt in sechs Minuten geschafft, und ohne diese Störung ...»

«Tut mir leid.»

«Nein, das nehme ich zurück. Seit zehn Minuten sitze ich jetzt hier und starre das verdammte Ding an.»

«Kann ich helfen?»

«Sollte mich sehr wundern.»

«Ich könnte es doch mal versuchen.»

Widerstrebend reichte Morse ihm das Blatt. «Freund und Gefährte», las Lewis. Drei der neun Buchstaben hatten sich bereits ergeben: .L . . H . . . N.

Wenig später warf Lewis das Handtuch. Er hatte sich redlich Mühe gegeben, einen brauchbaren Vorschlag zu machen und bei seinem Vorgesetzten Punkte zu sammeln, aber ihm war einfach nichts eingefallen.

«Wenn es Ihnen recht ist, Sir, würde ich mich heute vormittag gern mal ein bißchen in St. Aldate's umsehen, vielleicht finden wir doch eine Verbindung zwischen diesen Einbrüchen in North Oxford.»

«Viel Glück. Aber vergessen Sie nicht, daß ich auch dort wohne. Daß Sie den Typen bloß nicht meine Adresse geben...»

Sobald Lewis weg war, nahm sich Morse wieder sein Kreuzworträtsel vor. Daß er nicht alle Kästchen ausfüllen konnte, passierte selten, meist war er sogar ziemlich schnell fertig. Hätte er jetzt einen doppelten Scotch, würde ihm die Antwort sicher förmlich in die Augen springen. Aber es war erst 8.35 Uhr, und –

Moment mal... Freund und Gefährte? Scotch! Er zählte nach. Die Zahl der Buchstaben kam nicht hin, aber vom Ansatz her war die Idee nicht schlecht. Das mußte er gelegentlich mal Lewis erzählen...

Doch Lewis sollte erst viele Monate später durch Zufall erfahren, welches Wort seinem Chef im Kreuzworträtsel der *Times* vom 25. Mai 1994 gefehlt hatte, einem Tag, an dem (wie sich im nachhinein herausstellen sollte) soviel Bedeutsames geschehen war.

TEIL EINS

1

Pension: eine bestimmte Geldsumme, die gealterten Mietlingen nach lebenslanger leidlicher Pflichterfüllung meist widerwillig zugebilligt wird.
(*Small's Enlarged English Dictionary,* 12th Edition)

Am 31. August 1994 kurz nach zwölf Uhr saß Chief Inspector Morse an seinem Schreibtisch im Präsidium der Thames Valley Police in Kidlington, Oxfordshire, als das Telefon läutete.

«Morse? Sie sind ja noch da! Und ich dachte, Sie sitzen schon im Pub.»

Morse überhörte den Spott und bestätigte Chief Superintendent Strange, er sei in der Tat noch da.

«Zweierlei, Morse... aber ich komme am besten mal selber vorbei.»

«Soll ich nicht...?»

«Bewegung tut mir gut. Findet meine Frau.»

Nicht nur deine Frau, kommentierte Morse halblaut, nachdem er aufgelegt hatte, und machte zwischen den Aktenbergen ein Stück Schreibtischplatte frei.

Fünf Minuten später kam Strange schwerfällig hereingetappt und ließ sich in den Besuchersessel sinken.

«Jetzt werden Sie ja vielleicht Ihr Türschild ändern müssen.»

Strange und Morse waren nicht befreundet, aber sie hatten auch nie gegeneinander gearbeitet, und Morse nahm deshalb die gutmütigen Frotzeleien des Superintendent nicht übel, die an der Tagesordnung waren, nachdem der Sheehy-Bericht vor einem halben Jahr empfohlen hatte, den Rang des Chief Inspector abzuschaffen. Er frotzelte höchstens zurück, denn auch dem Chief Superintendent drohte durch diesen Bericht die Herunterstufung.

Schwer atmend und deutlich vergrätzt schüttelte Strange den Kopf. «Es ist wie eine Degradierung in der Army. Ausgesprochen... ausgesprochen...»

«Herabsetzend?» schlug Morse vor.

Strange sah ihn scharf an. «Entwürdigend wollte ich sagen. Trifft es bedeutend besser. In meiner Muttersprache kenne ich mich nämlich aus.»

Nicht schlecht, dachte Morse und überlegte, wie schon so oft, daß er und seine Kollegen gut daran taten, den Chief Superintendent nicht zu unterschätzen.

«Was kann ich für Sie tun, Sir? Zweierlei, haben Sie gesagt...»

Strange zögerte einen Augenblick. «Na ja... das ist die eine Sache. Das, wovon wir eben gesprochen haben. Sie haben sicher schon gehört, daß ich nächstes Jahr aufhöre.»

Morse nickte zurückhaltend.

«Und ebendarum geht es. Um die Pension.»

«Die Pension wird davon nicht berührt.»

«Glauben Sie?»

«Bestimmt nicht. Es muß eben alles seine Ordnung haben, deshalb bekommt man diesen Haufen Formulare...»

«Woher wissen Sie das?» Strange hob rasch den Kopf, und jetzt war es Morse, der ein wenig mit der Antwort zögerte.

«Ich – äh – denke auch daran, aufzuhören, Sir.»

«Das können Sie doch nicht machen! Wenn die Sie und mich gleichzeitig verlieren, können sie hier doch einpacken.»

«Für mich wären es ja sowieso nur noch zwei Jahre.»

«Sie haben also diesen Formularkram auch gekriegt?»

Morse nickte.

«Und etwa auch schon ausgefüllt?» fragte Strange ganz fassungslos.

«Noch nicht, nein. Wenn ich Formulare sehe, krieg ich sofort Kopfschmerzen.»

Stranges Mondgesicht strahlte. «Genau dasselbe hab ich zu meiner Frau gesagt.»

«Könnte sie Ihnen nicht beim Ausfüllen ein bißchen unter die Arme greifen?»

«Angeblich kriegt sie dann auch sofort Kopfschmerzen.»

Die beiden Männer lachten.

«Na ja, wenn ich...», sagte Morse vorsichtig. «Wir könnten ja mal zusammen...»

«Würden Sie das tun? Also, da fällt mir direkt ein Stein vom Herzen. Wir sollten gleich nächste Woche ein Bier trinken gehen, ich kaufe eine Schachtel Aspirin...»

«Zwei Bier wären besser.»

«Und zwei Schachteln Aspirin.»

«Gemacht.»

«Na bestens! Jetzt also zum zweiten, sehr viel wichtigeren Punkt.»

Morse zog die Augenbrauen hoch. «*Sehr viel* wichtiger als die Pension?»

«Sagen wir: *Etwas* wichtiger.»

«Mord?»

«Mord.»

«*Noch* einer?»

«Derselbe. McClure.»

«Den bearbeitet Phillotson.»

«Nicht mehr.»

«Aber...»

«Seine Frau ist krank. Sehr krank. Sie übernehmen den Fall.»

«Aber...»

«Sie haben keine schwerkranke Frau. Sie haben nämlich gar keine Frau.»

Dagegen war nichts zu sagen. «Ist Lewis...»

«Ich hab ihn kurz in der Kantine gesprochen. Kommt her, sobald er seine Setzeier mit Pommes verdrückt hat. Im übrigen...» Strange wuchtete seinen schweren Körper mühsam aus dem Sessel hoch. «Im übrigen hab ich das Gefühl, daß Phillotson mit dem Fall sowieso nicht sehr weit gekommen wäre.»

«Ich höre immer Gefühl...»

«Was dagegen?» blaffte Strange. «Haben Sie so was nie?»

«Hin und wieder...»

«Wenn Sie zuviel getrunken haben.»

«Oder zuviel durcheinander. Ein paar Pints und eine Flasche Wein zum Beispiel...»

Strange nickte. «Dann gehen wir wohl demnächst gemeinsam auf den Gefühlstrip. Mit ein paar Pints und einer Packung Aspirin.»

Er machte die Tür auf und sah sich noch einmal das Namensschild an. «Vielleicht brauchen wir die Türschilder doch nicht zu ändern, Morse.»

2

Wie der süße Apfel, der an dem höchsten
Ast, dem allerletzten Zweiglein reift,
Den der Pflücker vergaß – nein, nicht vergaß,
sondern nicht bekam, denn bisher hat keiner
ihn erlangt.
(D. G. Rossetti, *Übersetzung aus Sappho*)

Erst zum zweitenmal übernahm Morse eine Mordermittlung, deren erste – und unvermeidlich dramatischste – Phase bereits abgeschlossen war: die Entdeckung der Tat, die Aufgeregtheiten der Medien, die Ermittlungen am Tatort, der Abtransport der Leiche.

Man käme sich vor wie jemand, der fünfundzwanzig Minuten zu spät zu einem Fußballspiel kommt und seinen Nebenmann fragen muß, wie es steht, hatte Lewis sehr treffend bemerkt. Leider konnte er mit diesem Bonmot bei Morse nicht recht landen, denn dessen Leben wäre nicht wesentlich ärmer gewesen, wenn der Ballsport nie erfunden worden wäre.

In gewisser Hinsicht war Morse sogar ganz froh, daß ihm die Untersuchung der Leiche am Tatort erspart geblieben war. Beim Anblick eines gewaltsam zu Tode gekommenen Menschen begann es unweigerlich in seinem Bauch zu rumoren. Und Felix McClure war, wie er wußte, *sehr* gewaltsam zu Tode gekommen, es war viel Blut geflossen, das – inzwischen angetrocknet und schmutzigbraun – innerhalb der Kreidelinie auf dem beigefarbenen Teppich sicher noch deutlich zu sehen war. Einer Kreidelinie, die jene Stelle bezeichnete, an der man das Opfer mit einer schlimmen Messerwunde im Unterbauch gefunden hatte.

«Was haben die da oben gegen Phillotson?» fragte Lewis auf der Fahrt nach North Oxford.

«Nichts. Nur daß er einigermaßen inkompetent ist. Nein, mal im Ernst: Es ist wegen seiner Frau, sie ist operiert worden, und irgendwas muß schiefgegangen sein.»

«Unterleib?»

«Fragen Sie mich was Leichteres, Lewis. Ich weiß ja nicht mal genau, was man als Unterleib definiert. Scheußliches Wort übrigens.»

«Ich meine ja nur.»

«Und ich antworte ja nur. Das mit seiner Frau wird schon wieder. Er war heilfroh, daß er aussteigen konnte.»

«Aber der Super meint, daß er den Fall sowieso nicht gepackt hätte?»

«Hätte er auch nicht. Er ist nicht gerade der Schlaueste im Revier.»

Lewis streifte den Mann auf dem Beifahrersitz, den Mann mit den arrogant blickenden, harten blauen Augen und dem selbstzufriedenen Lächeln, mit einem raschen Blick. Es war diese Überheblichkeit, die Lewis an seinem Chef gegen den Strich ging, mehr noch als dessen Geiz und permanenter Undank. Plötzlich erfaßte ihn ein heftiger Widerwille gegen Chief Inspector Morse.

Aber das war gleich wieder vorbei. Denn Morse deutete, wieder ernst geworden, nach rechts zur Daventry Avenue und setzte hinzu, während der Wagen vor einem Wohnblock hielt:

«Wir stehen ziemlich allein auf weiter Flur, Lewis, ich und Sie. Ist Ihnen das klar? Über uns ist nicht mehr viel.»

Doch während er den Gurt löste, wurde sein Gesichtsausdruck nachdenklich.

«Nous vieillissons, n'est-ce pas?»

«Wie bitte?»

«Wir werden alle nicht jünger. Und das ist das einzige, was mir an diesem Fall Sorgen macht, alter Freund.»

Und dann lächelte er wieder, und Lewis sah es und lächelte mit, denn in diesem Moment war er mit seinem Leben überaus zufrieden.

Der Polizist vor dem Haus erbot sich, sie nach oben zu begleiten, aber Morse schüttelte den Kopf und sagte unnötig schroff: «Wenn Sie mir den Schlüssel geben, genügt das vollauf, mein Junge.»

Nur zweimal acht Stufen führten in den ersten Stock, trotzdem schnaufte Morse hörbar, als Lewis die Tür der Maisonettewohnung öffnete.

«Ja...» Morse war in Gedanken noch bei Phillotson. «Für diesen Fall wäre er so geeignet gewesen wie ein Legastheniker zum Korrekturlesen.»

«Das ist gut, Sir, sehr gut. Von Ihnen?»

Die Formulierung stammte von Strange, aber Morse hatte keine Hemmungen, sich anderer Leute Bonmots auszuleihen. Außerdem hatte Strange diesen Vergleich wahrscheinlich auch nur irgendwo gelesen.

Langsam öffnete sich die Tür zu einem neuen Fall.

Und Lewis, der durch die kleine Diele zum Tatort schritt, war gespannt, wie es hier wohl laufen würde.

Auf den ersten Blick schien der Mord an Dr. Felix McClure, eremitierter Professor am Wolsey College, Oxford, über den vor zwei Stunden Detective Chief Inspector Phillotson sechzig Minuten lang referiert hatte, kein außergewöhnlicher Fall zu sein.

Aber im Lauf der Ermittlungen hatten sich oft verwirrende, ja bizarre Aspekte ergeben, und das würde trotz Phillotsons bisheriger Ermittlungen diesmal vermutlich nicht anders sein.

In dieser Hinsicht sollte Lewis recht behalten. Welche Seelenqualen aber Morse diesmal erwarteten, konnte Lewis in diesem Moment noch nicht ahnen, und er würde wohl auch nie ganz ermessen können.

3

Mit Eifer sucht' ich auf als junger Mann
Den Doktor und den Heiligen und hört' mir an
Der weisen Reden viel; der Reden für und für,
Doch ob ich kam, ob ging – stets war's dieselbe Tür.
(EDWARD FITZGERALD, *Die Rubaiyat des Omar Chayyam*)

Mit dem Verkauf der acht Luxusapartments des 1989 in der Daventry Avenue erbauten Daventry Court (so hatte Phillotson seine Ausführungen begonnen) hatte man sich schwergetan. Die Immobilienpreise waren während der Rezession Anfang der neunziger Jahre immer weiter in den Keller gerutscht, so daß McClure, als er im Frühjahr 1993 die Wohnung gekauft hatte, mit einem Preis von 99 500 Pfund ein echtes Schnäppchen gemacht hatte.

McClure, zur Zeit des Mordes fast siebenundsechzig, war (wie Morse sich in Kürze selbst würde überzeugen können) auf bestialische Art und Weise erstochen worden. Das Messer hatte nach den Feststellungen des Pathologen eine ungewöhnlich breite, mehr als 12 Zentimeter lange Klinge gehabt. Eine solche Waffe allerdings hatte sich nirgends gefunden. Blut? Ja, Blut war überall. Auch an der Person des Mörders? Ja, sicher.

Mit Sicherheit Blut an seinen Schuhen (Turnschuhen?), die Spuren – besonders des rechten Fußes – ließen sich mühelos vom Tatort zur Treppe und zum Ausgang verfolgen, von dort verloren sie sich auf dem gekiesten Vorplatz. Oder war der Mörder mit einem nah beim Ausgang geparkten Wagen weggefahren? Oder mit einem Fahrrad, das er an die nächstbeste Regenrinne gekettet hatte? (Vielleicht hat er ja auch die Schuhe ausgezogen, dachte Lewis.) Trotz intensiver Suche hatte man weder auf dem Vorplatz noch seitlich am oder hinter dem Wohnblock irgendwelche Hinweise gefunden.

(Außer dem an sich schon aufschlußreichen Hinweis, daß es keine Spuren gibt, dachte Morse.)

Im Haus? Ja, auch davon würde Morse sich in Kürze selbst überzeugen können. Fremde Fingerabdrücke? Praktisch keine. Und nichts sprach dafür, daß der Täter durch ein Fenster im ersten Stock in die Wohnung eingedrungen war.

«Sehr ungewöhnliche Art des Zugangs, wie Sie wissen. Mit ziemlicher Sicherheit ist er durch dieselbe Tür hinausgegangen, durch die er hereingekommen ist.»

«Wie bei Omar Chayyam», sagte Morse halblaut.

Phillotson guckte verdattert, der Name sagte ihm offenbar nichts.

Zugang von der Haustür aus, die eine Gegensprechanlage hat. McClure selbst muß den Besucher – oder die Besucherin – hereingelassen haben. Demnach jemand, den McClure kannte? Höchstwahrscheinlich.

Die Zeit? Auf jeden Fall am Sonntag morgen nach halb neun, denn gegen acht hatte McClure in dem Zeitungsladen in Summertown, wo man ihn vom Sehen, wenn auch nicht dem Namen nach kannte, zwei Zeitungen gekauft, die *News of the World* und die *Sunday Times*, eine zur Befriedigung der niederen Instinkte, eine als Lektüre für den Kulturmenschen. Beide Blätter hatten – ohne Blutspuren – auf der Arbeitsfläche der «modernen Einbauküche» gelegen, wie es in den Immobilienanzeigen immer so schön heißt.

Später als halb neun also. Aber wann genau? Nach den vorläufigen oder vielmehr inzwischen gar nicht mehr so vorläufigen Feststellungen der Pathologin war McClure etwa zwanzig Stunden tot, als ihn am nächsten Morgen um 7.45 Uhr seine Putzfrau fand.

Demnach kam eine Tatzeit zwischen zehn und zwölf am Vortag in Frage. Ungefähr. Im Ungefähren halten sich diese verflixten Pathologen ja bekanntlich am liebsten auf. (Morse dachte an Max und lächelte traurig, denn das brauchte ein Phillotson ihm nicht erst zu sagen.)

Es gab noch einen Hinweis darauf, daß die Tat höchstwahrscheinlich vor zwölf Uhr mittags begangen worden war, nämlich die deutlich erkennbare – und klar erkannte – Tatsache, daß in

Wohnung 6 keine Vorbereitungen für ein Mittagessen getroffen worden waren, weder Fleisch noch Gemüse herumlag. Allerdings war diese Folgerung nicht unbedingt schlüssig, denn entsprechende Erkundigungen hatten bereits ergeben, daß McClure sich nicht selten in dem bequem zu Fuß erreichbaren *King's Arms* an der Banbury Road den Sonntagslunch zum Sonderpreis von 3,99 Pfund bestellte – ein Zweihundert-Gramm-Steak, Pommes frites, Salat –, dazu zwei Pints Best Bitter. Keinen Nachtisch. Keinen Kaffee. Doch auch Spuren von Steak oder Pommes oder grünem Salat hatte die Pathologin nicht gefunden, als sie den weißen Bauch von Dr. Felix McClure aufgeschlitzt hatte. Keinerlei Hinweise auf eine mittägliche Stärkung.

Die Leiche war in fötaler Stellung zusammengekrümmt, als man sie gefunden hatte, beide Hände in den Unterbauch gekrallt, die Augen fest geschlossen, als sei McClure unter qualvollen Schmerzen gestorben. Bekleidet war er mit einem Kurzarmhemd (blaue und braune Längsstreifen), einer schwarzen Jaeger-Strickjacke und einer anthrazitfarbenen Flanellhose. Der untere Teil des Hemdes und die oberen Regionen der Hose waren steif von angetrocknetem Blut.

McClure war einer dieser «ewigen Studenten» gewesen (O-Ton Phillotson). 1946 hatte er ein Stipendium für Oxford bekommen, dort ein Einserexamen in Geschichte und Altphilologie gemacht und danach über vierzig Jahre seines Lebens als Tutor für Alte Geschichte am Wolsey College gearbeitet. 1956 hatte er eine seiner Studentinnen geheiratet, eine junge Frau vom Somerville College, die nach Abschluß ihres Studiums eine Dozentenstelle in Merton bekam und ihn 1966 (die entscheidenden Ereignisse in McClures Leben vollzogen sich offenbar im Zehnjahresrhythmus) wegen eines ihrer Studenten, einem bärtigen jungen Mann vom Trinity College, verließ. Kinder waren aus der Ehe nicht hervorgegangen, die Trennung hatte deshalb keine juristischen Probleme, vielleicht aber einiges an Kummer mit sich gebracht.

Veröffentlicht hatte er hauptsächlich Artikel in verschiedenen Fachzeitschriften für das Klassische Altertum, hatte aber noch das Erscheinen seines *opus magnum* erlebt: *Die Pest in Athen: Ihre Aus-*

wirkungen auf Verlauf und Führung des Peloponnesischen Krieges. Ein langer Titel. Ein langes Werk.

Zeugen?

Von den acht Luxusapartments waren vier verkauft, zwei vermietet, zwei – die Nummer 5 unter McClure und die Nummer 2 – hatten noch keine Abnehmer gefunden. Eine Befragung der Hausbewohner hatte keine brauchbaren Informationen ergeben. Das frischgebackene Ehepaar in Nummer 1 hatte den Sonntagvormittag hauptsächlich im Bett verbracht – ohne Frühstück, ohne Zeitungen, nur mit sich selbst beschäftigt. Die extrem schwerhörige alte Dame mit dem blaugetönten Haar in Nummer 3 hatte sich ausführlich darüber ausgelassen, daß sie an dem bewußten Vormittag nichts gehört hatte. Das Ehepaar aus Nummer 4 war auf einer «Rettet die Wale»-Demonstration in Wytham Woods gewesen, die Mieter in Nummer 7 waren auf Urlaub in Tunesien, und die Käufer von Nummer 8 hatten das Badezimmer renoviert und dabei pausenlos das Radio laufen lassen, wo die beliebte Familienserie *The Archers* wiederholt wurde (Morse ließ endlich wieder einmal etwas Interesse erkennen).

«Ziemlich dürftige Anhaltspunkte», räumte Phillotson ein, wies aber nicht ohne Stolz auf zwei grüne Aktenkästen mit Berichten und Aussagen und Notizen und losen Blättern sowie einem genauen Plan von McClures Wohnung. Für Morse waren solche Pläne mit ihren Bogen und Strichen und Pfeilen und gepunkteten Linien und Maßangaben ein Buch mit sieben Siegeln. Er sah deshalb die von der Immobilienfirma Adkinson erstellte Dokumentation nur flüchtig durch. Als Phillotson zu Ende war, stand er auf. «Und wie geht's Ihrer Frau? Ich wollte vorhin schon fragen...»

«Leider gar nicht gut», sagte Phillotson bedrückt.

«Ein richtiger Trauerkloß, Lewis.»

Sie waren wieder im Büro des Chief Inspector, und Lewis bemühte sich, die unhandlichen Aktenkästen noch irgendwo auf dem überfüllten Schreibtisch unterzubringen.

«Er sorgt sich offenbar sehr um seine Frau, wenn...»

«Quatsch. Er wußte einfach nicht, wo er weitermachen sollte.»

«Und wir wissen das?»

«Zunächst mal würde mich interessieren, welche Zeitung McClure zuerst gelesen hat.»

«Wenn überhaupt...»

Morse nickte. «Weiter möchte ich gern wissen, ob er an diesem Vormittag irgendwelche Telefongespräche geführt hat.»

«Können wir uns nicht von British Telecom eine Aufstellung geben lassen?»

«Warum nicht?» gab Morse unbestimmt zurück.

«Sie wollen sicher die Leiche sehen.»

«Wie kommen Sie denn darauf?»

«Ich dachte nur...»

«Höchstens das Hemd. Längsstreifen in Braun und Blau, nicht?» Morse fuhr mit dem Zeigefinger der Linken an der Innenseite seines ziemlich engen und ziemlich abgestoßenen Hemdkragens entlang. «Ich denke daran, meine – äh – Garderobe aufzustocken.»

Sein kleiner Witz kam bei Lewis nicht an. Der Sergeant fand es nur verwunderlich, daß Morse sich scheinbar mehr für das Hemd eines Toten als für die Frau eines Kollegen interessierte. Scheinbar oder anscheinend – das war bei Morse immer die Frage, denn was in diesem erstaunlichen Hirn wirklich vorging, wußte im Grunde niemand.

«Haben wir irgendwas Brauchbares von Phillotson erfahren, Sir?»

«Sie vielleicht. Ich nicht. Als ich sein Büro betrat, wußte ich über den Fall genausoviel wie vorhin, als wir wieder gegangen sind.»

«Wie bei Omar Chayyam, nicht?» sagte Lewis unschuldig.

4

Krook schrieb den Buchstaben mit Kreide an die Wand, und zwar auf sehr wunderliche Weise. Er begann mit dem Ende des Buchstabens und schrieb ihn von hinten nach vorn. Er war groß geschrieben, aber kein Druckbuchstabe.
«Können Sie das lesen?» fragte er und sah mich scharf an.

(Charles Dickens, *Bleakhaus*)

Das nach den (zweifelsohne zuverlässigen) Plänen der Firma Adkinson 4 mal 6,1 Meter große Wohn-und-Eß-Zimmer (der Tatort) war typisch für den Wohnbereich eines pensionierten Oxford-Professors: ein Eichentisch mit vier Stühlen, ein braunes Ledersofa, ein passender Sessel, Fernseher, CD-Player und Kassettenrecorder, in deckenhohen Regalen Bücher über Bücher. Büsten von Homer, Thukydides, Milton und Beethoven. Eigentlich nicht genug Platz für die vielen Bilder (unter anderem aus der Pittura Pompeiana-Serie der Kopf des Theseus, der den Minotaurus erschlägt). Drei der Büsten erkannte Morse sofort, beim Bronzekopf des Thukydides mußte er raten. Lewis hingegen hatte alle vier sofort identifiziert, er hatte bessere Augen als Morse, und die Namen der Unsterblichen standen in sehr kleinen Versallettern auf den Sockeln.

Morse blieb einen Augenblick neben dem Sessel stehen und sah sich um, ohne etwas zu sagen. Durch die offenstehende Tür der Küche (2,25 mal 3,15) sah er an einer Wand den Oxford Almanack hängen und ging näher heran, um «St. Hilda's College» nach einem Aquarell von Sir Hugh Casson R.A. zu bewundern. Der Kalender war vom vorigen Jahr, wie Morse merkte, als er die Jahreszahl las: MDCCCCLXXXXIII. Gab es wohl im zwanzigsten oder irgendeinem anderen Jahrhundert eine Jahreszahl, die noch länger war? Vierzehn Buchstaben für 1993.

Aber mit Zahlen hatten die Römer eben nie viel am Hut gehabt.

«Wissen Sie, wie viele Spazierstöcke und Regenschirme in dem Ständer hier sind?» rief Lewis aus der kleinen Diele.

«Vierzehn», rief Morse zurück.

«Aber wie zum ... wieso ...»

«Zufälle sind für mich die Regel im Leben und nicht die Ausnahme, das dürfte Ihnen inzwischen bekannt sein.»

Lewis schwieg. Er wußte, was ihm bevorstand: die mühselige Arbeit des Suchens und Sichtens, meist ohne viel Hoffnung auf Erfolg. Morse war immer furchtbar pingelig, wenn es um das Sichern von Beweisstücken ging. Nur war er leider nicht bereit, für diese überaus öde und häufig auch fruchtlose Arbeit seine eigene Zeit zu opfern.

Dazu war aus seiner Sicht Lewis da. Während Morse sich aufs Sofa setzte und McClures *opus magnum* durchblätterte, durchsuchte Lewis, wie vor ihm bereits Phillotson und dessen Team, sämtliche Schubladen und Papierkörbe, ging Briefe und Papiere durch. Er tat es klaglos. Hin und wieder hatte er bei dieser Wühlarbeit doch etwas Ungewöhnliches (zumindest für Morse Ungewöhnliches) gefunden, was dem großen Mann den Weg zum Erfolg (oder aber in eine Sackgasse) gewiesen, das Leittier auf die Spur gesetzt hatte.

In McClures Wohnung fand sich zweierlei, was vielversprechend aussah. Auf die Bedeutung des ersten Fundes hatte auch Phillotson schon hingewiesen. Es handelte sich um ein Telefonregister aus schwarzem Plastik mit achtzehn alphabetischen Automatiktasten, auf denen weniger häufige Buchstaben zu einer Gruppe (wie WX und YZ) zusammengefaßt waren. In einer kurzen Gebrauchsanweisung (unter A) wurde dem Benutzer nahegelegt, zwecks schnelleren Auffindens besonders wichtige Nummern unter Maler, Zahnarzt, Arzt, Elektriker, Klempner, Polizei einzutragen.

Lewis ließ das Verzeichnis aufs Geratewohl bei M aufschnappen. Sechs Namen standen auf der Karte, vor dreien stand eine 071, die Vorwahl von London, die übrigen waren Nummern in Oxford, jeweils fünf Ziffern, alle mit einer 5 beginnend.

Lewis seufzte hörbar. Sechs mal achtzehn macht hundertacht... Wenn aber auf jeder Seite nur ein halbes Dutzend Namen waren, konnte man sich wohl (vielleicht hatte Phillotson sich das auch gesagt?) trotzdem darauf einlassen, die Liste abzutelefonieren. Er ließ ein paar andere Buchstaben aufklappen. Unter P standen acht Namen, unter C nur vier. Und die Doppelbuchstaben? Er drückte die KL-Taste. Sieben. Sechs L und ein K. Buchstäblich nur das K, dahinter eine Nummer. Interessant... Wer war dieser K?

Oder war es eine Sie?

«Was fällt Ihnen zu ‹K› ein, Sir?»

Morse, von Jugend auf ein Kreuzworträtselfanatiker, kam sofort mit König, Kelvin (Einheit der Temperatur, Lewis), Kilometer, Köchel (der Mann, der Mozarts Werke katalogisiert hat, Lewis) und... äh...

«Nicht sehr ergiebig.»

«Der Anfangsbuchstabe eines Namens?»

«Warum nur der Anfangsbuchstabe?»

«Der Name einer Frau? Vielleicht sollte niemand um seine schwelende Leidenschaft für eine verheiratete Frau wissen. Oder vielleicht werden die Mädchen im hiesigen Puff alle nur unter ihren Anfangsbuchstaben geführt.»

«Ich wußte gar nicht, daß es so was hier gibt.»

«In North Oxford gibt es alles, Lewis. Man muß nur wissen, wo.»

«Karen...», überlegte Lewis laut. «Oder Kirsty vielleicht...»

«Kylie?»

«*Die* kennen Sie, Sir?»

«Na ja.»

«Kathy...»

«Das Raten hätte sehr schnell ein Ende, Lewis, wenn Sie dort mal anrufen würden. Ich denke, das sind so die Sachen, für die Sie da sind...»

Lewis wählte die fünfstellige Nummer.

«Ja? Was wolln Sie?» blaffte eine unfreundliche Frauenstimme.

«Ich... äh... ist das die Nummer von K?»

«Jaha. Aber die is nich da.»

«Gut, dann versuche ich es später noch mal.»

«Was sind'n Sie? Einer mit 'ner schmutzigen Phantasie, was?»

Lewis legte rasch auf, seine blassen Wangen hatten sich gerötet.

Morse amüsierte sich über seinen verbiesterten Sergeant. «Man kann eben nicht bei allen landen, Lewis...»

«Pure Zeitverschwendung.»

«Meinen Sie?»

«Sie etwa nicht?»

«Sie haben nur zehn Sekunden telefoniert, Lewis, und wissen schon, daß K eine Frau ist, die wahrscheinlich schlicht und einfach Kay heißt.»

«Wieso...?»

«Ein leichtes Mädchen, mit dem unser alter Felix sich ein paar schöne Stunden gemacht hat.»

«Das können Sie doch nicht bloß deswegen behaupten, weil...»

«Außerdem ist sie nach ihrem unverkennbaren Oxfordshire-Akzent eine Hiesige.»

«Aber ich hatte sie ja noch nicht mal an der Strippe.»

«Sind Sie ganz sicher, Lewis, daß Sie nicht gerade mit der geheimnisvollen K höchstpersönlich gesprochen haben?»

Lewis schüttelte bekümmert den Kopf. Wieder einmal war ihm vor Augen geführt worden, warum er selbst nie etwas ganz Großes im Leben erreichen würde. Morse lag natürlich falsch; Morse lag zu Beginn eines Falles fast immer hoffnungslos und lächerlich falsch. Aber er hatte unweigerlich Ideen, auf die sonst keiner kam.

«Sie haben zweierlei gefunden, was vielversprechend aussieht, haben Sie vorhin gesagt. Was ist das zweite?»

Aber ehe Lewis antworten konnte, klopfte es diskret, und PC Roberts steckte respektvoll den unbehelmten Kopf zur Tür herein.

«Ich habe eine Mrs. Wynne-Wilson hier, Sir, aus einer der Wohnungen im Haus. Sie sagt, daß sie irgendwie mal mit Ihnen reden will.»

Morse sah von seinem Thukydides auf. «Haben wir nicht schon eine Aussage von ihr, Lewis?»

An seiner Stelle antwortete Roberts. «Sie sagt, daß sie eine Aussage gemacht hat, Sir, aber als sie erfuhr, daß jemand anders den Fall übernommen hat... Sie meint, Inspector Phillotson wollte irgendwie gar nicht hören, was sie zu sagen hatte.»

«Ach...»

«Und sie ist irgendwie ein bißchen schwerhörig.»

«Irgendwie?» fragte Morse. «Oder irgendwo?»

«Bitte?»

«Schon gut...»

«Soll ich sie reinbringen, Sir?»

«Hierher? Sie wissen doch, was hier passiert ist, Mann! Die Frau würde uns glatt in Ohnmacht fallen.»

«Glaub ich nicht, Sir. Sie sagt, daß sie in einem Londoner Krankenhaus ein ganzes Geschwader von Schwestern unter sich hatte.»

«Eine Mutter Oberin also», sagte Morse.

«So heißen die heute aber nicht mehr», bemerkte Lewis.

«Besten Dank, Lewis. Schicken Sie die Dame herein.»

5

O quid solutis est beatius curis,
cum mens onus reponit, ac peregrino
labore fessi venimus larem ad nostrum,
desideratoque acqiescimus lecto?

(O was ist seliger, als wenn, der Pein ledig,
der Geist die Bürden ablegt, und wir dann, müde
von ferner Fahrt, zum eigenen Herd zurückkehren
und im gewohnten, heißersehnten Bett ausruhn?)
(CATULL, *XXXI*)

Am gleichen Nachmittag war Julia Stevens zurückgekommen.

Sie war pünktlich (sogar ein wenig vor der Zeit) gelandet und bei der Paß- und Zollkontrolle reibungslos durchgekommen, und draußen stand der Bus von Gatwick über Heathrow nach Oxford abfahrbereit, als habe er nur auf sie gewartet. Am Busbahnhof Gloucester Green hatte sie (ohne Schlangestehen) ein Taxi nach East Oxford bekommen und schon von der Kreuzung aus erkannt, daß das Haus nicht abgebrannt war. Der Fahrer hatte ihr die beiden schweren Koffer bis zur Haustür getragen, und als sie jetzt in ihrem Wohnzimmer stand, stellte sie erleichtert fest, daß auch die Einbrecher es verschont hatten.

Sie war sehr froh, wieder daheim zu sein. Gewöhnlich war sie an den ersten beiden Urlaubstagen melancholisch und fast ein bißchen heimwehkrank, doch das gab sich immer schnell. An den letzten beiden Tagen im Ausland fiel es ihr dann ebenso schwer, von der liebgewordenen Umgebung und neuen Bekannten Abschied zu nehmen.

Besonders von dem einen oder anderen Vertreter des sogenannten stärkeren Geschlechts.

Diesmal hatte sie eine Rundreise zu Schweizer und italienischen Seen gebucht. Fahrer und Reiseleiterin hatten ihre Sache gut gemacht, die Landschaft war atemberaubend schön, die Mitreisenden angenehm. Trotzdem hatte sie keine Freude an der Fahrt gehabt. Was ist nur mit mir los, hatte sie gedacht.

(Dabei wußte sie natürlich ganz genau, was mit ihr los war.)

Selbstverständlich hatte sie sich nichts anmerken lassen. Und Brenda Brooks hatte eine vergnügte Postkarte aus einem Luxushotel am Luzerner See bekommen:

> Mittwoch
>
> Amüsiere mich bestens mit einer netten Clique. Zimmer mit Seeblick. Morgen fahren wir nach Triebschen (hoffentlich habe ich das richtig geschrieben), wo Richard Wagner einige Zeit gelebt hat. Gestern war Feuerwerk, allerdings konnte uns niemand sagen, warum. Freitag geht's nach Lugano.
> Ganz herzliche Grüße, Julia
> P.S. Streicheln Sie bitte St. Giles ganz lieb von mir

Als Julia an jenem Nachmittag in ihre Wohnung kam, roch es dort nach Sauberkeit, nach Pinienölpolitur und Fensterreiniger. Die gute Brenda Brooks...

Auf dem Küchentisch lag ein Briefchen von ihr:

> Liebe Mrs. S.,
>
> herzlichen Dank für Ihre Karte, freu mich, daß Sie es schön hatten. St. Giles geht es gut, im Kühlschrank sind noch zwei Dosen Whiskas. Bis Montag. Muß Ihnen was erzählen, vielleicht können Sie mir helfen. Hoffentlich. Herzlich willkommen daheim!!
> Brenda (Brooks)

Julia mußte lächeln. Brenda setzte in Klammern immer ihren Nachnamen hinzu, als beschäftige Julia eine ganze Schar von Raumpflegerinnen, so daß die Gefahr einer Verwechslung bestand. Und immer dieses unterwürfige «Mrs. S.», obgleich Brenda jetzt seit vier Jahren für sie arbeitete und mit zweiundfünfzig fast sieben Jahre älter war als Julia. Deren Lächeln erlosch, als sie den vorletzten Satz noch einmal las, und unwillkürlich runzelte sie die Stirn.

Es war ein schöner, sonniger Tag, der September wollte ihnen offenbar zum Trost für einen wechselhaften Sommer ein goldenes Finale bieten. Es war fast zu warm für einen Herbsttag, trotzdem fröstelte Julia ein wenig. Dann aber schloß sie die Hintertür auf und entriegelte sie, und ihr eben noch ein wenig trauriges, abgespanntes Gesicht war plötzlich auf wunderbare Weise verwandelt. Aus den Büschen des kleinen Gartens kam ein rötlichbrauner Kater hervor und sah zu seiner Herrin hoch.

Julia sah jetzt richtig glücklich aus. Und sehr schön.

6

Wenn Neid und Faulheit sich vereinen,
zeugen sie die Neugier.
(THOMAS FULLER, *Gnomologia*)

Morse hatte sich dann doch dafür entschieden, das Gespräch mit Laura Wynne-Wilson in deren Erdgeschoßwohnung zu führen, sofern es der Dame recht war. Der Dame war es recht.

Sie hege erhebliche Zweifel, erklärte sie, ob der andere Kriminalbeamte ihre Aussage ernst genug genommen hatte, ja sie habe entschieden den Eindruck gewonnen, daß er sich das, was sie zu sagen hatte, zwar höflich, aber nicht sehr aufmerksam angehört hätte. Und was hatte sie zu sagen gehabt? Dinge, die mit Dr. McClure zu tun hatten, einem netten Herrn und sehr guten Nachbarn. Als Sekretär des Mieterausschusses hatte er diesen Faulenzern, deren Aufgabe es war, die Außenanlagen in Ordnung zu halten, einen großartigen Brief geschrieben. Einen Brief, der sich gewaschen hatte! «Wenn ich so sagen darf...»

Sie sprach leise und affektiert, mit einem leichten Lächeln auf den schmalen Lippen.

«Na, dann erzählen Sie mal!» röhrte Morse.

«Bitte schreien Sie mich nicht an, Inspector. Mit übermäßiger Lautstärke ist Schwerhörigen nicht geholfen. Was sie brauchen, sind eine klare Aussprache und deutliche Lippenbewegungen.»

Lewis lächelte still vor sich hin, während die zierliche, schlohhäuptige Seniorin fortfuhr: «Dr. McClure bekam ziemlich regelmäßig Besuch. Von... von einer Frau.»

«Was ja nicht ungewöhnlich ist», sagte Morse, um klare Aussprache und deutliche Lippenbewegungen bemüht.

«Nein. Es könnte ja auch eine Verwandte gewesen sein.»

Morse nickte. Er wußte, daß McClure bis auf eine Nichte in Neuseeland keine lebenden Angehörigen hatte.

«Oder auch nicht. Er hatte nämlich in England keine lebenden Angehörigen, Inspector.»

«Soso.» Morse fand – anders als Phillotson –, daß es sich durchaus lohnen konnte, das alte Mädchen mit dem gebührenden Respekt zu behandeln.

«Nein. Sie war sein ‹Liebchen›, wie wir das früher nannten. Gar kein schlechter Ausdruck, finde ich.»

«Es gibt bedeutend schlechtere», bemerkte Lewis, der es aber offenbar an einer hinreichend klaren Aussprache hatte fehlen lassen, denn Laura fragte «Bitte?» und tat im übrigen, als sei dieser Mann, der da herumsaß und sich Notizen machte, eine recht überflüssige Erscheinung.

Jetzt lächelte Morse still vor sich hin.

«Ja, wie gesagt, diese... Frau war öfter hier. Bestimmt drei-, viermal im letzten Monat.»

«Um welche Tageszeit?»

«Immer gegen halb acht.»

«Und Sie haben die Frau... äh... tatsächlich gesehen?»

«‹Tatsächlich› ist ein albernes Wort, Inspector, ein Wischiwaschiwort. Ein Lückenfüller. Ob ich sie *tatsächlich* gesehen habe, weiß ich nicht. Ich weiß nur: Ich habe sie gesehen, Punktum.»

Touché.

Morse sah zum Fenster hinüber. Die dünnen weißen Tüllgardinen waren rechts und links gefällig gerafft. Auf beiden Seiten standen Geranientöpfe, in der Mitte drei Vasen aus geschmackvollem blauweißem Porzellan, die aber freie Sicht auf den von zwei quadratischen Pfeilern aus gelbem Backstein flankierten Eingangsbereich der Wohnanlage gewährten, den man zwangsläufig passieren mußte, wenn man einen Besuch in Daventry Court machen wollte. Es sei denn, man wäre ein Einbrecher. Oder ein Mörder ... Und diese neugierige Alte beobachtete natürlich das Kommen und Gehen hier im Haus mit nimmermüdem Interesse.

«Das könnte sehr wichtig für unsere Ermittlungen sein. Wenn Sie die Frau genau gesehen haben ...»

«Ich sehe nicht mehr so gut wie früher, Inspector. Aber ich konnte sie durchaus gut erkennen.» Sie warf Morse einen scharfen Blick zu. «Ich bin eine neugierige Alte und habe sonst nicht viel zu tun... das denken Sie jetzt doch, stimmt's?»

«Also ich... nun ja, wir wollen natürlich alle gern wissen, was sich so tut, das ist nur menschlich.»

«Keinesfalls. Viele meiner Mitmenschen interessiert es einen feuchten Kehricht, was ‹sich so tut›, wie Sie es ausdrücken. Aber es freut mich, daß Sie offenbar ebenso neugierig sind wie ich.»

Lewis hatte lange nicht mehr eine so unterhaltsame Vernehmung erlebt.

«Können Sie mir irgend etwas über diese Frau sagen?»

«Eine interessante Erscheinung.»

«Warum?»

«Zunächst einmal, weil sie so beneidenswert jung war. Noch nicht einmal halb so alt wie er, eher noch jünger.»

«Und er war sechsundsechzig», ergänzte Morse nachdenklich.

«Ende des Monats wäre er siebenundsechzig geworden.»

«Woher...?»

«Ich habe in *Bedeutende Menschen unserer Zeit* nachgeschlagen. Er ist Waage.»

Wie ich, dachte Morse. Wie alt seine Gesprächspartnerin wohl sein mochte?

«Ich werde im Dezember dreiundachtzig», fuhr sie fort, «falls Sie sich das gerade überlegt hatten.»

«Hatte ich.» Morse lächelte und fand nun langsam auch Gefallen an dem Gespräch.

«Und dann, weil sie *überhaupt* nichts aus sich machte. Schäbig angezogen – dunkle Sachen, weite, lockere Bluse, ein Minirock bis...»

«...zur halben Tibia», ergänzte Morse und sprach das T übertrieben deutlich aus.

«Genau. Und eine große alte Umhängetasche.»

Was mag sie in der wohl gehabt haben, überlegte Morse. «Sonst noch was?»

«Ziemlich langes dunkles Haar. Ohrringe, glitzernde Dinger,

die reinsten Hula-Hoop-Reifen. Und einen Ring in der Nase. Vielleicht sogar zwei.»

Gott steh uns bei, dachte Morse.

«Das weiß ich allerdings nicht genau. Wie gesagt: Ich sehe nicht mehr so gut wie früher.»

Lewis fragte sich, wie gut sie *früher* gesehen haben mochte.

«Ist sie mit dem Auto gekommen?» fragte Morse.

«Gesehen hab ich keins. Vielleicht hat sie's irgendwo stehenlassen.»

«Ist sie von...» Morse deutete unbestimmt zur Banbury Road hinüber.

«Ja. Sie kam von der Banbury Road. Nicht von der Woodstock Road.»

«Würden Sie die Frau wiedererkennen?»

Die alte Dame zögerte und rieb sich mit der Rechten die ringlose Linke.

«Du liebe Güte, glauben Sie etwa, die könnte ihn ermordet haben? Ich habe nur...»

«Aber nein», beteuerte Morse, der das inzwischen nicht mehr für unwahrscheinlich hielt.

«Ich habe Ihnen nur helfen wollen. Und ich weiß wirklich nicht, ob ich sie wiedererkennen würde. Wenn sie nett frisiert und anständig angezogen wäre...»

Und keinen Ring in der Nase hätte, dachte Morse.

«... und keinen Ring in der Nase hätte...»

Morse lächelte matt. Aber die alte Dame baute jetzt doch ein bißchen ab. Er mußte zum Schluß kommen.

«Glauben Sie, daß die beiden miteinander im Bett waren?»

«Das möchte ich annehmen. Sie nicht?»

«In dieser Beziehung hat sich seit Ihrer Zeit vermutlich einiges geändert, Miss Wynne-Wilson...»

«Es darf gelacht werden, Inspector. Über Männer im Bett könnte ich diesen jungen Flittchen so allerlei erzählen, lange genug hab ich mit so was ja zu tun gehabt. Rein beruflich natürlich... Und bitte *Mrs.* Wynne-Wilson. Ich trage zwar keinen Trauring mehr...»

Morse stand auf. «Haben Sie am Sonntag vormittag auch aus dem Fenster gesehen? Vielleicht um die Zeit, als Dr. McClure ermordet wurde?»

«Nein. Am Sonntagvormittag höre ich mir von zehn bis elf immer die Wiederholung der *Archers* an. In der Badewanne. Himmlisch!»

Sehr gefährlich, ein Radio im Badezimmer, dachte Lewis.

«Ein Radio im Bad soll ja nicht ungefährlich sein. Aber in meinem Alter kann ich mir schon ein paar Verrücktheiten leisten. Und ich habe meinen Spaß dabei.»

Sie führten hier zwar eine Vernehmung und kein Fernsehquiz durch, überlegte Lewis im stillen, aber seiner Meinung nach hatte Mrs. W.-W. Morse glatt nach Punkten geschlagen.

Und damit lag er natürlich völlig falsch.

7

Eitel ist's, dem Schein zu trauen,
Auch und besonders bei den Frauen.
(Samuel Butler, *Hudibras*)

«Was ist Ihre Meinung, Sir?» fragte Lewis, als sie wieder in McClures Wohnung waren.

Morse schien enttäuscht. «Ich hatte ihn für einen kultivierten Mann gehalten...» Er deutete unbestimmt auf die Bücherregale.

«Und das war er nicht?»

«Tja...»

«Wegen seiner Besucherin?»

«Ringe in der *Nase*, Lewis. Das ist stillos. Genauso stillos wie Lager zum Roastbeef.»

«Wer weiß, vielleicht war sie ein reizendes Mädchen. Man darf nicht immer nur nach dem Äußeren urteilen.»

«Nein? Und warum nicht?»

«Weil...» Lewis fiel keine passende Begründung ein, aber er wußte, daß er recht hatte. Morse neigte immer zu vorschnellen Urteilen. Schön, hin und wieder stellten sie sich dann als richtig heraus, meist aber griff er meilenweit daneben, was er fairerweise dann auch selbst zugab.

Lewis dachte an die Reaktion des Chief Inspector bei der Mitteilung, Phillotson habe den Fall abgegeben, an seine fast automatische Folgerung, die kranke Frau sei nur ein Vorwand, um aus einem Mordfall aussteigen zu können, in dem er nicht weiterkam. Sicher, Phillotson war nicht gerade Sherlock Holmes, aber Morse war oft unnötig kritisch seinen Kollegen gegenüber. Und warum mußte er immer so bissig sein?

Lewis hielt sich an einen Rat, den Morse ihm mal gegeben hatte.

Zählen Sie bis zehn, ehe Sie an die Decke gehen, hatte Morse gesagt. Und danach notfalls bis zwanzig. Morse selbst allerdings hatte es offenbar nicht nötig, seinen eigenen Rat zu beherzigen. Er zählte – wenn überhaupt – allenfalls bis drei.

Da ein Gedankenaustausch über die Aussage der alten Dame dem Chef offenbar noch nicht genehm war, machte Lewis sich wieder ans Sichten und Suchen. Die Unterlagen in den Schubladen und die Stapel auf den Regalen waren offenbar schon geprüft, aber für nicht wichtig genug gehalten worden, um sie mitzunehmen, in irgendwelchen zweifelhaften Ablagesystemen zu vergraben und früher oder später – wie alles im Leben – mit dem Vermerk «Durch die Ereignisse überholt» zu versehen.

Morse hatte inzwischen einen in goldgeprägtes Leder gebundenen schmalen Band, der offenbar Gedichte enthielt, aus einem Regal genommen. Er drehte das Buch um neunzig Grad und las eine Randbemerkung. Das «Bitte nicht stören»-Schild war nicht zu übersehen, und Lewis widmete sich wieder seiner umfangreichen Arbeit.

Etwa eine halbe Stunde lang saßen die beiden Männer über ihrer (durchaus unterschiedlichen) Lektüre; es schien, als büffelten sie für eine Prüfung (jeder in einem anderen Fach). Einer wie der andere hatte seinen eigenen guten Grund, besser zu schweigen, als das, was ihm gerade durch den Kopf ging, preiszugeben.

Vor allem Morse.

Er war es auch, der das Schweigen schließlich brach. «Was sagen Sie denn zu unserer Mrs. Wynne-Wilson, Lewis?»

«*Mrs.*, Sir?»

Morse sah seinen Sergeant gespannt an. «Nur weiter, Lewis. Tun Sie sich keinen Zwang an.»

«Nun ja, ich hab sofort gemerkt, daß sie keinen Trauring trug. Sie mit Sicherheit auch, Sir.»

«Natürlich.»

«Aber es sah auch nicht so aus, als ob sie je einen getragen hätte. Keine weiße Stelle am Finger oder so was, Sie wissen schon, wo er gewesen sein mußte, ich meine der Ring, bevor sie ihn abgenommen hat.»

«Kein besonders flüssig konstruierter Satz, Lewis, wenn Sie mir die Bemerkung erlauben.»

«Aber ist Ihnen das nicht auch aufgefallen?»

«Sie haben viel bessere Augen als ich, Lewis.»

«Aber Sie fanden es trotzdem komisch...»

«Sie meinen, daß die Gute gar nicht verheiratet war?»

«Würde mich nicht wundern.»

«Und was noch?»

«Als Zeugin durchaus brauchbar. Noch hellwach, die alte Dame.»

«Hm. Sie meinen, außer ihrem Personenstand hat sie nichts erfunden?»

«Nein. Glauben Sie denn...»

«Sie müssen noch viel lernen, Lewis. Unsere Mrs. W.-W. ist eine begnadete Märchenerzählerin. Sie lügt wie gedruckt.»

Lewis warf seinem Chef einen mißbilligenden Blick zu. «Sie mit Ihren vorschnellen...»

«Das meiste von dem, was sie uns erzählt hat, war erstunken und erlogen. Sie ist eine zwanghafte Lügnerin. Mir ist lange schon kein solches Talent mehr über den Weg gelaufen.»

Lewis schüttelte bedrückt den Kopf, während Morse fortfuhr:

«Sie hat zwar in letzter Zeit offensichtlich keinen Trauring mehr getragen, ich glaube aber auch, daß sie *niemals* einen gehabt hat. Und so ähnlich dürfte es sich auch mit ihren anderen Aussagen verhalten.»

«Zum Beispiel?»

«Zum Beispiel liegt auf der Hand, daß sie überhaupt nicht schwerhörig ist. Sie verstand alles bestens, was ich zu ihr sagte.»

«*Mich* hat sie aber nicht verstanden.»

«Weil sie Sie nicht verstehen *wollte*, Lewis.»

«Wenn Sie das sagen, Sir...»

«Auch daß sie nicht mehr so gut sieht wie früher, ist gelogen. McClures Besucherin konnte sie genau beschreiben. Auf zwanzig Meter Entfernung hat sie den Nasenring erkannt.»

«Warum glauben Sie eigentlich nicht, daß sie diese Beschreibung frei erfunden hat?»

«Gute Frage.» Morse sah nachdenklich auf den Teppich herunter. «Die Beschreibung klang irgendwie überzeugend. Es war so mit das einzig Brauchbare, was sie uns geliefert hat.»

«Aber was ist mit...»

«Lewis! Sie ist eine Schwindlerin! Sie war nie Krankenschwester, geschweige denn Mutter Oberin oder wie immer man so was heutzutage nennt.»

«Wie kommen Sie darauf?»

«Minirock bis zur halben Tibia, habe ich gesagt. Tibia ist bekanntlich das Schienbein. Sie wissen das, Lewis. Aber sie hat den Unsinn widerspruchslos geschluckt.»

«Es sei denn, sie hat das Wort wegen ihrer Schwerhörigkeit nicht richtig mitgekriegt.»

«Die Frau ist nicht die Spur schwerhörig, wie ich Ihnen schon erklärt habe. Sie kennt nur den Unterschied zwischen Tibia und Fibula nicht. Die hat in ihrem Leben noch kein Lehrbuch der Krankenpflege in der Hand gehabt.»

«... und sich damit prompt von Ihnen auf den Leim locken lassen.»

«Aber was das wichtigste ist, Lewis: Sie behauptet, ein *Archers*-Fan zu sein, weiß aber nicht mal, wann sonntags die Wiederholung gesendet wird.»

«Also... ich weiß auch nicht, wann die Wiederholung...»

«Sie lebt in einer Phantasiewelt und erzählt sich und anderen Märchen, die sie schließlich selber glaubt. Die für sie die Wahrheit sind.»

«Für uns aber nicht.»

«Nein, für uns nicht.»

«Nicht einmal die Zeit, wann sie im Bad war?»

«*Wenn* sie im Bad war.»

«Oh.»

«Aber ich denke, es ist für uns sowieso nicht so wichtig, um welche Zeit der Mörder ins Haus kam...»

Morse hatte, wie vorhin Miss (oder Mrs.) W.-W., offenbar ein bißchen abgebaut.

Beide Männer schwiegen wieder.

Die «zweite Sache», die er für Morse gefunden hatte, versprach jetzt noch bedeutsamer zu werden. Lewis war mit sich zufrieden.

Morse rührte sich nicht; er hielt unentwegt den schmalen Band in der Hand und schaute mit melancholischer Miene auf die aufgeschlagene Seite – es war immer noch dasselbe Gedicht.

8

Caeli, Lesbia nostra, Lesbia illa,
illa Lesbia, quam Catullus unam
plus quam se atque suos amavit omnes:
nunc in quadriviis et angiportis
glubit magnanimi Remi nepotes.

(Meine Lesbia, Caelius, jene Lesbia,
jene Lesbia, die Catullus einzig
mehr als sich und die Seinen all geliebt hat:
jetzt in winkligen Gäßchen und am Kreuzweg
saugt sie aus des erhabnen Remus Enkel.)

(Catull, *LVIII*)

Als Fünfzehnjähriger hatte sich Morse heftig in ein Mädchen verliebt, das ein Jahr jünger war als er und ebenfalls ein Stipendium für das Gymnasium bekommen hatte – er fürs Jungengymnasium, sie fürs Mädchengymnasium. Die Beziehung war so wichtig für seine Entwicklung, so entscheidend, so wunderbar gewesen, daß er drei Jahre später, als er zum Wehrdienst einberufen wurde, die ersten zwölf Wochen täglich einen Brief an dieses Mädchen schrieb – bis er bei seinem ersten Wochenendurlaub durch Zufall erfuhr, daß einer seiner Freunde (Freunde!) sich mit unverhohlener Anerkennung über die sinnlichen Lippen seiner Liebsten geäußert hatte.

An jenem Wochenende war Morse erwachsen geworden, und das war gut so. An jenem Wochenende hatte er aber auch gemerkt, daß er einen schier grenzenlosen Hang zur Eifersucht hatte.

Erst viele Jahre später hatte er in einem Bed & Breakfast in Maidstone einen weisen Spruch gelesen, der als bunte Seidenstickerei die Wand verzierte:

Wenn du sie liebst, gib sie frei.
Wenn sie dich liebt, kehrt sie froh zu dir zurück.
Wenn sie nicht zurückkehrt, hat sie dich nie geliebt.

Das waren die Gedanken, die Morse bewegten, als er sich jetzt noch einmal das Gedicht *LVIII* vornahm. Sein Lateinlehrer hatte seinerzeit der Klasse anempfohlen, es zu ignorieren, da es ihm gänzlich an künstlerischem Wert fehle. Diese Mahnung erfolgte meist, wenn das fragliche Gedicht Geschlechtliches ansprach, und gleich nach der Stunde hatten Morse und seine Mitschüler sich bemüht, den Sinn des merkwürdigen Wortes zu ergründen, das Catull an den Anfang der letzten Zeile gesetzt hatte.

Glubit.

In dem kleineren lateinischen Lexikon stand unter *glubo, -ere* nur «lüstern Erregung wecken». Die größere Ausgabe aber enthielt eine Definition, die zwar kryptisch verschleiert war, aber weitaus Interessanteres versprach...

Eine Nachdichtung selbiger Verse von der Hand McClures stand am Rand der Seite, die Morse aufgeschlagen hatte und im rechten Winkel vor sich hielt:

Für fünf Pfund, doch nicht publik,
Bietet K uns Blasmusik,
Am Carfax oder in Cowley Road,
Im Turf, in den Gassen, schockschwerenot,
Sie liebt die Säufer, wenn die bei Kasse,
Beamte auch, aber da bringt's die Masse.

Morse überlegte, ob seine eigene Übertragung genauso gut war – oder vielleicht sogar besser? Er konnte sich nicht mehr erinnern. Er bezweifelte es. War ja auch ganz unwichtig.

Oder vielleicht doch nicht...?

In dem gedruckten Text hatte McClure mit rotem Kugelschreiber die Worte *Lesbia nostra, Lesbia illa* unterstrichen: Meine Lesbia, jene Lesbia.

Eifersucht.

Diese ätzendste aller Emotionen, die schmerzhafter am Herzen nagt als Fehlschläge, Haß oder sogar Verzweiflung. McClure hatte offenbar, wie Catull, schwer darunter zu leiden gehabt, daß er in eine Frau verliebt war, die keine Bedenken hatte, sich zu verkaufen – wenn der Preis nur stimmte.

Und plötzlich ertappte sich Morse bei dem Gedanken, daß er diese geheimnisvolle K gern kennenlernen würde. Und ebenso plötzlich wurde ihm klar, daß er genau das nicht wollte; es sei denn, daß die wankelmütige Dame den Schlüssel zu dem Mord an Felix McClure besaß, und das hielt Morse (in diesem Augenblick) für sehr unwahrscheinlich.

9

Wie Sternenglanz in Himmelshöhn
Im Walde die Glockenblumen stehn.
(A. E. HOUSMAN, *A Shropshire Lad, XLI*)

Morse klappte den Catull zu.

«Haben Sie mitgekriegt, was ich eben gesagt habe, Sir?»

«Wie bitte? Pardon, ich war in Gedanken...»

«Und haben diese – äh – Gedanken – zu irgendwas geführt?»

«Wir haben schon so allerlei über seine Freundin erfahren, nicht? Da ergibt sich ein durchaus interessantes...»

«Also nicht.»

Morse lächelte matt. «Wie Sie mich kennen...»

«Sieht Ihnen nicht ähnlich, so schnell aufzugeben, Sir.»

«Stimmt. Wir werden Näheres über sie in Erfahrung bringen müssen.»

«Ihre Adresse zum Beispiel.»

«Das dürfte kein Problem sein», sagte Morse.

«Nein?»

«Sie kam zu Fuß. Von der Banbury Road.»

«Ich dachte, Mrs. Dingsbums hat das Ihrer Meinung alles nur erfunden.»

Morse überging den Einwurf. «Wo könnte sie *Ihrer* Meinung nach wohnen?»

«Irgendwo um die Ecke?»

«Daß er sich mit einer Frau hier aus der Gegend getroffen hat, halte ich für eher unwahrscheinlich.»

«Falls sie einen Wagen hatte, hätte sie ihn in der Banbury Road sowieso nicht abstellen können.»

«Sie hat also keinen Wagen?»

«Oder sie benutzt ihn nicht.»

«Wahrscheinlich kam sie mit dem Bus.»

«Wenn Sie meinen, Sir...»

«Eine der Zwanziger-Linien fährt von der Cowley Road über die High Street zum Carfax, dann über den Cornmarket und St. Giles' die Banbury Road hinauf.»

«Wissen wir auch schon, ob sie eine Monatskarte hat, Sir?»

«Schnoddrigkeiten stehen Ihnen nicht, Lewis.»

«Ich bin nicht schnoddrig. Nur verunsichert. Demnächst werden Sie mir noch sagen, welche Augenfarbe sie hat, in welcher Straße sie wohnt...»

«Das kann ich Ihnen jetzt schon sagen.»

Lewis schüttelte skeptisch lächelnd den Kopf. «Da bin ich aber gespannt.»

«In der Pater Street, Lewis. Benannt nach Walter Pater, für den die Mona Lisa eine Frau war, die die Geheimnisse des Grabes erfahren hatte.»

«Pater Street? Das ist doch draußen in Cowley.»

Morse nickte. «McClure erwähnt Cowley in einer Randbemerkung.» Morse tippte auf den Catull. «Und dann haben wir ja auch noch das da.»

Er reichte Lewis die Postkarte, die als Lesezeichen in den Anmerkungen gelegen hatte. Der hasenherzige Kommentar zu *glubit* lautete: «i. obsz. Sinne».

Lewis besah sich die farbige Postkarte mit der Legende «Glockenblumen in Wytham Woods» und drehte sie um. Links vom Adreßfeld mit McClures Anschrift stand mit schwarzem Kugelschreiber:

«P. St. diesen Sa nicht.
Entweder DC oder sonstwo. K.»

Auf dem verwischten Stempel war als Datum der 10. August 1994 zu erkennen.

«Verstehe. Sie hatten sich ursprünglich für den Samstag bei ihr verabredet, in der P. Street, und am Mittwoch kam was dazwischen...»

«Vielleicht die Handwerker ...»

«... und da mußte es DC sein, Daventry Court, oder ‹sonstwo›.»

«Vermutlich ein Hotel.»

«Was teuer geworden wäre. Doppelzimmer liegen bei siebzig, achtzig, neunzig Pfund.»

«Oder ein Bed & Breakfast.»

«Auch die kosten noch gut und gern vierzig, fünfzig Pfund.»

«Wozu noch ihre Dienste kommen ...»

«Was schätzen Sie, Sir?»

«Woher soll ich denn das wissen!»

«Vielleicht war sie's wert», meinte Lewis halblaut.

«Das wage ich zu bezweifeln», gab Morse überraschend barsch zurück. Er drückte auf eine Taste des schwarzen Registers und griff zum Telefon.

«Princess Street vielleicht, Sir? Die geht von der Cowley Road ab.»

Morse legte die Hand über den Hörer. «Nein, Lewis. Pater Street, glauben Sie mir. Hallo?»

«Ja? Was wolln Sie?»

«Ist dort der Anschluß von K?»

«Jaha. Aber die is nich da.»

«Das wollte ich nur wissen.»

«Wer sind'n Sie? Schon wieder so'n schmutziger alter Kerl?»

«Wenn überhaupt, dann ein schmutziger alter Chief Inspector», gab Morse so kultiviert wie möglich zurück.

«Ach so. Das is was andres.»

«Sie ist nicht da, sagen Sie?»

«Ist 'ne Woche in Spanien. Hat mir 'n Oben-ohne-Foto von sich aus Torremolinos geschickt.»

«Eine Woche, sagen Sie?»

«Ja. Samstag bis Samstag.»

«Hat sie ... einen Kunden in North Oxford?»

«Na und wenn?»

«Wissen Sie, wie er heißt?»

«Nee.»

«Und wie *sie* heißt?»

«Ist sie... ist sie in Schwierigkeiten?» Das klang plötzlich besorgt und überraschend prononciert.

«Ich kann mir die Einzelheiten natürlich auch im Präsidium geben lassen – das kennen Sie doch sicher –, aber es würde Zeit und Mühe sparen, wenn Sie mir am Telefon Auskunft geben könnten.»

Am anderen Ende der Leitung gab es eine kleine Pause. Dann: «Kay Blaxendale, K-A-Y. Briefe unterschreibt sie immer nur mit K.»

«Ist das ihr richtiger Name? Klingt ziemlich hochgestochen.»

«Ihr Künstlername. Eigentlich heißt sie Ellie Smith.»

«Und wie heißen Sie?»

«Muß ich das sagen?»

«Ja.»

«Friday Banks.»

«Und haben Sie auch noch einen zweiten Namen?»

«Nein.»

«Aber einen zweiten Akzent.»

«Wieso?»

«Sie können sehr gepflegt sprechen, wenn Sie wollen, und Sie haben eine angenehme Stimme. Deshalb habe ich mir überlegt, warum Sie mit aller Gewalt auf ordinär und billig machen.»

«Ordinär? Kann schon sein. Aber billig bin ich nicht. War das alles?»

«Mögen Sie Glockenblumen, Miss Banks?»

Sie schnaubte verächtlich. «Kay mag sie. Wenn Sie mir Blumen schicken wollen – ich steh auf Rosen.»

Morse zwinkerte Lewis zu. «Man kann nie wissen. Jetzt brauche ich nur noch Ihre Adresse.»

«Muß ich die sagen?»

«Ja.»

«Princess Street 35.»

Und jetzt war es Lewis, der seinem Chef zuzwinkerte.

10

Lange Zeit – Minuten oder Jahre – saßen wir schweigend beieinander. Dann sagte ich etwas, fragte ich etwas, aber er reagierte nicht. Ich blickte auf und sah, daß sein Gesicht naß war.

(EDUARDO GALEANO, *The Book of Embraces*)

Morse machte, nachdem er aufgelegt hatte, zunächst ein durchaus zufriedenes Gesicht, das aber gleich darauf einen verdrießlichen Ausdruck annahm.

«Schon mal von einer Frau namens Friday gehört, Lewis?»

«Nur von Chestertons Roman *Der Mann, der Donnerstag war.*»

«Verkleinerungsform von Frideswide.»

«Ach so, ja. Die hatten wir in der Schule. Die heilige Frideswide, Schutzpatronin von Oxford. Sie hat einen Blinden geheilt, glaube ich.»

«Den sie vorher selbst mit Blindheit geschlagen hatte, Lewis.»

«Keine sehr liebenswerte Person also.»

«Genausowenig wie unser leichtes Mädchen.»

«Diese Kay jedenfalls können Sie von der Liste der Verdächtigen streichen.»

«Wie kommen Sie darauf, Lewis?»

«Halten Sie sie etwa auch für eine Lügnerin?»

«Nein. Noch nicht.»

«Sie hat schließlich gesagt, daß McClures Freundin in Spanien war, als er ermordet wurde.»

«Es ist unhöflich, anderer Leute Telefongespräche zu belauschen.»

Lewis nickte. «Aber interessant... Ich hab nur darauf gewartet, daß Sie diese Friday Banks bitten, Ihnen das Oben-ohne-Foto aus Torremolinos zu schicken.»

Morse sah nachdenklich vor sich hin. «Wenn ich es mir recht überlege, hätte ich das tun müssen. Ich werde allmählich senil.»

«Also die können Sie jedenfalls streichen», wiederholte Lewis ungerührt.

«Vielleicht war sie gar nicht auf meiner Liste. Ich glaube nämlich nicht, daß McClure von einer Frau ermordet wurde.»

«Aber sprechen müssen wir trotzdem mit ihr.»

«Ja, natürlich. Wichtig aber ist vor allem, daß wir mehr über McClure erfahren. Je mehr wir über ihn wissen, desto mehr erfahren wir über den Mörder.»

Das war Musik in Lewis' Ohren. «Aber konkrete Ideen haben Sie noch nicht, Sir?»

«Wie?» Morse trat ans Fenster, schien aber weniger herauszusehen, als in sich hineinzuhorchen. «Ich war mal bei einer Podiumsdiskussion von Schriftstellern, Lewis, die sich zu einer interessanten Frage äußern mußten: Wie wichtig ist der Titel für ein Buch?»

«*Der Wind in den Weiden* – das ist für mich nach wie vor ein Knüller.»

«Die Teilnehmer fanden allesamt, daß der Titel das Allerschwierigste an einem Buch ist; zum Schluß aber meldete sich eine Frau und sagte, sie sähe das Problem ganz anders. Sie habe ein halbes Dutzend toller Titel, nur keine Bücher dazu. Mir geht es genauso, Lewis. Ich habe jede Menge Ideen, aber nichts, woran ich sie festmachen könnte.»

«Noch nicht.»

«Noch nicht», wiederholte Morse.

«Glauben Sie, daß Phillotson uns irgendwas vorenthält?»

«Phillotson? Der weiß ja noch nicht mal, was er machen soll, wenn einer mit bluttriefendem Messer zu ihm kommt und verkündet, er hätte gerade seine Alte umgebracht.»

Das würde dir nie passieren, dachte Lewis. Aber er behielt es für sich.

«Jetzt würde mich aber allmählich Ihre zweite große Entdeckung interessieren.»

«In zehn Minuten bin ich soweit, Sir.»

Morse schlenderte indes durch die von der Firma Adkinson mit so eindrucksvollen Bezeichnungen belegten Räume – Wohn-Eß-Bereich; modernste Einbauküche; Garderobe; Gästetoilette; Gästezimmer; Schlafzimmer; Luxusbad –, konnte sich aber offenbar auf nichts so recht konzentrieren und kehrte sehr schnell wieder zum Tatort zurück.

Lewis hatte diese Zeit gewinnbringend verbracht. Seine kleine Akte – drei von einer Büroklammer zusammengehaltene Blätter – war komplett. Er war recht zufrieden mit sich und hoffte, mit seinem Fund auch Morse etwas heiterer stimmen zu können.

Der stand mit saurem Gesicht vor dem Bücherregal, nahm scheinbar aufs Geratewohl weitere Bücher heraus, sah kurz auf die Titelseite, packte sie am Rücken und schüttelte kräftig, als erwarte er, daß etwas herausfallen würde. Und in diesem Moment fiel tatsächlich etwas heraus – nämlich sämtliche Seiten, so daß Morse nur noch die Buchdeckel in der Hand hielt. Vor dem finsteren Gesicht des Chief Inspector verkniff sich Lewis das Lachen und jeden Kommentar.

Nur bei einer Titelseite hatte sich Morse ein wenig länger aufgehalten:

DIE PEST IN ATHEN

Ihre Auswirkungen auf Verlauf und
Führung des Peloponnesischen Krieges

Von

DR. PHIL. FELIX FULLERTON MCCLURE M. A.
Professor am Wolsey College, Oxford

Falsch.

Ehemals Professor am Wolsey College, Oxford...

Um 17.45 Uhr klopfte PC Roberts, und Morse bat ihn barsch herein.

«Grad hat der Super durchgerufen, Sir...»

«Angerufen», sagte Morse halblaut.

«Ich sollte Ihnen gleich Bescheid geben. Es ist wegen Mrs. Phillotson, Sir. Sie ist heute nachmittag gestorben. Nach einer zweiten Notoperation. Mehr hat er nicht gesagt.»

Morse ließ sich langsam in den Ledersessel sinken und vertiefte sich in das Teppichmuster. Die gewöhnlich so scharf und kritisch blickenden Augen waren stumpf und hilflos, und sein Gesicht verriet einen wütenden Selbsthaß. So hatte Lewis ihn noch nie erlebt.

Fünf Minuten später machte Lewis dem Inspector ein Angebot, das bisher noch nie abgelehnt worden war.

«Gehen wir ein Bier trinken, Sir? Das *King's Arms* an der Ecke ist auf. Ganztägig geöffnet, steht dran.»

Morse schüttelte den Kopf und brütete weiter dumpf vor sich hin.

Lewis beschäftigte sich noch eine Weile mit der Zusammenstellung seiner Akte, die längst fertig war. Hätte er sich über seinen Vorgesetzten wundern sollen? Lewis wunderte sich ganz und gar nicht.

Morgen war Donnerstag.

Der Tag darauf war Freitag.

Den Mann, der Donnerstag war, und die Frau, die Freitag hieß, hatten sie heute schon vorweggenommen. Doch in diesem Moment hatten die beiden Kriminalbeamten, die dort in der Wohnung in Daventry Court saßen, noch keine Ahnung, wie wichtig eine dieser Persönlichkeiten bald werden sollte.

11

Sie, schönste Dame, färben sich sicherlich nicht das Haar, um die anderen oder auch nur sich selbst zu täuschen; sondern nur, um Ihr eigenes Bild im Spiegel ein wenig zu betrügen.

(Luigi Pirandello, *Enrico IV*)

Als Eleanor Smith den Hörer zum zweitenmal aufgelegt hatte, sah auch sie auf den Teppich herunter, einen abgetretenen Teppich mit geschmacklosem Blumenmuster, der einen knappen halben Meter vor der verschrammten Scheuerleiste endete.

Die Anrufe waren nicht unerwartet gekommen. Seit in der *Oxford Mail* die Meldung von dem Mord an McClure erschienen war, hatte sie damit gerechnet – und ein wenig auch gefürchtet –, daß sich die Polizei mit ihr in Verbindung setzen würde. Mindestens zwei Postkarten hatte sie ihm geschickt und einen Brief, einen wirren, unreifen Schrieb, als sie sich an einem dunklen, wolkenverhangenen Tag besonders einsam gefühlt hatte. Und so wie sie Felix kannte, hatte er alles aufgehoben, was von ihr kam.

In der *Chapters Bar* des *Randolph* hatten sie sich auf einen Drink zusammengesetzt, das war ihre erste Begegnung gewesen. Ein gutes Gespräch ohne falsche Versprechungen. Außer, daß er darauf bestand, in ihr keine «Kurtisane» (wie er es mit einem Lächeln formulierte) zu sehen. Und sei es auch nur aus dem Grund, daß ihm dieses Wort aus Kreuzworträtseln verhaßt war.

Es war ein guter Abend gewesen – und eine gute erste Nacht. Seit jenem Abend begann sie sich für Kreuzworträtsel zu interessieren, was Felix später geduldig förderte...

Ihre Telefonnummer hatten sie natürlich in seiner Wohnung gefunden. Es war schließlich keine Geheimnummer. Im Gegenteil. Anfangs hatte sie in zahlreichen Telefonzellen von East Oxford herumgelegen – auf einer Karte mit der kunstlos gezeichneten Silhouette einer kurvenreichen Brünetten. Und Felix hatte die Nummer in diesem schwarzen Telefondings auf dem Schreibtisch gehabt. Erstaunlich, daß ein so gescheiter Mann die simple fünfstellige Nummer nicht einfach seinem Gedächtnis anvertraut hatte.

Armer alter Felix...

Bis auf ihre Mum gab es in ihrem Leben niemanden, den sie wirklich liebte. Aber von ihren Freiern war Felix, dieser liebenswerte, gütige, fürsorgliche Tolpatsch, derjenige, der ihr am nächsten gestanden hatte.

Er hatte nie von Feinden gesprochen, mußte aber wohl welche gehabt haben. Zumindest einen. Aber sie konnte dazu nichts sagen. Sie wußte nichts. Sonst hätte sie sich natürlich schon gemeldet.

Oder doch nicht?

Wer einen Job hatte wie sie, legte keinen gesteigerten Wert darauf, die Polizei auf sich aufmerksam zu machen. Was hätte sie auch sagen können? Zum letztenmal war sie vor drei Wochen bei Felix gewesen. Er hatte Steaks gebraten, dazu hatten sie eine Flasche alten Bordeaux getrunken und später zwei Flaschen teuren Champagner – eine davor und eine danach.

Armer alter Felix...

Eine erfreuliche Ausnahmeerscheinung in der sehr unerfreulichen Welt, in der sie seit Jahren lebte.

Die Bullen hatte sie schön hinters Licht geführt mit der Auskunft, sie sei nicht da, sei nach Spanien gefahren. Hätte der Cop, der beim zweitenmal angerufen hatte, sie nach dem Oben-ohne-Foto gefragt, hätte sie ganz schön alt ausgesehen. Aber der Mann war offenbar harmlos. Beide waren sie offenbar harmlos. Und nicht besonders helle. Ob sie das mit Spanien nachprüfen würden? Na wenn schon... Man wird sich ja noch einen kleinen Jux machen dürfen. Niemand läßt sich schließlich gern in eine Mordermittlung hineinziehen.

Aber sie war ja sowieso aus dem Schneider. Felix war am 28. August, einem Sonntag, ermordet worden, und an ebenjenem Sonntag hatte sie morgens um halb sieben (verdammt früh!) eine Ausflugsfahrt mit dem Bus nach Bournemouth gemacht, von der sie erst abends um Viertel vor zehn zurückgekommen war. Vierunddreißig Zeugen konnten das bestätigen. Fünfunddreißig, wenn man den Busfahrer mitrechnete.

Kein Grund zur Besorgnis also.

Natürlich machte sie sich trotzdem Sorgen. Immer wieder fragte sie sich, wie ein Mensch überhaupt auf den Gedanken verfallen konnte, einen so harmlosen Kerl wie Felix umzubringen.

In seinem Leben mußte es irgendeinen Vorfall, irgendein Geheimnis geben, von dem sie nichts ahnte. Aber er hatte nie eine Andeutung gemacht...

Und dann fiel ihr etwas ein.

Vor einem Jahr, Ende Mai (es konnte auch Anfang Juni gewesen sein), war ein Student, der sein Zimmer auf Felix' Aufgang hatte, aus seinem Fenster im dritten Stock gesprungen und hatte sich das Genick gebrochen.

Ein Student? Du weißt ganz genau, wer es war, Ellie!

Armer Matthew...

Dabei hatte sie auch damit nichts zu tun gehabt. Hoffentlich jedenfalls. Sie waren schließlich nur einmal zusammen gewesen, damals, als Felix so rasend eifersüchtig geworden war.

Eifersucht!

In *seinem* Alter! Er hätte ihr Großvater sein können – er war schließlich einundvierzig Jahre älter als sie. Zumindest ihr Vater. Auf jeden Fall war er einer der ganz wenigen Freier, die etwas in ihr berührten, während ihr Leben sonst einem Laufrad der Fleischeslust glich.

Eine Vaterfigur.

Ein Pflegevater vielleicht.

Aber kein *Stiefvater* – nein, *das* nicht. Um Himmels willen...

Sie stellte sich vor den Spiegel des altmodischen Ankleidetisches. Wie blaß sie war! Und das dunkle Haar mit den rötlich-orangefarbenen Strähnen war stumpf. Billig sah das aus. So billig, wie sie sich fühlte. Und als sie das ovale Gesicht in die Hände stützte und mit den Zeigefingern über die silbernen Nasenringe strich, blickten die schlammgrünen Augen ihres Spiegelbildes sie müde an, mit einem Ausdruck von Langeweile und Unaufrichtigkeit.

Unaufrichtigkeit?

Allerdings. Denn im Grunde hatte sie sich eben doch nicht allzuviel aus McClure gemacht, in letzter Zeit war er ihr sogar ziemlich auf den Geist gegangen, weil er sie ständig ganz für sich haben wollte, sie mit seinen Ansprüchen unter Druck zu setzen versuchte, im unpassendsten Augenblick anrief – einmal in einem *sehr* unpassenden Augenblick. Er war tyrannisch geworden und hatte darüber seinen Humor, seine Heiterkeit verloren. Na ja, manche Männer waren eben so.

Pech gehabt!

Also mal ehrlich, sagte ihr Spiegelbild spöttisch, im Grunde bist du doch froh, daß es vorbei ist...

Nachdenklich betrachtete sie ihr orangerot gestreiftes Haar. Waren diese kruden Strähnen vielleicht nur die äußere Entsprechung für eine innere Einstellung, die durchaus auch etwas Grausames hatte?

12

Vor Schwierigkeiten davonzulaufen ist eine Form der Feigheit; es stimmt zwar, daß der Selbstmörder mutig dem Tod die Stirn bietet, aber er tut es nicht um eines edlen Zieles willen, sondern um einem Übel zu entgehen.

(ARISTOTELES, *Nikomachische Ethik*)

Morse hatte sich am vergangenen Abend im *King's Arms* in der Banbury Road vier Pints Best Bitter zu Gemüte geführt (und daraufhin den Gürtel ein Loch weiter schnallen müssen), denen er in seiner Junggesellenwohnung in North Oxford (schon im Pyjama) noch eine halbe Flasche seines geliebten Glenfiddich hatte folgen lassen.

Es verwundert deshalb kaum, daß er nicht besonders fit war, als Lewis ihn am nächsten Morgen abholte, und auf der Fahrt nach Leicester nur allzugern seinem Sergeant das Steuer überließ.

Während der Jaguar durch die Vororte rollte, sah Morse noch einmal den inzwischen aus vier Stücken bestehenden Fund von Lewis durch. Ja, hatte der Chief Inspector zu dessen Genugtuung bestätigt, die Unterlagen könnten durchaus von Bedeutung für den Fall sein. Im übrigen warfen sie ein bezeichnendes Licht auf die trübe Alkohol-Drogen-Sex-Szene, die sich seit einiger Zeit in Teilen der Hochschule breitmachte. Das erste Dokument war ein vor vierzehn Monaten, am Dienstag, dem 8. Juni 1993, in der *Oxford Mail* veröffentlichter Artikel.

Studenten-Selbstmord drogenbedingt?

Bei der gestrigen gerichtlichen Untersuchung befand Coroner Arnold Hoskins im Falle des Todes von Mr. Matthew Rodway, eines Oxforder Anglistikstudenten im dritten Studienjahr, auf Selbstmord.

Rodways Leiche war am Freitag, dem 21. Mai, in den frühen Morgenstunden von einem Hausdiener unter dem Fenster seines Zimmers im dritten Stock im Drinkwater Quad des Wolsey College gefunden worden.

Bei den anläßlich der gerichtlichen Untersuchung verlesenen Aussagen gab es gewisse Unstimmigkeiten, wobei die Vermutung geäußert wurde, Mr. Rodway sei möglicherweise nach einem ziemlich wilden Trinkgelage in seinem Zimmer in Aufgang G versehentlich aus dem Fenster gestürzt. Fest steht, daß Mr. Rodway in den vorangegangenen Wochen oft in depressiver Stimmung gewesen war; offenbar machte er sich Sorgen wegen der bevorstehenden Abschlußprüfung.

Unbestritten ist, daß Rodway sich Kreisen angeschlossen hatte, in denen regelmäßig Drogen konsumiert wurden.

Dr. Felix McClure, einer von Rodways Tutoren, wurde zu einem unbeendeten Brief befragt, den man in Rodways Zimmer gefunden hatte und in dem er unter anderem schrieb: «Ich habe das alles so satt.»

Dr. McClure erklärte, man könne aus diesem Satz durchaus ambivalente Schlüsse ziehen, stimmte aber der Ansicht des Coroner zu, der die naheliegendste Erklärung darin sah, daß Rodway sich das Leben genommen hatte.

Der pathologische Befund erhärtete, daß Rodway regelmäßig Drogen genommen hatte, doch bislang deutet nichts darauf hin, daß er besonders suizidgefährdet gewesen wäre.

In seiner Zusammenfassung unterstrich der Coroner die Verwerflichkeit des Drogenhandels und erklärte, die leichte Verfügbarkeit von Rauschgiften habe zweifellos zu Rodways Tod beigetragen. Die Mittel, zu denen er zunächst gegriffen habe, um Ängste abzubauen, hätten diese offenbar noch verstärkt und zu diesem bedauerlichen Ergebnis geführt.

Matthew Rodways Mutter mag das Urteil des Coroner so nicht akzeptieren. In ihrem Haus in Leicester befragt, erklärte Mrs. Mary Rodway, nur den hochintelligenten, fürsorglichen Sohn in Erinnerung zu behalten, dem eine glänzende Zukunft offenstand: «Er hatte so viel Talent, begeisterte sich für Hockey und Tennis, war hochmusikalisch und spielte im National Youth Orchestra die Viola. Er war wirklich ein Sohn, wie ihn sich jede Mutter nur wünschen kann.» (Siehe Leitartikel, S. 8.)

Morse nahm sich den zweiten Ausschnitt vor, der aus demselben Blatt stammte.

Sorgenkinder

Eine kürzlich in Auftrag gegebene Studie belegt, daß in Oxford eine wachsende Zahl von Studenten mit abgeschlossenem Studium keine angemessene Stellung findet. Dr. Clive Hornsby, Dozent für Sozialwissenschaften am Lonsdale College, weist auf die Konsequenzen dieser Sachlage hin – daß viele Studenten trotz Kenntnis der derzeitigen Arbeitsmarktsituation einen akademischen

Abschluß anstreben, für den sie jedoch von ihren geistigen Kapazitäten her nicht qualifiziert sind. Eine zum Glück bislang noch kleine Zahl von Studierenden entscheidet sich fürs andere Extrem: Sie geben jede Hoffnung auf, suchen Trost in Alkohol und Drogen, und manche kommen zu dem Schluß, daß es sich nicht mehr zu leben lohne. Ob die Oxford University mit ihren zahlreichen beratenden Gremien und Hilfsorganisationen sich über diese Problematik ganz im klaren ist, wagen wir zu bezweifeln. Der neuerliche Selbstmord in einem der Colleges (siehe S. 1) zeigt einmal mehr, wie groß der Druck auf unsere Studierenden ist, und daß entsprechende Hilfsmaßnahmen dringend erforderlich sind.

Der dritte – kürzere – Ausschnitt war aus der *Oxford Times* vom Freitag, dem 18. Juni 1993. Das dazugehörige Foto von «Dr. F. F. Maclure» zeigte einen glattrasierten Mann mit Kummerfalten im vollen akademischen Ornat.

Studentenberatung verteidigt sich

Nach der neuen bestürzenden Selbstmordwelle ist die Studentenberatung der Hochschule unter starken Beschuß geraten. Dr. Felix McLure, früher Tutor für Alte Geschichte am Wolsey College, findet es allerdings bedauerlich, daß in diesem Zusammenhang soviel – und in manchen Fällen auch unbedacht – von Gleichgültigkeit und Unterlassungssünden die Rede ist. Laut Dr. MacClure hat die Hochschule im letzten Jahr wesentlich dazu beigetragen, daß die Beratungsgruppe Oxford University Counselling and Help (OUCH) entstand, zu deren Gründungsmitgliedern er gehört. «Weitere Maßnahmen sind erfor-

> derlich», sagte er unserem Reporter, «darüber sind wir uns alle einig, aber es sollte auch anerkannt werden, was die Hochschule auf diesem Gebiet schon geleistet hat.»

«Inzwischen müßten Sie das eigentlich fast auswendig kennen», sagte Lewis zufrieden, als er in einer schmalen, baumbestandenen Straße an der Ostseite der London Road anhielt, um sich kurz auf dem Stadtplan zu orientieren.

«Ich bin eben ein langsamer Leser.»

«Und wo wären Sie jetzt, wenn Sie ein schneller Leser wären?»

«Wahrscheinlich bei einer Zeitungsredaktion als Korrektor. Gebrauchen könnten sie einen», bemerkte Morse und besah sich noch einmal das Nebeneinander von «Maclure», «McLure» und «MacClure» im letzten Artikel.

Lewis bremste vor der Evington Road South 14 ab und bog in die Einfahrt ein. Die Reifen des Jaguar knirschten über den Kies.

13

Wie drückend auch die Sorge sei,
Kein menschlich Leben solcherlei
Sehnt ehrlich sich den Tod herbei.
(Alfred Lord Tennyson, *The Two Voices*)

Mary Rodway, eine modisch gekleidete, schlanke, gutaussehende Frau Ende Vierzig, sprach zunächst einmal über sich selbst, und das offenbar nicht ungern. Vor vier Jahren, erzählte sie, sei ihr Mann, der als Bauingenieur eine sehr gut dotierte Stellung hatte, mit seiner Sekretärin durchgebrannt. Sie habe nur noch über die Anwälte und die Bank mit ihm Kontakt. Doch sei sie mit dem Leben ohne Partner durchaus zufrieden – sofern man das so sagen könne, wenn das einzige Kind unter derart dubiosen Umständen gestorben sei.

Sie hatte den Bericht über den Mord an McClure im *Independent* gelesen, und Morse sagte ihr klipp und klar, weshalb sie gekommen waren. Aus den bei den Unterlagen des Ermordeten gefundenen Zeitungsausschnitten ging hervor, daß McClure sich sehr für ihren Sohn und wohl auch für die Hintergründe von dessen Selbstmord interessiert hatte.

«Der Coroner lag völlig falsch.» Mary Rodway zündete sich die nächste Zigarette an und inhalierte tief.

«Sie glauben nicht, daß es Selbstmord war?»

«Das habe ich nicht gesagt. Aber ich finde, der Coroner hätte das mit den harten Drogen nicht so herausstellen dürfen. So sagt man ja wohl: harte Drogen, im Unterschied zu weichen Drogen. Wie bei Pornos.»

Morse nickte und machte ein möglichst harmloses Gesicht. «So ein Menschenleben – Matthews Leben –» fuhr Mrs. Rodway fort, «ist sehr viel komplizierter, als der Coroner es geschildert hat.»

«Sie dürfen nicht zu – äh – streng mit ihm ins Gericht gehen, Mrs. Rodway. Aufgabe des Coroner ist es nicht in erster Linie, Recht von Unrecht zu trennen, moralische Bewertungen vorzunehmen und dergleichen. Er soll aus vielen Einzelheiten so etwas wie ein Muster zusammensetzen und sich dann unter einer begrenzten Zahl von Möglichkeiten eine einigermaßen passende als Urteilsspruch herauspicken.»

Ob diese von der Formulierung her etwas angreifbare Erklärung Mrs. Rodway hinreichend beeindruckte, war nicht zu erkennen, vielleicht aber hatte sie auch gar nicht zugehört, denn sie fuhr im gleichen Ton fort: «Es waren zwei verschiedene Dinge, die getrennt hätten betrachtet werden müssen. Ich kann das nicht so gut ausdrücken, Inspector – aber es gibt Ursachen und Symptome. Und im Fall von Matthew war diese Drogengeschichte ein Symptom und keine Ursache. Ich kannte Matthew besser als jeder andere Mensch...»

«Sie denken also...»

«Ich habe aufgehört zu denken. Was nützt es, das alles immer wieder aufzuwärmen?»

Sie drückte mit einer heftigen Bewegung eine halb gerauchte Zigarette aus und zündete sich die nächste an.

«Stört es Sie, wenn ich rauche?»

«Nein, nein.»

«Darf ich Ihnen eine anbieten?» Sie streckte die Schachtel Dunhill erst Lewis hin, der lächelnd den Kopf schüttelte, und dann Morse, der tapfer ablehnte, denn erst heute früh, als er kurz vor sechs mit staubtrockenem Mund und dröhnendem Kopf aufgewacht war, hatte er beschlossen, dem zweifelhaften Trost nicht nur des Alkohols, sondern auch des Nikotins auf immer zu entsagen.

Aber vielleicht war es ja nicht weiter schlimm, wenn er mit der totalen Askese erst morgen anfing. «Vielen Dank, Mrs. Rodway, sehr freundlich... Hochinteressant, was Sie uns da erzählen. Bitte fahren Sie fort.»

«Das war eigentlich schon alles.»

«Aber warum haben Sie diese Einwände nicht bei der Verhandlung vorgebracht?»

«Das habe ich nicht gekonnt! Ich mochte ja nicht mal den Fernseher oder das Radio einschalten aus lauter Angst, sie könnten was über den Fall bringen. Hätten Sie das geschafft, wenn es Ihr Kind gewesen wäre, Inspector?»

«Hm ... ja ... das leuchtet mir ein», sagte Morse verlegen.

«Normalerweise gibt es, wenn so was passiert, jede Menge Klatsch und Gerüchte. Aber bei der gerichtlichen Untersuchung fehlte das völlig.»

Mary Rodway inhalierte so heftig, daß Lewis den Eindruck hatte, sie sei fest entschlossen, sich ihre Atemwege ein für allemal zu ruinieren.

Morse sah ein paar Sekunden gedankenvoll vor sich hin und meinte dann, am Ende eines langen schwarzen Tunnels einen ganz schwachen Lichtschein zu erkennen.

Die nächsten Worte wählte er mit großer Sorgfalt. «Sie hatten also die Hoffnung, daß irgend jemand vor Gericht noch weiteres Beweismaterial vorlegen würde, das Sie selbst aber nicht zur Sprache bringen wollten.»

«Vielleicht war es auch gar nicht wichtig.»

«Wollen Sie es mir nicht sagen?»

«Nein.»

Morse sah sich in dem geräumigen Wohnzimmer um. Es war ein warmer Tag, aber er vermutete (zu Recht), daß die beiden langen Heizkörper voll aufgedreht waren. An den Wänden hingen Drucke von Braque, Matisse, Picasso – hauptsächlich Stilleben –, Fotos und Aquarelle berühmter Herrenhäuser und Schlösser, unter anderem Versailles, Blenheim – und Wolsey College, Oxford. Nur unbelebte Gegenstände, dachte Morse. Interessant ...

«Sie kannten Dr. McClure?» fragte Morse.

«Ich habe ihn kennengelernt, als Matthew nach Oxford ging. Er war sein Tutor.»

«Wohnte er nicht auf demselben Aufgang wie Matthew?»

(Lewis hatte am vergangenen Abend brav seine Hausaufgaben gemacht – und die für Morse gleich mit.)

«Ja, im ersten und im dritten Jahr. Im zweiten Jahr hat er nicht im College gewohnt.»

«Und wo? Wissen Sie das noch?»

Hatte Lewis das leise Flackern in Mary Rodways Augen gesehen? Oder Morse?

«Ich weiß nicht recht...»

«Macht nichts. Sergeant Lewis kann das ohne weiteres feststellen.»

Aber jetzt war es ihr offenbar wieder eingefallen. «Irgendwo in East Oxford. Cowley Road, wenn ich mich recht erinnere...»

Morse tat, als habe er keine Alarmglocke schrillen hören. «Wie standen Sie zu Dr. McClure?»

«Ein sehr angenehmer Mensch, gütig und aufrichtig. Er hat sich immer so nett um Matthew gekümmert.»

Morse holte einen Brief hervor, den er Mrs. Rodway reichte. Im Briefkopf war als Adresse die Evington Road South 14, Leicester, angegeben. Der Brief war mit der Hand geschrieben und auf den 2. Juni datiert, den Tag, nachdem der Coroner bei Matthew Rodway auf Selbstmord befunden hatte.

Lieber Felix,

es tat gut, Ihre Stimme am Telefon zu hören, aber die Kehle war mir wie zugeschnürt, weswegen ich kaum ein Wort herausgebracht habe. Bitte machen Sie alles so, wie wir es verabredet haben. Wenn Sie noch irgend etwas Belastendes unter Ms Sachen finden, vernichten Sie es bitte, das gilt auch für Briefe von mir. Er hatte zwei Familienfotos im Zimmer, eins war eine gerahmte Aufnahme von uns beiden, die hätte ich gern zurück, aber alles andere, seine Kleidung und seine persönlichen Dinge, können weg, ich wäre Ihnen sehr dankbar, wenn Sie das für mich erledigen würden.

Ich möchte Ihnen für alles danken, was Sie für Matthew getan haben. Er hat, wie Sie wissen, oft davon gesprochen, wie lieb Sie zu ihm waren. Tut mir leid, mehr kann ich jetzt nicht schreiben.

Sehr herzlich

Mary

Morse nahm dankend eine zweite Zigarette an, und Lewis drehte den Kopf weg, um den Rauchschwaden nach Möglichkeit zu entgehen, auch wenn er den Gefahren des Passivrauchens nicht allzuviel Gewicht beimaß. In diesem Zimmer waren allerdings die Auswirkungen ständigen Rauchens nicht zu übersehen. Auf den mit Dispersionsfarbe gestrichenen Wänden hatte sich eine deutlich wahrnehmbare Nikotinschicht niedergeschlagen. In den Ecken war die hohe Decke fast schwarz, über einem der Heizkörper zeichnete sich eine rechteckige helle Stelle ab.

«Stammt dieser Brief von Ihnen?» fragte Morse.

«Ja.»

«Möchten Sie uns etwas dazu sagen?»

«Der Text spricht doch wohl für sich...»

«Hat McClure in Matthews Zimmer etwas gefunden?»

«Das weiß ich nicht.»

«Hätte er es Ihnen gesagt, wenn er zum Beispiel Rauschgift gefunden hätte?»

«Wohl kaum.»

«Glaubte er, daß Matthew Drogen nahm?»

Man merkte, wie schwer ihr die Antwort fiel: «Ja.»

«Wissen Sie, woher er seinen Stoff bezog?»

«Nein.»

«Hat er irgendwann mal etwas gesagt, daß seine Freunde Drogen nehmen?»

«Nein.»

«Halten Sie es für denkbar?»

«Ich kenne nur zwei seiner Kommilitonen, die auf demselben Aufgang wohnten wie er.»

«Glauben Sie, daß im College Drogen kursierten?»

«Das weiß ich nicht.»

«Hätte Dr. McClure es gewußt?»

«Das möchte ich annehmen.»

«Ließ Matthew sich leicht von Freunden beeinflussen?»

«Bestimmt nicht.»

Bisher hatte Mrs. Rodway nichts Sensationelles, ja eigentlich kaum etwas Erhellendes ausgesagt, fand Lewis, aber Morse nahm sich bei der Vernehmung weiter sehr zurück.

«Geben Sie irgend jemandem die Schuld? Wegen der Drogengeschichte?»

«Das würde ich mir nie anmaßen.»

«Sich selbst womöglich?»

«Wir neigen wohl alle dazu, die Schuld erst einmal bei uns selbst zu suchen.»

«Hat Dr. McClure irgendwelche Schuldzuweisungen vorgenommen?»

«Er hat mal gesagt...» Sie unterbrach sich und griff nach der nächsten Zigarette. «Ja, das war schon eigenartig. Er sprach von dem starken Druck, unter dem heutzutage die Jugend steht, von Jugendkultur und verfallenden Wertmaßstäben...»

«Wissen Sie noch, was er genau gesagt hat?» hakte Morse vorsichtig nach.

Aber sie hörte gar nicht hin. «Wenn Matthew sich damals nicht... nicht umgebracht hätte, aus welchem Grund oder aus welchen Gründen auch immer, hätte er sich wahrscheinlich wieder gefangen und wäre schon wenige Tage oder eine Woche später vergnügt und munter gewesen. Darüber komme ich nicht hinweg.»

Sie begann zu weinen.

Lewis sah weg.

Morse nicht.

«Wissen Sie noch, was er gesagt hat?» wiederholte er.

Mrs. Rodway wischte die Tränen weg und schneuzte sich geräuschvoll. «Daß Schuldzuweisungen immer schwierig sind, hat er gesagt. Und daß er – wenn überhaupt – den Studenten die Schuld geben würde...»

«Das war alles?»

«Ja.»

«Und warum war das eigenartig?»

«Weil er sonst immer mit den Studenten gemeinsame Sache gemacht hat. Das war so, als wenn ein Gewerkschaftsboss sich plötzlich auf die Seite der Konservativen schlägt.»

«Vielen Dank, Mrs. Rodway. Es war sehr freundlich, daß Sie sich soviel Zeit für uns genommen haben.»

Das Gespräch war offenbar zu Ende, und Lewis klappte mit einem eleganten Schwung, den die beiden anderen bedauerlicherweise nicht bemerkten, sein Notizbuch zu. Morse aber regte sich nicht. In den blauen Augen stand der distanzierte, fast vergeistigte Blick, den Lewis so gut kannte und der meist einen Durchbruch signalisierte.

Alle drei standen auf.

«Haben Sie auch studiert, Mrs. Rodway?» fragte Morse.

«Nein. Ich bin mit sechzehn von der Schule abgegangen und habe eine gute Handelsschule besucht. Als Sekretärin geriet ich an einen netten Chef, der mich schließlich geheiratet hat. Er hatte schon damals eine Schwäche für Sekretärinnen...»

Morse nickte. «Noch eine letzte Frage. Wann hat Ihr Mann Sie verlassen?»

«Vor vier Jahren, das sagte ich doch schon», gab sie überraschend scharf zurück.

«Wann genau, Mrs. Rodway?» Auch die Stimme des Chief Inspector war scharf geworden.

«Am 5. November. Guy Fawkes Day. So was vergißt man nicht...»

«Also ist es noch nicht ganz vier Jahre her?»

Mrs. Rodway schwieg.

14

Jeder kann den Schmerz bemeistern, nur der nicht, der ihn fühlt.
(SHAKESPEARE, *Viel Lärm um nichts*)

«Die Zeit heilt alle Wunden, daran müssen Sie immer denken. Natürlich dauert es eine Weile...»

Mit diesen Worten sprach Chief Superintendent Strange im Polizeipräsidium Kidlington am späten Vormittag des gleichen Tages Detective Chief Inspector Phillotson sein Beileid aus. Er solle ruhig einen längeren Urlaub antreten, fuhr er fort, wenn... wenn alles vorbei sei. Und wenn er Hilfe brauche, solle er es nur sagen.

«Leider ist es ja so», sagte Strange, indem er hinter seinem Schreibtisch hervorkam und seinem Kollegen gütig eine Hand auf die Schulter legte, «daß in so einer Situation nichts wirklich hilft.»

«Trotzdem... Die Leute sind alle sehr nett zu mir.»

«Ich weiß, ja, ich weiß.» Strange setzte sich wieder und sann mit einiger Genugtuung über seine eigene Nettigkeit nach.

«Bei mir haben sich Leute gemeldet, denen ich im Grunde nicht viel Mitgefühl zugetraut hätte. Morse zum Beispiel.»

«Wann haben Sie denn mit Morse gesprochen? Mir hat er gesagt, daß er heute früh nach Leicester will.»

«Er hat mir einen Brief durchgesteckt. Gestern abend, muß ziemlich spät gewesen sein. Als ich die Milchflaschen vor die Tür gestellt habe, war er noch nicht da...»

«So wie ich Morse kenne, hat er ihn wahrscheinlich in der Kneipe geschrieben.»

«Spielt es eine Rolle, wo er ihn geschrieben hat, Sir?»

«Nein, natürlich nicht. Aber ich kann mir etwas Teilnahmsvolles von Morse nicht so recht vorstellen. Er ist ein Heide durch und durch. Mit der Kirche, mit Glaube, Liebe, Hoffnung und dergleichen hat er nichts am Hut. Glaubt nicht mal an Gott, geschweige denn an ein Leben nach dem Tode.»

«Da kann er ja etlichen unserer Bischöfe die Hand reichen», bemerkte Phillotson trübe.

«Und manchen Theologieprofessoren in Oxford auch.»

«Trotzdem – ich habe mich über seinen Brief gefreut.»

«Was hat er denn geschrieben?»

«Im Grunde das, was Sie eben gesagt haben, Sir. Daß er nicht an den Allmächtigen glaubt. Diesen Quatsch von... von einem Wiedersehen im Jenseits solle ich mir aus dem Kopf schlagen. Ich solle einfach akzeptieren, daß sie nicht mehr da ist. Und ich würde wahrscheinlich nie drüber wegkommen und soll nicht auf die Idioten hören, die sagen, daß die Zeit...» Phillotson verstummte plötzlich.

«Also sehr tröstlich finde ich das ja nun nicht gerade...»

«Ich schon. Weil es einfach ehrlich war. Und zum Schluß hat er noch geschrieben, daß es ihn sehr getroffen hat und daß er an mich denkt. Und daß es im Leben letztlich einfacher ist, sich mit der Wahrheit abzufinden als mit Halbwahrheiten. Wie er das gemeint hat, weiß ich nicht genau, aber... irgendwie hilft es, wenn ich daran denke.»

Phillotson versagte die Stimme, und er stand rasch auf. An der Tür wandte er sich noch einmal um. «Morse ist heute früh nach Leicester gefahren?»

«So hat er es mir jedenfalls gesagt.»

«Komisch – da wäre wahrscheinlich jetzt ich, wenn... wenn es anders gelaufen wäre. Bestimmt will er mit den Eltern von dem jungen Mann sprechen, der sich vor einem Jahr im Wolsey College umgebracht hat.»

«Was hat denn das mit unserem Fall zu tun?»

«Unter McClures Papieren waren ein paar Zeitungsausschnitte über den Selbstmord. Und ein Brief von der Mutter des Jungen, er fing mit ‹Lieber Felix› an, demnach kannten sie sich ganz gut.»

Strange knurrte.

«Soll ich das Morse erzählen, Sir? Was meinen Sie?»

«Bloß nicht! Morse hat sowieso immer mehr Ideen, als uns lieb sein kann.»

15

Für was sind Hopfengärten exzellent,
Warum, sag', baute Burton man am Trent?
Manch Landherr braut in England einen Trank,
Der mehr beschwingt als Musen Überschwang,
Und Malz tut mehr als Milton je kann preisen,
Die Wege Gottes für die Menschheit gutzuheißen.
(A. E. HOUSMAN, *A Shropshire Lad, LXII*)

Der Weg zur *Turf Tavern*, die sich an die alten Mauern des New College, Oxford, schmiegt, führt von der gegenüber dem Holywell Music Room gelegenen Holywell Street aus über eine schmale, mittelalterlich anmutende, kopfsteingepflasterte Gasse.

Ein Schild über der Tür gibt allen Besuchern den guten Rat, den Kopf einzuziehen, um an diesem wertvollen Körperteil keinen Schaden zu nehmen. In den Gasträumen mit den unverputzten, rohen Steinwänden und den geschwärzten Balken kann der wahre Bierliebhaber sich an einen der kleinen Holztische setzen und sein gepflegtes Pint genießen. Es ist ein idealer Ort zum Trinken und Reden und Nachdenken, der von Musikberieselung bislang verschont geblieben ist, und das wissen die Gäste zu schätzen.

Der Wirt, ein fülliger Endvierziger mit graumeliertem Bart und einem goldenen Ring im linken Ohr, der früher bei der Royal Navy gedient hatte, fing schon mal an zu zapfen, als er Morse, den braven Lewis im Schlepptau, um 13.50 Uhr hereinkommen sah.

Lewis war sehr mit sich zufrieden. Nur fünfundsechzig Minuten Fahrt von Leicester, was vielleicht nicht ganz legal war. Schnelles Fahren war eins seiner wenigen Laster, und der elegante braune Jaguar war auf der M 40 von Banbury nach Oxford gelaufen wie ein Uhrwerk.

Den Lockungen der Pubs, die unterwegs – in Lutterworth, Rugby und Banbury – mit ihren Vorzügen geworben hatten, war Morse nicht erlegen, aber Lewis wußte, daß nun bald eine Denkpause nebst allfälliger Erfrischung angezeigt war.

In North Oxford hatte sich Morse kurz bei seiner Wohnung absetzen lassen. «Muß noch was deponieren», sagte er zu Lewis, der messerscharf schloß, Morse wolle zur Bank und bei dieser Gelegenheit wohl auch seine Barschaft aufstocken. Das war willkommene Kunde, denn Lewis, der nur halb soviel verdiente wie sein Chef, zahlte regelmäßig drei Viertel der Getränke, die sie gemeinsam konsumierten. Leider aber hatte er seinen Chef wieder einmal mißverstanden. Fünf Minuten später deponierte er auf Anweisung des Chief Inspector etliche leere Flaschen (weiß, grün, braun) in dem Altglascontainer von Summertown.

Von dort fuhren sie die Banbury Road hinunter zum Martyrs' Memorial und bogen dann links in die Broad Street ein. Parkplätze waren natürlich auch hier nicht zu haben, und Morse sagte, Lewis solle den Jaguar einfach auf dem kopfsteingepflasterten Platz gegenüber von Blackwell's abstellen.

«Die Kollegen von der Verkehrspolizei kennen meinen Wagen, Lewis, sie werden denken, ich bin im Dienst.»

«Sind Sie ja auch, Sir.»

«Sehr richtig. Bin ich auch.»

«Das Übliche, Chief Inspector?»

«Hat sich was mit Chief Inspector! Der Sheehy-Bericht will uns alle herunterstufen.»

«Das Übliche?»

Morse nickte.

«Und Sie, Sergeant?»

«Orangensaft», sagte Morse.

«Wo parken Sie?» erkundigte sich Biff. Es war eine Frage, die im Lauf der letzten zehn Jahre im Zentrum von Oxford immer wichtiger geworden war. «Ich frage nur, weil Pam erzählt hat, daß sie diese Woche mal wieder besonders scharf sind.»

Morse kramte mit einem Eifer, der nicht sehr überzeugend

wirkte, in seinen Taschen herum. «Und eine Packung... verkaufen Sie noch Zigaretten?»

Biff deutete auf den Automaten. «Da brauchen Sie aber passendes Kleingeld.»

«Haben Sie zufällig ein bißchen Kleingeld bei sich, Lewis?»

Nachdem sich Morse an einem Tisch im Gastraum häuslich niedergelassen und sein zweites Bier vor sich stehen hatte, holte er aus der Innentasche seines Jacketts den gebrauchten Briefumschlag, auf dem er sich während der Fahrt Notizen gemacht hatte.

«Wußten Sie, daß Wolsey College von vielen Leuten – besonders denen, die dort wohnen – schlicht ‹das Haus› genannt wird?»

«Nein, das hab ich nicht gewußt.»

«Und können Sie sich denken, warum?»

«Ich muß mich erst mal auf meinen Orangensaft konzentrieren.»

«Wegen seines lateinischen Namens *aedes archiepiscopi*, Haus des Bischofs. Eine weitere Besonderheit von Wolsey ist, daß man die Professoren, Dozenten und Tutoren, die in den anderen Colleges Fellows heißen, in Wolsey ‹Students› nennt.»

«Und wie nennen sie dort die Studenten?»

«Das braucht uns zunächst nicht zu interessieren. Lassen Sie mich mal zusammenfassen. Wir haben in diesem Fall zwei mögliche Bindeglieder aufgespürt, McClures ‹Liebchen› und Mrs. Rodway, die Mutter eines seiner früheren Schüler. Daß beide für den Mord nicht in Frage kommen, ist mir klar, aber beide können uns helfen, mehr über McClure zu erfahren. Er war ein angesehener Wissenschaftler, ein gewissenhafter Lehrer...»

«Student, Sir.»

«Ein gewissenhafter Student, der viel Verständnis für seine Stu...»

Lewis verzog keine Miene.

«... der viel Verständnis für die ihm anvertrauten jungen Leute hatte und Gründungsmitglied einer Organisation war, die Drogensüchtigen Hilfe bietet. Er kannte Matthews Mutter und war vermutlich mit ihr im Heu...»

Lewis schüttelte mißbilligend den Kopf. «Wie können Sie so was sagen?»

«Wie sollen wir diesem Fall auf den Grund gehen, wenn wir uns nicht auf die eine oder andere Spekulation einlassen? Wir müssen alles aufs Korn nehmen, was unwahrscheinlich ist. Das Naheliegende kann jeder Idiot herausbekommen.»

«Wenn Sie meinen, Sir...»

«Ja, das meine ich», blaffte Morse. «Wobei das, was ich eben gesagt habe, gar nicht so unwahrscheinlich ist. Die beiden haben sich offenbar gut verstanden. Sieht man schon an der Begrüßungs- und Schlußformel.»

Lewis sah ihn fragend an.

«Die Vornamen, Lewis, der vertrauliche Ton... Ihr Mann habe sie verlassen, hat sie uns erzählt. Sie erinnern sich, daß ich da noch mal nachgehakt habe. Angeblich war das im November, einen Monat nachdem ihr geliebter Matthew sein Studium in Oxford aufgenommen hatte. Und da drängt sich doch der Gedanke auf, ob es nicht vielleicht umgekehrt war: daß sie *ihn* verlassen und er sich erst hinterher mit seiner neuen Sekretärin getröstet hat.»

«Wir können uns ja mal ansehen, wie die Scheidung gelaufen ist.»

«Woher wissen Sie eigentlich, daß die beiden geschieden sind?»

Lewis gab sich geschlagen und hielt sich an seinen Orangensaft.

«Aber im Grunde hat das überhaupt nichts mit dem Mord an McClure zu tun, darauf können Sie Ihr ganzes Geld verwetten. Kein Risiko.»

Lewis tastete nach seiner restlichen Barschaft – drei Pfund – und dachte sich, daß er damit auch bei den günstigsten Chancen kaum ein reicher Mann werden würde. Aber eine Sache mußte er nun doch loswerden.

«An der Wand von Mrs. Rodways Wohnzimmer war ein heller Fleck, Sir...»

«Freut mich, daß Sie das bemerkt haben. Ich wette fünf Pfund gegen einen kaputten Nachttopf, daß es ein Bild von McClure war, Lewis. Deshalb hat sie es abgehängt. Aber irgendwelche Spuren bleiben eben immer zurück...»

«Sie hätte ja notfalls was drüberhängen können...»

Morse ging großzügig über diesen Einwand hinweg. «Ein Bild

von ihrem Sohn hätte sie wohl kaum abgenommen. Sehr unwahrscheinlich!»

«Vorhin haben Sie aber gerade gesagt, daß wir das Unwahrscheinliche aufs Korn nehmen müssen.»

Die Frau des Gastwirts, eine hübsche, schlanke Brünette, ersparte es Morse, auf diese treffende Bemerkung eine Antwort zu geben. Sie begrüßte Morse mit einem Kuß auf die Wange.

«Wir haben uns lange nicht mehr gesehen, Inspector. Noch ein Bier?»

«Wenn's denn sein muß...»

«Das zwar nicht, aber...»

«Na gut. Ein Pint Best Bitter.»

«Und Sie, Sergeant?»

«Er muß fahren», sagte Morse.

Der Wirt setzte sich zu der kleinen Runde, und Morse erzählte, daß in einer Randbemerkung in einem von McClures Büchern das Wort «Turf» aufgetaucht war, und fragte, ob Biff oder seine Frau den Ermordeten als Gast gekannt hätten («Nein.»), ob ihnen irgendwann mal der junge Mann aus Wolsey aufgefallen wäre, der Selbstmord begangen hatte («Nicht daß ich wüßte...»), ob sich hier im Pub eine junge Frau mit Nasenringen und roten Strähnen im Haar habe blicken lassen («Eine? Hunderte!»).

Aber dann fiel der Wirtin doch etwas ein. «Einer der Hausdiener von Wolsey kam öfter her, er arbeitete auf dem Aufgang, wo der junge Mann... Ich hab gehört, wie er einem anderen Gast davon erzählt hat.»

Ihr Mann nickte. «Richtig, jetzt erinnere ich mich auch wieder. Normalerweise ginge er in den *Bulldog*, hat er gesagt, oder war es *Old Tom*, Pam?»

«Das weiß ich nicht mehr.»

«Und er war Hausdiener in Wolsey?» vergewisserte sich Morse.

«Ja. Zu uns kam er erst, nachdem er seine neue Stelle angetreten hatte. Im Pitt Rivers, soviel ich weiß. Ist ja nicht weit.»

«Kommt er immer noch her?»

Biff überlegte. «Ich hab ihn schon eine ganze Weile nicht mehr gesehen. Du, Schatz?»

Pam schüttelte den Kopf.
«Wissen Sie, wie er heißt?» fragte Lewis.
«Brooks. Ted Brooks.»

«Das will ich aber jetzt genau wissen», sagte Lewis, als er und Morse über St. Helen's Passage, eine Querstraße der New College Lane, die *Turf Tavern* verließen. «Sie meinen, Mrs. Rodway hätte das, was McClure über die Studenten gesagt hat, mißverstanden?»

«Ja. Er hat nämlich nicht den Studenten die Schuld gegeben. Sondern der Hochschule, den ‹Students› im Jargon des Wolsey College, dem System, den zuständigen Stellen. Damit behauptete er nicht, die Herren Professoren hätten selber Dreck am Stecken, aber er meinte wohl, sie hätten wissen müssen, was dort lief, und darum etwas unternehmen.»

«*Wenn* dort was lief, Sir.»

«Eben darum müssen wir uns jetzt als nächstes kümmern.»

Es war Lewis, der als erster den Strafzettel an der Windschutzscheibe des Jaguar entdeckte.

Um drei Uhr hatte Mary Rodway das neue Passepartout für den Bilderrahmen fertig. Das alte war, wie alles in diesem Zimmer, etwas angeschmuddelt. Behutsam legte sie das Foto ein, trat wiederholt zurück und rückte es millimetergenau zurecht, bis es zu ihrer Zufriedenheit saß. Es war das Foto, das sie zusammen mit ihrem Sohn zeigte und das Felix ihr wunschgemäß zurückgeschickt hatte.

An diesem Tag tat sich weiter nichts Bemerkenswertes – außer daß Lewis die größte Überraschung des letzten halben Jahres erlebte.

«Kommen Sie noch einen Augenblick herein, ich möchte Ihnen die Zigaretten bezahlen», sagte Morse, als der Jaguar vor der Junggesellenwohnung in North Oxford hielt.

16

Und seitwärts blickt er, fluchtbereit,
Die Tür zu finden und Gelegenheit.
(SIR WALTER SCOTT, *Rokeby*)

Die «zuständigen Stellen» im Wolsey College (um mit Chief Inspector Morse zu sprechen) erklärten sich zu jeder Unterstützung bereit, und am nächsten Tag um zehn erfuhren Morse und Lewis allerlei über das College, insbesondere über Aufgang G im Drinkwater Quad, wo Dr. McClure neun Jahre seines Hochschullebens verbracht hatte, von 1984 bis zu seiner Pensionierung zum Ende des Sommertrimesters 1993.

In seinem Büro mit Blick über den weiträumigen Innenhof («Der größte in Oxford, meine Herren, 88 mal 87 Meter!») hatte der Stellvertretende Quästor einen für Morses Geschmack etwas langatmigen Vortrag über die... äh... organisatorischen Details hier im Haus vom Stapel gelassen. Der frühere Vice Marshal der Royal Air Force war offenbar der Meinung, daß man bei Leuten, die nicht aus dem Hochschulbereich kamen, etwas weiter ausholen mußte.

Soso, über die Hausdiener wollten sie etwas wissen... Hm, ja... Jeder Hausdiener war für einen Aufgang zuständig und hütete seinen Bereich so eifersüchtig wie der Amselmann sein Revier im Garten, es war fast so etwas wie ein mittelalterliches Lehen (Wenn Sie wissen, was ich meine...). Manche Hausdiener waren zwanzig, dreißig Jahre bei ihnen, einer schon neunundvierzig. Was sie zu tun hatten? Nun, am besten wäre es wohl, wenn sie dazu direkt an die Quelle gingen... Nachdem der Quästor sie durch den Großen Hof nach links in den Drinkwater Quad gewiesen hatte (kein verheißungsvoller Name, fand Morse, für den Trinkwasser fast ein Reizwort war), machten sie sich auf den Weg zum Aufgang G.

Und dort erwartete sie eine Überraschung: Statt eines Hausdieners ein dienstbarer Geist weiblichen Geschlechts!

Susan Ewers war ebenfalls sehr hilfsbereit. Sie war verheiratet (noch keine Kinder) und heilfroh, ein bißchen was dazuverdienen zu können. Die Arbeit, beteuerte sie, mache ihr Freude. Heutzutage waren am Wolsey College hauptsächlich Frauen beschäftigt, die Zahl der Männer war auf drei oder vier geschrumpft. Sie selbst hatte die Stellung von einem Mann übernommen, der zum Pitt Rivers Museum gegangen war.

«Mr. Brooks, nicht?» fragte Morse.

«Ja. Kennen Sie ihn?»

«Nur dem Namen nach. Bitte fahren Sie fort.»

Was sie hier zu tun hatte? Also... eigentlich machte sie alles. Den unmittelbaren Außenbereich. Den Eingang. Diele, Treppen, die acht Wohnungen, die während des Trimesters natürlich alle belegt waren und manchmal auch in den Ferien, wenn Konferenzen oder andere mehrtägige Veranstaltungen stattfanden. Morgens fing ihr Dienst damit an, daß sie den Inhalt sämtlicher Abfallkörbe in schwarze Müllsäcke leerte. Danach putzte sie die drei WCs, eins auf jedem Stockwerk (Zimmer mit Toilette und Bad gab es noch nicht), und die Waschbecken. Zweimal in der Woche saugte sie, wischte Staub, polierte Messing und dergleichen. Im übrigen hatte sie dafür zu sorgen, daß die Räume einigermaßen sauber und ordentlich waren, soweit das bei jungen Männern und Frauen möglich war, die sich wahrscheinlich (das war jedenfalls ihre unmaßgebliche Meinung) inmitten von Schlamperei und Chaos sogar wohler fühlten. Das Bettenmachen gehörte zum Glück nicht zu ihren Obliegenheiten.

Bereitwillig zeigte sie den Polizeibeamten die Wohnung G 4 im zweiten Stock, wo bis vor vierzehn Monaten neben der oxfordblauen Doppeltür ein Schild mit dem Namen «Dr. F. F. McClure» in Frakturlettern befestigt gewesen war.

Falls Morse sich bedeutsame Entdeckungen erhofft hatte, wurde er enttäuscht. In der kleinen Wohnung stand nicht mehr das Mobiliar, das die Hochschule einem ihrer angesehenen Lehrer zur Verfügung gestellt hatte, sondern die Standardeinrichtung für Studenten: ein Dreisitzersofa, zwei Sessel, zwei Schreibtische, zwei Bücherregale. Der Anblick erinnerte Morse an seine eigene erfolglose Studienzeit, verhalf ihm ansonsten aber nicht zu neuen Erkenntnissen.

Vielleicht wäre es nützlich gewesen, eine Weile im Wohnzimmer und dem geräumigen Schlafzimmer umherzugehen, in dem bis vor einem Jahr ein offenbar kultivierter und liebenswürdiger Mann gelebt hatte, um etwaige Schwingungen, irgendeinen Nachhall aufzufangen.

Von solchen Geisterbeschwörungen aber hielt Morse nicht viel.

«Ist G 8 frei?» fragte er.

«Nein, aber der junge Mann ist zur Zeit nicht da. Wenn Sie mal kurz hineinschauen wollen...»

«Dort hat früher Matthew Rodway gewohnt, der...»

«Ich weiß», sagte Susan Ewers leise.

Doch G 8 erwies sich ebenfalls als enttäuschend: Dreisitzersofa, zwei verschossene Sessel... Nichts erinnerte mehr an den jungen Mann, der sich aus ebenjenem Fenster, an dem jetzt Morse und Lewis standen und sich anschwiegen, auf den gepflasterten Hof gestürzt hatte.

«Mr. Rodway kannten Sie nicht?» fragte Morse.

«Nein. Ich bin, wie gesagt, erst im September letzten Jahres gekommen.»

«Kursieren hier im Haus immer noch Drogen?»

Bei der unerwarteten Frage zuckte Mrs. Ewers leicht zusammen. «Na ja, sie haben ihre Parties, das schon... Mit Alkohol und... und so weiter.»

«Aber Sie haben nie irgendwelche Hinweise auf Drogen gesehen? Crack? Speed? Ecstasy? Kleine weiße Päckchen oder dergleichen?»

«Nein», sagte sie, was fast der Wahrheit entsprach.

«Sie haben nie irgendwas Verdächtiges gerochen?»

«Ich weiß ja überhaupt nicht, wie Rauschgift riecht», sagte sie. Und diesmal war es die ganze Wahrheit.

Als sie die Treppe wieder hinuntergingen, deutete Lewis auf eine Tür mit einem blumenverzierten Schildchen: *Susan's Pantry.*

«Hier haben Sie wohl Ihr Arbeitsgerät?»

Sie nickte. «Jeder Hausdiener hat seine Pantry. So nennen wir das hier.»

«Dürfen wir mal einen Blick hineinwerfen?»

Sie schloß auf. Der kleine, aber ziemlich hohe Raum war mit Eimern, Mop, Müllbeuteln, schwarzen Müllsäcken, kleineren transparenten Plastiksäcken, Glühbirnen, Klopapierrollen, Handtüchern, Bettzeug und zwei Staubsaugern vollgestellt, wirkte aber sehr ordentlich. Auf zwei weißgestrichenen Regalen standen Reinigungs- und Waschmittel. Alles war fast klinisch sauber.

Bestimmt, dachte Morse, gehört Susan Ewers zu den Hausfrauen, die täglich ihre Wasserhähne putzen und sich schrecklich aufregen, wenn sie Zahncremereste im Waschbecken finden. Wenn Reinlichkeit etwas Heiliges hat, steht die Gute kurz vor der Kanonisierung.

Abgesehen davon, daß Morse im stillen *Mr.* Ewers aufrichtig bemitleidete, waren seine Überlegungen an diesem Vormittag nicht sehr ergiebig. Etwas hilflos stand er in der kleinen Pantry, in der ihn fast so etwas wie Platzangst überkam.

Wie so oft war Lewis der Katalysator.

«Was macht denn Ihr Mann beruflich, Mrs. Ewers?»

«Im Augenblick ist er arbeitslos. Vorher hatte er einen Job bei der Stadt, in Summertown, aber da haben sie ihn entlassen.»

«Wann war das?»

«Letztes Jahr.»

«Wann genau, bitte?»

«Im ... im August.»

«Gut, daß Sie den Job hier bekommen haben, da tun Sie sich doch ein bißchen leichter.»

Lewis lächelte mitfühlend. Und Morse lächelte dankbar. Lewis hatte mal wieder die Situation gerettet.

Gestalt ist, wie man in jedem psychologischen Wörterbuch nachlesen kann, die Bezeichnung für solche Gebilde oder Sachverhalte, die zwar voneinander unterscheidbare Einzelkomponenten (Elemente, Glieder) aufweisen, deren wechselseitige Abhängigkeit in einem ganzheitlichen Zusammenhang jedoch Eigenschaften zeigt, die keiner Einzelheit (Element, Glied) zugeschrieben werden können, sondern nur dem Ganzen, wobei es sich bei den Einzelkomponenten (Elementen, Gliedern) um Rauschgift, Hausdiener, einen Selbstmord, einen Mord, einen Aufgang und einen Stellenwechsel, Arbeitslosigkeit und Pensionierung und Geld und Uhrzeiten und Daten handeln kann... Ja, insbesondere Uhrzeiten und Daten...

Vermutlich war Matthew Rodways Wohnung in den wenigen verbleibenden Wochen gegen Ende des letztjährigen Sommertrimesters nicht wieder belegt und vielleicht auch in den Sommerferien nicht genutzt worden, so daß möglicherweise Mrs. Ewers die erste gewesen war, die nach dem Selbstmord des jungen Mannes diese Räume betreten hatte. Aber nein, das konnte nicht stimmen, McClure hatte auf Ersuchen von Mrs. Rodway ja schon die Sachen ihres Sohnes durchgesehen, war aber vermutlich dabei nicht halb so gründlich vorgegangen wie die Nachfolgerin von Hausdiener Edward Brooks.

Morse hatte sie zwar zu diesem Punkt schon befragt, aber vielleicht hatte er nicht die richtigen Fragen gestellt?

«Nur noch eins, Mrs. Ewers... Hat in den Sommerferien jemand die frühere Wohnung von Mr. Rodway benutzt?»

«Ich glaube nicht.»

«Und Ihnen ist, als Sie im Herbsttrimester hier angefangen haben, nichts aufgefallen?»

«Nein, wie gesagt...»

«Schon gut. Wäre etwas zu finden gewesen, hätten Sie es gefunden.»

Sie wirkte erleichtert.

«In den Räumen selbst jedenfalls», fügte Morse hinzu.

«Wie bitte?»

«Sie sind doch bestimmt eine sehr ordnungsliebende junge Frau und haben sicher einen gründlichen Frühjahrs- oder vielmehr Herbstputz veranstaltet.»

Susan Ewers wußte offenbar nicht so recht, worauf er hinauswollte. «Ja, ich hab hier gründlich geputzt, das stimmt. Es war alles ziemlich verdreckt, zwei Tage hab ich gebraucht. Aber Rauschgift oder so was hab ich nicht gefunden... ehrlich nicht.»

Morse, der die einzige Sitzgelegenheit, die es in diesem kleinen Raum gab, in Beschlag genommen hatte, erhob sich, ging zur Tür und stellte seine vorletzte Frage.

«Haben Sie eine Hypothek?»

«Ja.»

«Ist sie hoch?»

Sie nickte bedrückt.

Draußen besah sich Morse die Tür zu Susans Pantry, die im Rahmen gut paßte, aber zwischen dem blauen Türblatt und dem Linoleumboden einen zwei Zentimeter breiten Spalt aufwies.

Sehr ruhig, sehr leise stellte er die letzte Frage: «Wann fing das mit den Briefchen an, Susan?»

Sie sah erschrocken zu ihm hoch, und jetzt stand in ihren Augen unverkennbar ein Ausdruck von Angst.

17

Examen: Prüfung; Unterbeweisstellung von Wissen und hoffentlich auch von Fähigkeiten; eingehende Untersuchung (bes. med.).

(*Small's Enlarged English Dictionary*, 1812)

Für Freitag, den 2. September, den Tag nach ihrer Rückkehr aus dem Urlaub, standen in Julia Stevens' Kalender drei wichtige Termine.

Zunächst die Schule.

Noch nicht der gefürchtete Beginn des Schuljahres (der war zum Glück erst in drei Tagen), aber ein Besuch im Sekretariat zur Durchsicht der Prüfungsergebnisse, die während ihres Urlaubs eingegangen waren. Wie jeder Lehrer, der etwas auf sich hält, wollte sie wissen, wie ihre Schüler in den Abschlußprüfungen abgeschnitten hatten.

Früher – auch noch in Julias eigener Schulzeit – war es nicht einfach gewesen, zu den Prüfungen zugelassen zu werden, geschweige denn, sie zu bestehen. Prüfungen waren wie die Trennung der Schafe von den Böcken, der Geretteten von den Verlorenen im Neuen Testament – eine Geschichte, die Julia dank des seelsorgerischen Eifers eines Pfarrers kannte, für den sie als Zehneinhalbjährige leidenschaftlich geschwärmt hatte.

Aber die Zeiten hatten sich geändert.

1994 waren Schüler, die eine Prüfung nicht bestanden, eine bestaunenswerte Ausnahmeerscheinung, und ein Schüler, der so schlechte Leistungen aufwies, daß man ihn ohne Abschlußzeugnis ins Leben entließ, mußte geradezu gigantisch faul oder dumm sein. Aber auch die christliche Doktrin war ja nicht mehr das, was sie mal gewesen war. Heutzutage, da die Hölle offiziell praktisch abgeschafft war, konnte man bedeutend lockerer mit der Sünde umgehen.

Die Ergebnisse der 5 C in Englisch waren mehr oder weniger erwartungsgemäß ausgefallen. Julia suchte auf der Liste nach dem einzigen Schüler, dessen Nachname mit C anfing. Costyn, K.: Religion ungenügend, Englisch ausreichend, Mathematik ungenügend, Erdkunde ungenügend, Werken ungenügend. Nach zwölf Jahren Schule ein einziges «Ausreichend» – was ihn allerdings nicht weit bringen würde. Zunächst in das für ihn zuständige Arbeitsamt. Später vielleicht in den Knast...

Wie schade, daß es nur ein «Ausreichend» und nicht ein «Befriedigend» geworden war.

Um 10.30 Uhr ging sie zu Fuß zum nahegelegenen Churchill Hospital, wohin sie für elf bestellt war. Kurz vor ihrem Termin saß sie im Wartezimmer. Sie dachte nun nicht mehr an Kevin Costyn und seine früheren Klassenkameraden, sondern an sich selbst.

«Wie fühlen Sie sich?» fragte Dr. Basil Shepstone, ein hochgewachsener Südafrikaner mit runden Schultern und lichtem Haar.

«Soll ich mich ausziehen?»

«Nichts wärre mir lieberrr», sagte er mit dem für ihn typischen rollenden R. «Heute ist das nicht nötig. Aber beim nächstenmal bestehe ich darauf!»

Der Blick der gütigen braunen Augen war traurig geworden, und er legte ihr die rechte Hand auf die Schulter.

«Wollen Sie zuerst die gute Nachricht hören oder die schlechte?»

«Die gute, bitte.»

«Ihr Zustand ist relativ stabil, und das nenne ich eine *sehr* gute Nachricht.»

Julia schluckte. «Und... die schlechte?»

«Soll ich vorlesen?»

Julia sah auf den Briefkopf. Gesundheitsbehörde Oxfordshire... Sie schloß die Augen.

«Hier steht... blablabla... ‹Für den Fall aber, daß eine Verschlimmerung eintritt, müssen wir zu unserem Bedauern mitteilen, daß Mrs. Stevens' Zustand inoperabel ist.›»

«Das heißt, wenn es mir schlechtergeht, können sie nicht operieren?»

Shepstone legte den Brief aus der Hand. «Sprachlich gefällt mir Ihre Formulierung bedeutend besser.»

Sie seufzte, schlug die Augen auf und sah ihn an. Er war immer so freundlich und dabei so kompetent. Sie wußte genau, warum er ihren Blick mied und statt dessen mit dem Kugelschreiber auf dem Briefkopf das O von Oxfordshire schraffierte.

«Wie lange?» fragte sie.

Er schüttelte den Kopf. «Kein guter Arzt wäre so vermessen, das vorauszusagen.»

«Ein Jahr?»

«Möglich.»

«Ein halbes?»

Hilflos hob er die breiten Schultern.

«Weniger?»

«Wie gesagt...»

«Würden Sie an meiner Stelle aufhören zu arbeiten?»

«Ja, möglichst bald.»

«Würden Sie es an meiner Stelle jemandem sagen?»

Er zögerte. «Nur jemandem, der Ihnen am Herzen liegt.»

Sie stand lächelnd auf. «Es gibt nicht viele Menschen, die mir am Herzen liegen. Sie, natürlich... und meine Putzfrau...» Sie sah auf die Uhr. «Mit der ich in genau einer Stunde im *Old Parsonage Hotel* zum Essen verabredet bin.»

«Und ich bin nicht eingeladen?»

Sie schüttelte den Kopf. «Tut mir leid. Es ist ein sehr privates Gespräch unter vier Augen.»

Als Mrs. Stevens gegangen war, nahm der Arzt ein Taschentuch und wischte sich rasch über die Augen. Was hätte er sonst sagen sollen? Er hielt nicht viel davon, seinen Patienten Märchen zu erzählen, und er machte sich Vorwürfe, daß er Mrs. Phillotson, die Patientin, die gestern gestorben war, so schamlos angelogen hatte.

Die beiden Fälle lagen ähnlich. Ähnlich hoffnungslos.

18

Schädliche Fliegen verderben gute Salben; also
wiegt ein wenig Torheit schwerer denn Weisheit und Ehre.
(*Prediger* 10,1)

Morse wußte genau, daß er in seiner Laufbahn bei der Kriminalpolizei von Thames Valley bestenfalls noch einige wenige – wenn überhaupt – Mordfälle lösen würde. Dirigenten und Richter am Obersten Gerichtshof konnten ungeachtet ihrer nachlassenden geistigen Kräfte ihren Beruf bis ins hohe Alter ausüben. Polizeibeamte hingegen hörten gewöhnlich lange vor Einsetzen der Vergreisung auf, und Morse trennten nur noch ein paar Jahre vom normalen Rentenalter.

Vielen Menschen fällt es schwer zu erkennen, wann die durchaus noch aktiven mittleren Jahre aufhören und es an der Zeit ist, den allfälligen Rentenantrag zu stellen. Vielleicht dann, wenn Nostalgie an die Stelle der Hoffnung tritt. Oder wenn man sich mit der betrüblichen Tatsache abfinden muß, daß man sich nicht mehr verlieben kann. Oder – und so war es bei Morse – wenn man genötigt ist, sich aufs Bett zu setzen, um die Hosen anzuziehen.

Solche und ähnliche Gedanken gingen Morse am Samstag, dem 3. September, durch den Kopf, als er vormittags im Summertown Health Centre saß.

Eine leichte Erkältung hatte sich wieder mal zu einer massiven Bronchitis ausgewachsen, aber er tröstete sich mit der Überlegung, daß er sich nur noch eine Predigt über die Gefahren des Tabakkonsums anzuhören brauchte und dann wohlgemut mit einem Rezept über ein starkes Antibiotikum von dannen ziehen konnte.

Schon im Gehen fiel Morse ein, daß er die *Times* im Wartezimmer hatte liegenlassen. Er machte kehrt und stellte fest, daß sich zu den Wartenden – einem magersüchtigen jungen Mädchen und einem pickligen Jüngling mit erheblichem Übergewicht – inzwischen noch eine schlampig gekleidete Frau mit Ringen in der Nase gesellt hatte, die Morse – wie zu erwarten – auf Anhieb unsympathisch war.

Wortlos nahm er die Zeitung von dem Platz neben ihr. Die schlammgrünen Augen, dachte er unwillkürlich, sehen aus wie das Wasser im Oxford-Kanal bei Wolvercote. Nur wenig später rief die Sprechstundenhilfe ihren Namen auf: «Eleanor Smith, bitte.»

Aber da war Morse schon weg.

Die Adresse einer Abtreibungsklinik hatte sie schon bekommen, aber eine ihrer Freundinnen, eine Autorität auf diesem Gebiet, hatte ihr erzählt, die Klinik sei inzwischen geschlossen, sie mußte sich also was anderes suchen. Der Arzt sollte ihr gefälligst eine Möglichkeit in der Nähe nachweisen, für so was waren diese Typen schließlich da.

Auf dem für die Ärzte der Klinik reservierten Parkplatz wartete Lewis in einem gekennzeichneten Dienstfahrzeug. Er war guter Laune, da der Fall sich einigermaßen zufriedenstellend zu entwickeln schien.

Als Susan Ewers gestern nachmittag ihre Aussage gemacht und unterschrieben hatte, war vieles, was Morse bereits angedeutet hatte, auch Lewis klargeworden.

Der Verdacht richtete sich nun in erster Linie gegen Edward Brooks, der vor Mrs. Ewers Hausdiener im Aufgang G von Drinkwater Quad gewesen war. Die für Morse ungewöhnlich geradlinige und unspektakuläre Hypothese lautete wie folgt:

Wir können davon ausgehen, daß Brooks eine Schlüsselrolle – wenn auch nur als Vermittler – bei der Versorgung der jungen Leute (unter anderem auch Matthew Rodway) mit Drogen gespielt hatte; daß die Hochschulleitung nach Rodways Selbstmord das Treiben in Aufgang G genauer unter die Lupe nahm; daß McClure, der auch dort wohnte, energisch darauf hinarbeitete, Brooks von seinem Posten zu entfernen (der dann Wolsey College zufällig zur gleichen Zeit verließ wie der in den Ruhestand gehende McClure); daß der frühere Hausdiener, wie Mrs. Ewers in ihrer Aussage bestätigt hatte, weiter seinen Geschäften nachgegangen und diese Tatsache McClure zu Ohren gekommen war; daß McClure dem Mann mit Bloßstellung und juristischen Schritten gedroht hatte, die mit ziemlicher Sicherheit zu einer Haftstrafe geführt hätten; daß McClure im Laufe einer Auseinandersetzung in Daventry Court von Brooks ermordet worden war.

Diese Hypothese hatte den großen Vorzug, daß sie allen bekannten Fakten gerecht wurde, und wenn sie sich durch weitere Fakten, die zweifellos bei dem für diesen Nachmittag im Pitt Rivers Museum verabredeten Termin ans Licht kommen würden, erhärten ließ...

Lewis nahm sich noch einmal den kurzen Zusatzbericht der Pathologin vor, der heute früh auf dem Schreibtisch von Morse gelegen hatte.

Zu Hd. Det. C. I. Morse:
Keine exakte Angabe betr. Todeszeit McClures möglich, aber Eingrenzung auf Zeitraum: 28. August, vormittags zwischen acht und zwölf. Zum Messer: Klinge ungewöhnlich breit, 4–5 cm, etwa 14–15 cm lang, glatte Durchdringung mit starken inneren und äußeren Blutungen (wie schon berichtet). Klinge offenbar nicht sehr scharf, da stark ausgefranste Wundränder. Kräftig geführter Stoß. Eher Mann als Frau? Vielleicht Frau mit kräftigem Handgelenk / Arm (oder Wut im Bauch?). Hab etliche Exemplare dieses schwächeren (!) Geschlechts vor einem Jahr bei einem Kampfsportkurs erlebt. Weitere Einzelheiten können angefordert werden.
Alles sehr technisch – aber vielleicht brauchbar?
Laura Hobson.

«Zumindest weiß sie, wo ein Punkt hingehört und wo nicht», hatte Morse gesagt.

Lewis, der das nicht so genau wußte, hatte sich jeden Kommentars enthalten.

Beiden war klar, wie wichtig es war, das Messer zu finden. Ohne Tatwaffe kam man bei einer Mordermittlung kaum weiter. Phillotson und sein Team hatten eher flüchtig danach gesucht, Lewis hatte inzwischen eine Durchsuchung des ganzen Geländes um Daventry Court und in den Nachbargärten angeordnet, die bisher erfolglos verlaufen war.

Morse war keiner von denen, die mit Leidenschaft nach einer Nadel im Heuhaufen suchen. Er zog es vor, sein geistiges Magnetfeld zu intensivieren (seine Worte) in der Hoffnung, die Nadel würde unversehens vor seiner Nase auftauchen. Diesen Gefallen hatte sie ihm allerdings diesmal noch nicht getan, was vielleicht daran lag, daß vor der Nase des Chief Inspector in den letzten Tagen vornehmlich eine Schüssel mit dampfendem Erkältungsbalsam gestanden hatte.

Es war 10.40 Uhr, als Morse mit seinem Rezept endlich auftauchte, und Lewis hörte förmlich schon den Spruch, der so sicher kommen mußte wie das Amen in der Kirche:

«Um die Ecke ist eine Apotheke, Lewis, wenn Sie so nett wären... Der Haken ist nur...» – heftiges Kramen in den Taschen – «... der Haken ist nur, daß ich offenbar...»

Falsch gedacht, Lewis. Diesmal war eine Variante eingebaut: «Um die Ecke ist eine Apotheke, wenn Sie so nett wären... keine Ahnung, wieviel diese verdammten Tories einem heutzutage abknöpfen, aber...» – heftiges Kramen in den Taschen – «... aber hier ist ein Zehner.»

Während Morse sich auf dem Parkplatz in das Kreuzworträtsel der *Times* vertiefte, marschierte ein sehr verwunderter Lewis zu Boots in die Lower Summertown. Was war bloß in letzter Zeit mit Morse los?

Der dritte Termin, der in Julia Stevens' Kalender stand, mußte verschoben werden. Im *Old Parsonage Hotel* erwartete sie eine Nachricht. Mrs. Brooks könne die Verabredung zum Lunch leider nicht einhalten und würde sich später melden. Bitte nicht anrufen.

Julia war nicht allzu enttäuscht, denn sie hatte zur Zeit genug mit sich und ihren eigenen Problemen zu tun. Sie schwang sich auf einen der Hocker an der *Parsonage Bar* und leistete sich ein Glas Bruno Paillard Brut Premier Cru, dann ging sie zum Taxistand am Martyrs' Memorial und ließ sich vornehm nach Hause chauffieren – in einem Taxi, das Reklame für das *Old Orleans Restaurant and Cocktail Bar* spazierenfuhr.

Erst abends machte sie sich ernsthaft Gedanken darüber, warum Mrs. Brooks wohl hatte absagen müssen...

Kurz vor den Neunuhrnachrichten auf BBC 1 rief Brenda Brooks dann an (in Eile, wie sie sagte). Könnte man sich am nächsten Tag, dem Samstag, treffen? Ein bißchen früher vielleicht? Gegen zwölf?

Nachdenklich legte Julia auf. Eigenartig... Brenda hatte zu Hause Telefon, das Gespräch war aber offenbar von einer Zelle aus geführt worden. Bestimmt hatte es wieder etwas mit diesem Widerling zu tun, den sie geheiratet hatte. Von Anfang an war Ted Brooks das sprichwörtliche Haar in der Suppe, sofern man die Ehe von Mr. und Mrs. Brooks als eine Suppe bezeichnen wollte. Eine Suppe, die nach dreizehn für Brenda leidvollen, zuweilen fast unerträglichen Jahren einen zunehmend üblen Geruch verbreitete.

19

Der wahre Gradmesser für den Charakter eines Mannes ist der Gesundheitszustand seiner Frau.

(Cyril Connolly)

An der Bushaltestelle und auf der Fahrt zum Carfax gingen Brenda Brooks immer wieder dieselben Bilder durch den Kopf, eine Art Alptraum-Videoclip, und sie war zwischen Hoffnung und Angst hin und her gerissen.

Drei Tage zuvor, am Mittwoch, dem 31. August, war sie zur Untersuchung in der Praxis des Orthopäden gewesen.

«Zumindest ist es keine schwere Fraktur.»

«Wie meinen Sie, Herr Doktor?» Diese ständigen Fachbegriffe waren ihr ein Rätsel.

«Nicht allzu ernst, Mrs. Brooks – aber ein leichter Bruch ist eben leider auch ein Bruch.»

«Du liebe Güte...» Also tatsächlich mehr als eine Zerrung, die sie vermutet und derentwegen sie zu ihrem Hausarzt gegangen war, der sie seinerseits an einen Facharzt überwiesen hatte. Der Orthopäde hatte ihr die Sache mit diesem Knochen zwischen Handgelenk und Fingern erklärt, und hinterher hatte sie in dem großen dunkelblauen Band *Gray's Anatomy* aus einem der Bücherregale von Mrs. Stevens nachgesehen, den sie so gut vom Abstauben her kannte. Irgendwas mit *Meta*, hatte der Doktor gesagt, und das hatte sie sich merken können, weil eine ihrer Freundinnen so hieß. Richtig, da war es: *Metacarpus*.

«Und ich würde Ihnen dringend raten, die rechte Hand zunächst ganz ruhigzustellen. Keine Hausarbeit. Absolute Schonung. Die Schwester soll Ihnen eine Stützmanschette geben, die können Sie überstreifen wie einen Handschuh. Und so schnell wie möglich bekommen Sie einen Termin ... sind Sie übrigens privat versichert?»

«Wie meinen Sie?»

«Schon gut. Sie bekommen Ihren Termin so bald wie möglich. Ein harmloser Eingriff, wir richten den Knochen und legen ihn für eine Woche in Gips. Wenn Sie Glück haben, sind Sie in vierundzwanzig Stunden wieder draußen.»

«So einfach ist das aber nicht, Herr Doktor. Mein Mann war ein paar Tage im Krankenhaus, er hatte eine Herzattacke und ist erst heute früh heimgekommen, und da ...»

«Wir können Ihnen häusliche Pflege vermitteln.»

«Aber ein bißchen was kann ich doch machen, nicht?»

«Davon würde ich, wie gesagt, dringend abraten. Können Sie sich nicht für ein, zwei Tage in der Woche eine Putzfrau nehmen?»

«Ich *bin* Putzfrau», sagte Brenda Brooks mit einem Gefühl der Erleichterung. Endlich hatte sie die Orientierung und damit ihre Identität wiedergefunden.

Sie fuhr auf dem schnellsten Wege nach Hause und schloß auf – mit der linken Hand, weil jede Bewegung mit der rechten schmerzte.

«Ich bin wieder da, Ted!»

Im Wohnzimmer lümmelte sich ihr Mann vor dem Fernseher und zappte durchs Programm.

«Wo warst du bloß so lange?»

Brenda biß sich auf die Lippen. «Ich mußte warten, sie hatten einen Notfall.»

«Nach der Schau, die du hier abgezogen hast, hab ich schon gedacht, daß *du* der Notfall bist.»

«Bohnen in Tomatensoße zum Mittag – ist dir das recht?»

«Bohnen in Tomatensoße? Ich hör wohl nicht richtig ...»

«Dafür gibt's dann was Schönes zum Abendessen.»

Sie holte eine Dose Bohnen vom Vorratsregal, hielt sie mit der rechten Hand unter den Dosenöffner neben der Küchentür und drehte langsam mit der linken Hand den Griff.

Kaum jemand hätte sich gewundert, wenn Brenda Brooks früher oder später Mordgedanken gekommen wären. Als Außenstehender hätte man als Hauptmotiv Kummer über die entwürdigende Behandlung durch ihren Mann vermuten können. Brenda selbst empfand das nicht so. Zeitlebens hatte man sie immer nur gedemütigt und klein gehalten, sie hatte nie eine Würde besessen, die er ihr hätte nehmen können. War es dann vielleicht die Ahnung, daß ihr Mann seine hübsche heranwachsende Stieftochter mißbraucht hatte, was – vielleicht ganz unbewußt – ihren Haß schürte?

Nein, im Grunde war es viel simpler. Eins gab es in ihrem Leben, das ihr Freude machte, worauf sie stolz sein konnte: daß sie so geschickte Hände hatte, daß sie mit ihnen kleine Kunstwerke zaubern konnte – auch wenn sie nur aus Zuckerguß waren. Diese Möglichkeit hatte Edward ihr genommen; er hatte ihr noch das Wenige geraubt, was sie besaß, woran sie hing.

Und *das* konnte sie ihm nie verzeihen.

So ausführlich, dachte Brenda, brauchte sie Mrs. Stevens das alles nicht zu erzählen, aber sie mußte ihr natürlich sagen, warum sie gestern nicht hatte kommen können. Als er erfuhr, daß sie von Mrs. S. zum Essen eingeladen war, hatte er geblafft:

«Denk bloß nicht, daß du mich mittags allein lassen kannst, so angeschlagen wie ich bin.»

Warum hatte sie diesen Mann überhaupt geheiratet?

Sie hatte gewußt, daß es ein Fehler war. Während der bedrükkenden Trauung hatte sie den lieben Gott angefleht, bei der altehrwürdigen Frage nach etwaigen Ehehindernissen aus der Höhe des Kirchenschiffes ein donnerndes Halt! zu rufen, aber alles war still geblieben. Schweigend hatten die geladenen Gäste rechts und links vom Mittelgang gesessen, und der Sohn von Brendas einziger Schwester (die Posthalterin in Inverness war), ein junger Mann mit vielen Pickeln, aber einem wunderschönen Knabensopran, hatte das «Pie Jesu» aus Faurés *Requiem* angestimmt.

Oft fällt es einem Menschen schwer, sich zu dem aufzuraffen, was er als Pflicht erachtet. Für Brenda aber wäre es noch schwerer gewesen, sich einer – wenn auch drückenden – Verpflichtung zu entziehen.

Abends war Ted Brooks dann eher milde gestimmt. Er fühlte sich bedeutend wohler, so daß er sich wieder in die große weite Welt hinaustraute – will sagen in den East Oxford Conservative Club, der bequem zu Fuß zu erreichen war. Ein bißchen mit den Kumpels klönen, sagte er, ein Bier trinken, vielleicht eine Partie Billard spielen. Auch einen Bissen essen würde er dort, ihre Bohnen in Tomatensoße könne Brenda sich sonstwohin stecken.

Sie mußte sich fast ein Lächeln verkneifen, als sie unter dem Vorwand, in dem Laden an der Ecke schnell noch einen Liter Milch holen zu wollen, aus der nächsten Telefonzelle kurz vor neun Mrs. S. anrief.

Sie war gut zehn Minuten zu früh dran. Langsam und mit klopfendem Herzen überquerte sie die Broad und ging die St. Giles' hinauf, vorbei am Balliol College, vorbei am St. John's College, vorbei am Pub *Lamb and Flag*. Als sie an der Ampel kurz vor der Keble Road warten mußte, sah sie rasch nach, ob sie den Brief auch bei sich hatte.

In diesem Moment hätte sie nicht sagen können, was ihr wichtiger war – dieser Brief oder die Entdeckung, die sie bei der Heimkehr ihres Mannes am Sonntag gemacht hatte. Die beigefarbene Sommerstrickjacke (neu von Marks & Spencer) hatte die Flecken auf Hemd und Hose halbwegs verdeckt, aber nur hinten. Vorn war auch sie blutgetränkt. Später dann hatte sie die Sohlen seiner Turnschuhe gesehen...

Das grüne Ampelmännchen blinkte, und Mrs. Brenda Brooks ging rasch über die Straße und betrat das *Old Parsonage Hotel* in der Banbury Road Nummer 1.

20

Wer nah beim Friedhof wohnt, kann nicht
um jeden weinen.

(Russisches Sprichwort)

Das *Old Parsonage Hotel* aus dem Jahre 1660 steht – zwischen Keble College im Osten und Somerville College im Westen – etwas nördlich von der Stelle, an der sich die breite, platanenbestandene St. Giles' gabelt und links zur Woodstock, rechts zur Banbury Road wird. Auch nach der gründlichen Renovierung vor einigen Jahren, die so moderne Errungenschaften wie Zentralheizung und Bad und WC für jedes Zimmer mit sich gebracht hat, ist man bemüht, die Geborgenheit und den Charme vergangener Zeiten nach Möglichkeit zu bewahren.

Mit Erfolg, wie Julia Stevens fand.

Auch Brenda Brooks war dieser Meinung, als sie sich auf einer der gepolsterten Wandbänke an einem blankpolierten Mahagonitischchen in der *Parsonage Bar* niederließ. Auf dem Boden lag ein hochfloriger avocadogrüner Teppich mit einem geschmackvollen Muster.

«Du lieber Himmel», sagte Brenda mit ihrem weichen Oxfordakzent und schüttelte sacht den grauen, dauergewellten Kopf.

Julia deutete diese Reaktion sehr richtig als Zustimmung und folgte Brendas Blick auf die unten gardenien-, oben magnolienfarbenen Wände, an denen dicht an dicht Bilder, Drucke und Karikaturen hingen.

«Du lieber Himmel», wiederholte Brenda, in deren Vokabular stärkere Ausdrücke des Entzückens offenbar nicht vorgesehen waren.

«Was möchten Sie trinken?»

«Och... also ich... Ein Kaffee wär schön.»

«Nein, Brenda, heute soll es mal was Stärkeres sein. Ich bestehe darauf!»

Mit einem Gin Tonic (kalorienreduziert) vor sich, studierten die Damen die Speisekarte – Julia in der Gewißheit, daß einem hier kulinarisch Phantasievolles geboten wurde, Brenda einigermaßen ratlos, weil so exotische Dinge wie Bagel, Couscous, Hummus, Linguini und Mozzarella noch nicht bis in ihre Küche vorgedrungen waren. Vor zehn Jahren wäre angesichts so ausgefallener Genüsse vielleicht ein wenig Mitleid mit einem Ehemann in ihr aufgekommen, der womöglich einigen Grund hatte, Klage über die ewigen Bohnen in Tomatensoße, Ölsardinen und Spaghetti zu führen, aber diese Zeiten waren vorbei.

«Wofür haben Sie sich entschieden?»

Brenda schüttelte den Kopf. «So leid mir's tut, ich krieg nichts runter. Ich hab's... Ich hab's einfach dicke, Mrs. Stevens.»

Julia hatte dafür viel Verständnis. Sie dachte an gestern, als sie in diesem Raum auf einem der Barhocker gesessen und es auch «dicke gehabt» hatte. Kürzer und treffender konnte man es kaum ausdrükken.

Eine halbe Stunde später war Julia mit ihrem pochierten Lachs in Limonenbutter, Salat und neuen Kartoffeln fertig und über die neuesten Taten von Ted Brooks informiert. Daß der Mann Brenda mit seinen verbalen Attacken das Herz gebrochen hatte, wußte sie schon lange. Daß bei einer seiner physischen Attacken Brendas Hand gebrochen worden war, erfuhr sie erst jetzt.

«Wissen Sie, daß ich eine ganz schlechte Person bin?» flüsterte Brenda. «In dem Moment habe ich ihm den Tod gewünscht. Können Sie sich so was vorstellen?»

Die meisten Leute an deiner Stelle hätten es nicht bei dem Wunsch belassen, dachte Julia, aber sie sagte es nicht laut. Und der Gedanke, daß ein so brutaler Mensch das Leben dieser sanften, liebenswerten Frau zerstört hatte, machte sie sehr zornig, schenkte ihr aber auch eine ganz erstaunliche Ruhe.

Erwuchs ihr vielleicht aus dem Wissen, daß sie sich das Geheimnis eines anderen Menschen anhören konnte, ohne ihr eigenes auszuplaudern, zusätzliche Kraft? Sie hatte keine Zeit, an dieser fesselnden Überlegung weiterzuspinnen, denn jetzt griff Brenda in die Handtasche und gab ihr den Brief, den sie am Dienstag bekommen hatte. Nicht mit der Post. Er war persönlich in ihren Briefkasten gesteckt worden.

«Bitte lesen Sie! Zu sagen brauchen Sie nichts dazu, wenn Sie nicht wollen...»

Als Julia ihre lehrerinnenhafte Brille aufsetzte, sah sie, daß Brenda Tränen übers Gesicht liefen.

Bis sie mit der bedrückenden Lektüre fertig war, hatte die Frau neben ihr aufgehört zu weinen, nur hin und wieder war noch ein leises Schniefen zu hören.

«Großer Gott», stieß Julia hervor.

«Das ist aber noch nicht alles. Da ist noch... noch etwas anderes, Schlimmeres. Ich muß es einfach loswerden, Mrs. Stevens.»

21

Haß ist eine Folge der Furcht; wir fürchten etwas, ehe wir es hassen. Aus einem Kind, das sich fürchtet, wird ein Erwachsener mit Haß im Herzen.

(Cyril Connolly, *The Unquiet Grave*)

Liebe, liebste Mum!
Ich hab lang nichts mehr von mir hören lassen, eigentlich wollt ich ja auch gar nicht schreiben, aber mündlich pack ichs einfach nicht. Sehr gut hab ich mich nie ausdrücken können, aber ich versuchs einfach mal. Ich will Dir erklären, warum ich von zu Hause abgehauen bin und wieso ich es Dir nie hab sagen können. Ich schreib Dir jetzt, weil meine Freundin im Krankenhaus mir von ihm erzählt hat und daß er schon wieder ganz gut drauf ist und bald wieder nach Hause kommt, und ich wollt Dir sagen: Pfleg ihn bloß nicht, damit es ihm bald wieder schlechter geht und er ganz schnell abkratzt, denn das hat er verdient. Du hast gedacht, daß ich abgehauen bin, weil ich nicht mehr zur Schule gehen wollte und von Jungs und Sex geträumt und gekifft und mich in der Punkszene rumgetrieben hab und so, und das stimmt natürlich auch. Aber deswegen wär ich nie von Dir weggegangen. Einfach wars nicht, ohne einen Pfennig Geld und kein Dach überm Kopf, ich hatte nur das, was ich Dir und dem guten alten Dad verdanke, stramme Schenkel und pralle Titten, ordentlich was zum Begrapschen für die scharfen Hirsche, und dafür hab ich sie tüchtig bluten lassen und nach den ersten Wochen in London eigentlich immer ganz gut davon gelebt. Ich hab bisher nie den Mumm gehabt, es Dir zu sagen. Du darfst mir nicht böse sein. Schuld daran ist der geile Schuft, den Du vor dreizehn Jahren geheiratet hast.

Ich war dreizehn, als es anfing, wir hatten beide die Grippe, er und ich, und lagen im Bett, als Du am Donnerstagvormittag zum Putzen gegangen bist, sogar an den Wochentag erinnere ich mich noch, gegen elf ist er in mein Zimmer gekommen und hat Kakao gebracht und gesagt, daß ich mich mächtig gemausert und eine tolle Figur gekriegt hab und daß er ganz stolz ist, so eine Tochter zu haben, eine Stieftochter vielmehr, richtig rumgesülzt hat er. Und dann hat er einen Arm um mich gelegt und mir durch den Schlafanzug durch Nacken und Rücken massiert, das entspannt, hat er gesagt, und dann hab ich mich wieder hingelegt, mit dem Rücken zu ihm, und wie es gekommen ist, weiß ich nicht, aber plötzlich hat *er* neben mir gelegen und an mir rumgefummelt. Ich hab nicht gewußt, was ich machen soll, zuerst hab ich gedacht, er will nur ein bißchen schmusen, und da hab ich ihn nicht wegschubsen wollen, weil das peinlich für uns beide gewesen wäre. Bitte versuch mich zu verstehen, Mum. Wo das Schmusen aufhört und der Sex anfängt, hab ich damals noch nicht so richtig gewußt, aber dann hab ich was Hartes gespürt und *ich* wußte, was es war. Und da hatte ich einfach nur Angst – wie am ersten Schultag, wo ich in eine Klasse geraten war, in der ich nichts zu suchen hatte, und wo sie mich gleich haben nachsitzen lassen, auch wenn ich nichts dafür konnte, aber ich hab gedacht, es ist wirklich *meine* Schuld. Und dann hat er meine Hand genommen und sie in seine Pyjamahose gesteckt und gesagt, ich soll ihn reiben. Ich hatte das noch nie mit einem Mann gemacht, es fühlte sich seidig und warm an, beängstigend und schön zugleich, und plötzlich wars schon passiert, ich hatte das ganze klebrige Zeug auf meinem Pyjama. Du wirst es nicht mehr wissen, aber als Du nach Hause kamst, hab ich gesagt, er ist schon in der Waschmaschine, ich hab ihn durchgeschwitzt. Später hat er immer gesagt, daß *ich* es gewollt hab. Daß ich damit angefangen hab. Er ist ein gemeiner Lügner, Mum, aber kann sein, daß ich zu einem Prozent auch schuld war, und das mußt Du mir verzeihen. Er hat das ausgenutzt bis zum Gehtnichtmehr. Wenn ich ihn verpetze, hat er gesagt, würde er Dir erzählen, was *ich* gemacht hab und ich hatte ganz furchtbare Angst davor, daß Du es erfahren könntest, und so hat er mich dann drei endlose Jahre lang erpreßt, ich mußte alles machen, was er von mir verlangte. Ich kann Dir gar nicht sagen, wie widerwärtig er mir war, ich konnte ihn nicht mehr sehen. Ich hab ihn unheimlich gehaßt. So, Mum, das wars, und ich möcht wirklich wissen, was Du jetzt denkst. Er ist ein Arschloch, und ich will ihn nie, nie wiedersehen, höchstens, um ihm ein langes Messer in den fetten Bauch zu rammen und ihn zappeln zu sehen und quieken zu hören, das fette Schwein. Und wenn Du mal Hilfe brauchst, um den verdammten Arsch abzustechen, sag mir Bescheid – ich komme sofort. Nur eins muß ich Dir noch sagen, und vielleicht hab ich mich deswegen gerade jetzt aufgerafft, Dir zu schreiben. Ich hab immer Kontakt zu Tante Beryl gehalten, sie hat mir erzählt, wies Dir geht, und vor vierzehn Tagen hat sie mir geschrieben, was er mit Dir angestellt hat. Du bist verrückt, daß Du bei ihm bleibst und Dich von ihm fertigmachen läßt. Ich hab den Brief gerade noch mal durchgelesen, da steht, Du könntest mir Bescheid sagen, aber das geht eben nicht. Vielleicht ist es besser so. Wundere Dich nicht, wenn ich plötzlich mal aufkreuze. Nicht gleich... Wir haben uns so lange nicht gesehen, und es fällt mir verdammt schwer. Du wirst für mich immer der liebste Mensch auf der Welt sein. Noch eine letzte Sache, komisch eigentlich, ich hab in der Oxford-

Julia drehte das Blatt um, aber mehr kam nicht. Die letzte Seite fehlte.

22

Wir wünschen uns alle, irgendwie wichtig zu sein.
(Ralph Waldo Emerson, *Journals*)

Lewis hatte auf dem Weg zu seinem Termin mit der Wirtschaftsleiterin von Wolsey einen Abstecher zum *White Horse* gemacht, wo er Morse absetzen sollte. Nachdem dieser eine doppelte Dosis Penizillintabletten mit einem Pint Hook Norton heruntergespült hatte, schickte er sich an, seinerseits zu einem Termin ins Pitt Rivers Museum für Ethnologie und Vorgeschichte zu gehen.

Ein goldener Herbstnachmittag nimmt früher oder später jeden Oxford-Besucher gefangen. Während Morse gemächlich die Parks Road hinaufging, vorbei an der Fassade von Wadham zu seiner Rechten, vorbei an den blauen schmiedeeisernen Gittern an der Rückseite von Trinity zu seiner Linken, war er dem Schicksal, das es ihm ermöglicht hatte, einen so großen Teil seines Lebens hier zu verbringen, sehr dankbar.

Er lächelte sogar ein bißchen, als er das Gelände des neogotischen Oxford University Museum betrat, in dem Dronten und Dinosaurier zu Hause waren. Am blaßblauen Septemberhimmel hingen ein paar weiße und ein paar graue Wolken. Aber nicht viele.

Der kurze Fußweg hatte ihm gutgetan, auch wenn er fand, daß die Lobgesänge auf die Freuden der Fortbewegung zu Fuß oft etwas zu enthusiastisch ausfielen. *Solvitur ambulando* sagten die Römer, und wenn das «ambulando» als Gehen eher im übertragenen Sinne gemeint war – nun ja, um so besser. Dabei war natürlich auch gegen wirkliches Gehen (in Maßen!) nichts einzuwenden. Schließlich hatte Housman einige seiner schönsten Gedichte nach mittäglichem Biergenuß bei einem Spaziergang durch die Backs von Cambridge verfaßt.

Solvitur ambulando ... Schreite voran, Morse, vielleicht gehst du der Lösung entgegen.

Auf den steinernen Stufen, die zum Eingang führten, blieb er stehen und las:

Öffnungszeiten für Besucher:
Montag bis Samstag 12.00 – 16.30 Uhr

Es war zwölf vorbei, und auf dem Rasen hatte sich eine größere Schülergruppe mit Rucksäcken und Lunchpaketen niedergelassen. Morse beschleunigte den Schritt. Nicht, daß er etwas gegen Schulkinder hatte, aber auf näheren Kontakt mit ihnen legte er keinen gesteigerten Wert.

In der hohen Halle mit dem Glasdach ließ Morse die Rekonstruktion eines gewaltigen Sauriers («bipedisch, aber auch der quadrupedischen Fortbewegung fähig») und etliche Skelette afrikanischer und asiatischer Elefanten links liegen. Auch durch die Vitrinen mit Vögeln und Insekten Australasiens ließ er sich nicht lange (wenn überhaupt) aufhalten. Ein Durchgang, flankiert von dem Standbild des Prinzgemahls auf der einen und einem prall ausgestopften Straußenvogel auf der anderen Seite, führte aus dem University Museum ins Pitt Rivers Museum. Dort wandte Morse sich nach rechts und klopfte an die Tür mit der Aufschrift *Direktion*.

«Kaffee?» fragte sie einladend.

«Nein, danke, ich hatte gerade ...»

«Bier, wollten Sie wohl sagen ...»

«Merkt man das so deutlich?»

«Ja.»

Die Kuratorin des Pitt Rivers Museum war groß und schlank. Sie mochte Mitte Vierzig sein, hatte aber schon weißes Haar und ein skeptisches Lächeln, das sympathisch wirkte.

«Manche Frauen haben einen besonders hoch entwickelten Geruchssinn», setzte Morse an – und verstummte. Seine Hoffnung auf einen harmlosen kleinen Flirt mit Jane Cotterell war schon wieder erloschen. Ihr Blick war kühl, ihre Stimme sachlich und nüchtern.

«Was kann ich für Sie tun?»

Zehn Minuten lang beantwortete sie geduldig seine Fragen.

Brooks war vor fast genau einem Jahr zu dem achtköpfigen Aufseherteam im Pitt Rivers Museum gekommen. Er hatte normalerweise eine Fünfunddreißig-Stunden-Woche, das heißt, er arbeitete fünf Tage in der Woche von 8.30 Uhr bis 16.30 Uhr mit einer Stunde Mittagspause. Zu den Aufgaben der Aufseher gehörte es, für Sauberkeit und Ordnung in den Räumen zu sorgen, die Besucher – besonders die ständig von nah und fern mit Bussen herangekarrten Schulgruppen – im Auge zu behalten und hin und wieder im Souvenirshop auszuhelfen. Man erwartete von ihnen, daß sie sich den Besuchern gegenüber höflich und hilfsbereit verhielten und vor allem natürlich die kostbaren anthropologischen und ethnographischen Schätze des Hauses hüteten.

«Es ist ein einzigartiges Museum, Inspector.»

«Gibt es auch Diebstahlsversuche?»

«*Sehr* selten. Letzten Sommer hat sich jemand an die Vitrine mit den Schrumpfköpfen herangemacht, aber ...»

«Hoffentlich haben Sie ihn erwischt.»

«Es war eine Sie.»

«Also ich würde ja lieber eine Bank ausrauben ...»

«Ich würde tunlichst überhaupt nichts rauben.»

Morse kam schleunigst wieder auf Brooks zurück.

Der Mann machte seine Arbeit gut, befand die Kuratorin, konnte zupacken, war pünktlich, leidlich höflich zu den Besuchern, allerdings sehr zurückhaltend, ein Einzelgänger. Es gab mit Sicherheit sympathischere Mitarbeiter.

«Hätten Sie ihn eingestellt, wenn Sie damals schon gewußt hätten, was Sie jetzt wissen?»

«Nein.»

«Darf ich rauchen?»

«Wenn es unbedingt sein muß ...»

«Hat *er* geraucht?»

«Nicht in den Museumsräumen. Da wird nicht geraucht.»

«Im Aufenthaltsraum oder wie man das bei Ihnen nennt?»

«Das weiß ich nicht.»

«Sie denken im Zusammenhang mit ihm nicht an Drogen?»

Sie warf ihm einen scharfen Blick zu. «Hier gibt es keine Drogen. Nicht bei meinem Personal.»

«Das wüßten Sie?»

«Manche Frauen haben, wie Sie sehr richtig sagen, einen besonders ausgeprägten Geruchssinn.»

Morse beließ es dabei. «Haben Sie noch seine Referenzen?»

Die Kuratorin schloß einen Aktenschrank auf und holte einen grünen Ordner mit der Aufschrift «Brooks, E.» heraus. Morse blätterte die wenigen Seiten durch. Lebenslauf. Kopie des Anstellungsvertrages vom 1. September 1993. Ein fotokopiertes Blatt mit Angaben zu Gehalt und Sozialversicherung, Stellenbeschreibung, Arbeitszeit. Zwei nichtssagende getippte Zeugnisse und ein ebenso nichtssagendes handgeschriebenes Blatt, das Morse langsam noch ein zweites Mal las.

An die
Direktion des
Pitt Rivers Museum

Sehr geehrte Damen und Herren,
wie ich höre, hat Mr. Edward Brooks sich um die in der University Gazette vom Juni 1993 ausgeschriebene Aufseherstelle beworben.
Mr. Brooks war fast zehn Jahre als Hausdiener im Wolsey College tätig, und ich kann ihn aufgrund seiner Erfahrung und seines Fleißes empfehlen.
Hochachtungsvoll
Dr. Felix McClure

«Kannten Sie Dr. McClure?» fragte Morse.

«Nein. Und jetzt werde ich ihn ja auch nicht mehr kennenlernen.»

«Sie haben gehört...»

«Ich habe es in der *Oxford Mail* gelesen. Und Brooks ist krank geschrieben, seine Frau hat am Montag vormittag angerufen. Aber offenbar ist er inzwischen auf dem Wege der Besserung.»

Morse wechselte erneut das Thema. «Ich weiß, daß viele Ausstellungsstücke von unschätzbarem Wert sind, aber... gibt es auch Stücke, die einen materiellen Wert haben, also verkäuflich wären?»

«Aber ja. Ich hätte nichts dagegen, einiges von unseren Juwelen und Ringen in die Finger zu bekommen. Oder *an* die Finger...»

Morse verzog keine Miene, der kleine Scherz war offenbar bei ihm nicht angekommen. «Hat Mr. Brooks Zugang zu sämtlichen Ausstellungsstücken?»

«Ja. Alle Aufseher haben einen Schlüssel zu dem Wandtresor, in dem wir die Schlüssel zu allen Schränken und Schaukästen verwahren.»

«Wenn ihn also einer Ihrer Schrumpfköpfe reizen würde...»

«... bräuchte er nicht zur Brechstange zu greifen.»

Jane Cotterell lächelte und brachte damit das Herz des Chief Inspector noch ein bißchen mehr zum Schmelzen.

«Darf ich daraus schließen, daß Sie gern Näheres über unser Sicherheitssystem wüßten?»

«Nein, nein...» protestierte Morse.

Sie stand auf. «Also gut, dann fangen wir mal an.»

Zwanzig Minuten später waren sie wieder in ihrem Büro.

«Vielen Dank für Ihre Geduld. Es war sehr freundlich, daß Sie mir soviel von Ihrer kostbaren Zeit geopfert haben», sagte Morse. «Besonders dankenswert bei einer so wichtigen Person, wie Sie es sind...»

«Aber wieso...?»

«Das Schild *Direktion* an Ihrer Bürotür ist sehr beeindruckend. Außerdem hat Ihr Zimmer einen sehr schönen textilen Bodenbelag, und Sie haben sicher auch einen reservierten Parkplatz. Einen mit Namensschild.»

«Nicht mit Namensschild. Leider.»

«Trotzdem...»

«Haben Sie das alles nicht?»

«Ich habe meinen Namen an der Tür, aber vielleicht nicht mehr lange, und nur einen kleinen Läufer, der eine abgewetzte Stelle hat, weil dort immer mein megapedischer Sergeant steht und mit den Füßen scharrt.»

«Megapedisch... Gibt es dieses Wort wirklich?»

«Wenn ich nach Hause komme, schau ich gleich mal nach, ich habe mir nämlich gerade ein *Shorter Oxford Dictionary* geleistet.»

«Wo sind Sie zu Hause?»

«Banbury Road. Ist das in Ihrer Nähe?»

«Nein, ich wohne in einer ganz anderen Ecke.» Als er gegangen war, sah sie einen Augenblick gedankenvoll auf ihren so überraschend aufgewerteten alten Teppichboden herunter.

Wenige Minuten zuvor hatte sich Brenda Brooks nicht ungern überreden lassen, Julia auch noch das letzte Briefblatt auszuhändigen, das, wie Julia sogleich begriff, die Briefschreiberin durchaus belasten konnte, besonders der bewegende Absatz ganz zum Schluß:

Er hat mir alles kaputtgemacht, Mum, auch den Sex. Aber das Schlimmste war das Gefühl, daß ich vielleicht an allem doch selbst schuld war. Er hat mein Leben zerstört, und wenn sie ihn mal irgendwo als Leiche finden, dann weißt Du, daß ich ihn umgebracht habe.

Merkwürdigerweise war Julia nicht schockiert. Im Gegenteil – sie spürte, wie ihr Herz sich verhärtete. Sollte man Brooks tatsächlich irgendwann mal als Leiche finden, wäre seine Stieftochter bestimmt nicht die einzige Verdächtige, dachte sie bei sich.

23

Eines Tages gelang es mir, mich nach Schließung des Natural History Museum in der Abteilung für wirbellose Fossilien zu verstecken, so daß ich eine verwunschene Nacht lang mit einer Taschenlampe allein von Raum zu Raum wandern konnte.

(Oliver Sacks, *The Observer*, 9. Januar 1994)

Eine Weile ging Morse ziellos durch die Räume. Im Erdgeschoß bemühte er sich, Interesse für die hohen Glasvitrinen aufzubringen, in denen man die Entwicklung von Feuerwaffen und die Geschichte des Webstuhls und des Webens verfolgen, japanische Nō-Masken, alte Musikinstrumente, Schilde, Töpfe, Bootsmodelle, Kinderrasseln, nordamerikanische Trachten und unzählige Edelsteine und Halbedelsteine bewundern konnte.

Wie der Besucher einer berühmten Gemäldegalerie die Kreuzigungsszenen aus dem 14. Jahrhundert irgendwann satt hat, sah sich auch Morse nach anderen Angeboten um. Er stieg die Steinstufen zur Oberen Galerie hinauf, wo sich beim Gang an den schwarzen Schaukästen entlang alsbald ein ähnliches Gefühl der Übersättigung einstellte. Hier konnte der Besucher in großer Zahl Äxte, Breitbeile, Zangen, Scheren, Schlüssel, Münzen, Tierfallen, Spezialwerkzeuge aus Burma, Siam, Japan und Indonesien bewundern.

In einem Schaukasten zählte er vierundsechzig Instrumente aus der Frühzeit der Heilkunst, alle mit schwarzer Tinte auf weißen Kärtchen handschriftlich gekennzeichnet mit Angabe von Herkunft und Verwendungszweck (soweit bekannt). Besonders fesselte ihn eine primitive Extraktionszange aus Tonga, die auf dem (offenbar kürzlich erneuerten) gelblichen Stoff, mit dem der Schaukasten ausgelegt war, besonders beängstigend wirkte, und er dankte wieder einmal dem Schicksal, daß es heutzutage Betäubungsmittel gab.

Damit, fand er, hatte er seiner Pflicht Genüge getan. Daß er eine außergewöhnlich bedeutsame Beobachtung gemacht hatte, war ihm in diesem Moment noch nicht klar. Lewis würde schon auf ihn warten. Lewis war immer pünktlich.

Die Obere Galerie war zur Zeit leer und wirkte plötzlich fast ein wenig bedrohlich. Morse überlief eine Gänsehaut, und er beeilte sich, wieder ins University Museum zurückzukommen.

Auch hier, unter dem Glasdach des Atriums, war es jetzt stiller. Und dunkler – als habe sich draußen eine Wolke vor die Sonne geschoben. Was für ein Gefühl mochte es sein, hier allein zu bleiben, wenn die Schulkinder weggefahren, die Besucher, die Aufseher, die Kuratorin nach Hause gegangen waren? Wer konnte sagen, ob nicht dann in der gespenstischen Stille die Geister von Dronten und Dinosauriern, die von ihrem Aussterben nichts ahnten, an einer urzeitlichen Küste wieder nach ihren Gefährten riefen?

Jane Cotterell blieb, nachdem sich die Tür hinter Morse geschlossen hatte, noch ein paar Minuten nachdenklich an ihrem Schreibtisch sitzen. Warum hatte sie bloß das mit dem Bier gesagt? Sie hätte nichts dagegen gehabt, sich zu einem Drink vor dem Lunch einladen zu lassen, und ertappte sich bei der Hoffnung, daß er womöglich etwas vergessen hatte. Seinen Taschenschirm vielleicht oder ein Notizbuch. Doch der Inspector hatte sich, wie sie sehr genau wußte, keine Notizen gemacht, und draußen schien inzwischen wieder die Sonne.

24

Grausamkeit ist vielleicht die schlimmste Sünde.
Intellektuelle Grausamkeit ist mit Sicherheit die
schlimmste Grausamkeit.

(G. K. Chesterton, *All Things Considered*)

Julia Stevens war mit dem Brief zu Ende. Jetzt ordnete sie die Blätter und fing noch einmal von vorn an, während die Adressatin wie ein Häufchen Unglück neben ihr saß. Mit am tiefsten hatte Brenda Brooks getroffen, daß ihre Schwester Beryl ihrer Nichte erzählt hatte, was sich in jener schlimmen Nacht zugetragen hatte. Hatte sie, Brenda, vielleicht zuviel davon hergemacht, war es vielleicht doch nur ein dummer Zufall gewesen und keine Absicht? Nein, unmöglich... Die Erinnerung an jene Nacht im Mai hatte sich Brendas Erinnerung unauslöschlich eingeprägt.

«Du warst aber lange weg, Ted. Wieviel Uhr haben wir denn?»

«Zwölf.»

«Zwölf? Nein, bestimmt ist es schon viel später.»

«Warum fragste dann so dämlich, Himmeldonnerwetter?»

«Du weißt doch, daß ich nicht einschlafen kann, wenn du nicht da bist. Ich hab mir Sorgen gemacht.»

«Sorgen kannste dir machen, wenn ich mal um halb vier noch nicht da bin...»

«Komm jetzt schlafen.»

«Denk nicht dran.»

«Dann geh ins Gästezimmer. Ich brauche meinen Schlaf.»

«Ob Gästezimmer oder nicht – mit dir hab ich mir sowieso Gefrierfleisch ins Haus geholt.»

«Das ist gemein, Ted!»

«Wem der Schuh paßt, der zieht ihn sich an...»

«So kann es nicht weitergehen, das ertrage ich einfach nicht.»

«Hau doch ab, wenn's dir nicht mehr paßt. Aber hör endlich auf mit dem Gemecker, das kann ich nicht haben.»

Sie wickelte sich fester in den billigen Flauschmorgenrock und wollte an ihm vorbei zum Bett, aber da packte er sie bei der Schulter und gab ihr einen Stoß. «Du bleibst, wo du bist!»

Bis zu dieser Nacht hatten seine gelegentlichen Grobheiten noch keine bösen Folgen gehabt. Jetzt aber schleuderte der Stoß sie bis an den Kamin, sie streckte die rechte Hand aus, um den Aufprall abzufangen, und dabei passierte irgend etwas, sie hörte ein ganz komisches Knacken... Sehr weh hatte es nicht getan. In dem Moment noch nicht.

Sie war noch ein junges Mädchen, als ihre Mutter an einem Februarvormittag im Schnee ausgerutscht und hingefallen war und sich dabei das Handgelenk gebrochen hatte. Passanten hatten sich rührend um sie gekümmert. Als sie in der Notaufnahme des Radcliffe Hospital saßen, hatte sie zu Brenda gesagt, der Unfall habe sich fast gelohnt, weil sie nun wisse, daß es doch noch gute Menschen auf der Welt gab.

Als Brenda selbst in jener Nacht hingefallen war, hatte Ted sie nur angefahren, sie solle aufstehen und sich nicht so anstellen. Da hatte sie angefangen zu weinen. Nicht vor Schmerz oder Schreck, sondern weil sie sich für den Mann, den sie geheiratet hatte, in Grund und Boden schämte.

Julia gab den Brief zurück. «Ich glaube, Ihre Tochter haßt ihn noch mehr als Sie.»

Brenda nickte und machte ein unglückliches Gesicht. «Irgendwann muß ich ihn wohl geliebt haben. Nach Sids Tod war ich sehr allein, da kam Ted und hat sich ein bißchen um mich gekümmert, und danach... aber das ist ja jetzt unwichtig.»

Eine Weile saßen die beiden Frauen schweigend zusammen.

«Mrs. Stevens?»

«Ja?»

«Was soll ich in ... in der anderen Sache machen? Bitte, helfen Sie mir.»

In Julia regte sich kalter Zorn. Daß der Mann brutal und gemein war, hätte sie wissen müssen. Hatte es auch gewußt. Aber – auch ein Mörder? Oder sah Brenda das womöglich falsch?

Julia kannte Ted Brooks kaum. Anfangs waren sie sich drei-, viermal über den Weg gelaufen, und einmal hatte sie Brenda zu Hause besucht, als die mit einer Darmgrippe im Bett lag. Als Julia ging, hatte Ted ihr in den Mantel geholfen und war dabei – nicht zufällig – mit der Hand an ihre Brust gekommen.

Hände weg, du geiler Bock, hatte sie bei sich gedacht und war ihm fortan aus dem Weg gegangen. Dabei war er ein gutaussehender Bursche, das mußte man ihm lassen.

Der Brief war deshalb keine große Überraschung. Julia wußte längst, daß Brenda unter der scharfen Zunge und dem Jähzorn ihres Mannes zu leiden hatte, und vermutet hatte sie auch noch anderes. Aber Brooks ein Mörder?

Liebevoll-besorgt sah sie die fleißige, treue kleine Frau an, ohne die sie sich ihr Leben kaum mehr vorstellen konnte. Brenda trug zur Feier des Tages ein dunkelblaues, ersichtlich nicht mehr neues, aber sorgsam gepflegtes Kostüm. Der Faltenrock war frisch gebügelt. Mitleid überkam sie. Sie würde ihr helfen, so gut sie konnte, das war eine Selbstverständlichkeit.

Aber was konnte sie in dieser «anderen Sache» tun?

«Was Sie über das ... das Blut gesagt haben, Brenda ... wissen Sie das ganz genau?»

«Ich hab's Ihnen eigentlich gar nicht erzählen wollen, Mrs. Stevens», flüsterte Brenda. «Gerade Ihnen nicht. Ja, ich weiß es genau. Und ich will Ihnen auch sagen, warum.»

Zwanzig nach zwei setzte Julias Taxi Brenda ab. Nicht unmittelbar vor ihrem Haus, sondern vor dem Laden der Pakistanis an der Ecke.

«Nicht vergessen, Brenda: Lassen Sie heute abend wieder die Milch ausgehen. Kurz vor neun. Und unternehmen Sie vorher nichts. Bis bald.»

Auf der Heimfahrt sah Julia das Plakat der *Oxford Mail* vor dem Zeitungsladen in der Cowley Road:

POLIZEI
SUCHT NACH
MORDWAFFE

Sie bat den Fahrer anzuhalten.

Kurz vor drei an diesem Nachmittag schätzte Ted Brooks sachkundig die Entfernungen ab und ließ das Queue vorschnellen. Die schwarze Kugel rollte sicher ins Loch.

Sein Mitspieler, ein älterer Mann, knallte eine Pfundmünze auf die Bande.

«Billardspielen kannst du jedenfalls noch, Ted.»

«Klar doch! Aber gesund schreiben tun sie mich erst in vierzehn Tagen. Wenn ich Schwein hab.»

25

Je älter ich werde, desto mehr mißtraue ich dem alten Spruch, daß Alter Weisheit bringt.

(H. L. Mencken)

Lewis wartete tatsächlich schon vor dem Museum.

«Wie ist es gelaufen, Sir?»

«Okay.»

«Was Neues erfahren?»

«So weit würde ich nicht gehen. Und Sie?»

«Interessanter Typ, die Wirtschaftsleiterin. Der reinste Feldwebel. Als Chief möchte ich die nicht haben!»

«Warten Sie noch fünf Jahre, Lewis. Bis dahin ist so allerhand möglich.»

«Zu Matthew Rodway hab ich folgendes rausgekriegt. Als er im dritten Studienjahr zum Herbsttrimester...»

«Das heißt hier Michaelistrimester, Lewis.»

«... zum Michaelistrimester wieder an die Uni...»

«In sein College...»

«... in sein College kam, wohnte er mit einem Typ...»

«Einem Kommilitonen.»

«... einem Kommilitonen zusammen, der Ashley Davies hieß. Aber nicht lange, sie haben Davies für ein Trimester rausgeschmissen...»

«Relegiert.»

«... für ein Trimester relegiert. Eine persönliche Angelegenheit angeblich, mehr wollte sie nicht verraten. Wir sollten Davies selber fragen.»

«Demnach ist bei Ihnen auch nicht viel rausgekommen.»

«Würd ich so nicht sagen.» Lewis grinste. «Ashley Davies wurde im Michaelistrimester 1993 auf Betreiben eines gewissen Dr. Felix McClure relegiert.»

«Der Knoten schürzt sich...»

«Für Davies war das ganz schön hart, er hätte ein Einserexamen machen können. Dieses Jahr hat er das Studium nicht wiederaufgenommen. Komisch. Was meinen Sie? Rauschgift?»

«Oder Alkohol.»

«Oder Liebe.»

«Und jetzt?»

«Die Adresse hab ich. Wohnt bei den Eltern in Bedford.»

«Ist schon mal irgendwas Gutes aus Bedford gekommen?»

«John Bunyan, Sir?»

«Also fahren Sie hin. Ich kann nicht alles selber machen.»

«Wo fehlt's denn, Sir?»

«Die Brust tut mir weh, die Beine tun mir weh, der Kopf dröhnt, mir ist schlecht, und ich schwitze. Fragen Sie lieber, wo's nicht fehlt.»

«Haben Sie Ihre Pillen genommen?»

«Klar. Man muß sich ja fit halten.»

«Wann waren Sie zuletzt fit, Sir?»

Morse brauchte auffallend lange, um sich anzugurten. «Kann mich nicht erinnern.»

«Ich will Ihnen ja keine Vorschriften machen, Sir, aber...»

«Das viele Trinken, ich weiß...»

«Es würde mich nicht wundern, wenn Sie Ihre Pillen mit einem Bier runtergespült hätten.»

«Falsch.»

«Zwei Bier.»

Morse grinste und wischte sich mit einem einstmals weißen Taschentuch die Stirn.

«Wissen Sie, was der Unterschied zwischen Ihnen und mir ist, Sir?»

«Na?»

«Ich hab eine Frau, die sich ein bißchen um mich kümmert.»

«Da können Sie von Glück sagen. Die meisten Leute in Ihrem Alter sind inzwischen schon wieder geschieden.»

«Haben Sie nie ... die Richtige kennengelernt?»

Morse sah in die Weite. «Einmal. Aber nur beinah.»

«Kann ja noch kommen.»

«Quatsch! In meinem Alter fängt man mit so was nicht mehr an. Da wird's Zeit, Schluß mit den Frauen zu machen. Und mit dem Job.» Morse zögerte. «Ich hab das bisher noch niemandem gesagt, Lewis. Nur Strange. Im nächsten Herbst hör ich auf.»

Lewis lächelte ein wenig melancholisch. «Zu Michaelis, meinen Sie.»

«Ich könnte noch ein, zwei Jahre bleiben, aber ...»

«Wird Ihnen da nicht was fehlen?»

«Keine Spur. Ich hab beruflich immer enorm viel Dusel gehabt. Das möchte ich nicht aufs Spiel setzen. Sonst kriegen wir doch mal einen Fall, den wir nicht knacken können.»

«Sie meinen hoffentlich nicht den, den wir jetzt haben, Sir ...»

«Nein, Lewis, den nicht.»

«Und wie sieht unser Programm jetzt aus?»

Morse schien die Frage nicht gehört zu haben. «Ob mir nichts fehlen wird, wenn ich hier Schluß mache, wollten Sie wissen. Nein, bestimmt nicht. Nur Sie, mein alter Freund, Sie werden mir fehlen.»

Das klang fast verlegen, und Lewis, der ein ganz komisches Kribbeln in den Augen spürte, wagte kaum aufzusehen.

Gleich darauf wurde Morse wieder sachlich. «Das Herumsitzen bringt nichts, Lewis. Wie sieht das Programm jetzt aus?»

«Das wollte ich ja gerade von Ihnen wissen.»

«Ist dieser Typ aus Bedford zu Hause?»

«Das läßt sich feststellen.»

«Tun Sie das. Und dann fahren Sie hin.»

«Wann?»

«Am besten gleich. So wie Sie brettern, sind Sie zum Abendessen wieder zurück.»

«Wollen Sie nicht mit ihm sprechen?»

Morse zögerte. «Ich – ich hab heut nachmittag was Wichtigeres vor.»

«Sie legen sich ins Bett?»

Morse nickte ergeben. «Und machen Sie einen Termin mit Brooks aus. Wird allmählich Zeit, daß wir ihn mal besuchen.»

«Montag?»

«Nein, besser gleich morgen. Genau eine Woche, nachdem er McClure umgebracht hat...»

26

Drei können ein Geheimnis bewahren, wenn zwei von ihnen tot sind.

(Benjamin Franklin)

Zitternd vor Aufregung ging Brenda Brooks in die Küche und setzte den Teekessel auf. Wie gut, daß sie es geschafft hatte, vor ihm nach Hause zu kommen. Jetzt konnte sie noch in Ruhe eine Tasse Tee trinken und die Erregung in sich abklingen lassen. Daß sie sich in ihrer Ehe allein gelassen und unglücklich fühlte, war ja nichts Neues. Neu war die Angst, die ihr immer mehr zusetzte.

Nach der ersten Verblüffung, den ersten verständnislosen Fragen und unverständlichen Antworten hatte sie die blutbefleckte Kleidung – Hemd, Hose, Strickjacke – sofort waschen wollen, aber der Kranke hatte sie vom Bett aus wütend angeschrien, sie solle die Klamotten auf die nächste Müllkippe schaffen, er wolle von der Sache nie wieder ein Wort hören.

Und seither stand nun dieses beängstigende Geheimnis zwischen ihnen. Das heißt, ein richtiges Geheimnis war es inzwischen nicht mehr, denn sie hatte einer Außenstehenden davon erzählt. Oder wäre es richtiger zu sagen, daß sie ihren Mann an eine Außenstehende verraten hatte? Und deshalb konzentrierte sich jetzt ihre Angst auf seine Rückkehr und den beunruhigenden Gedanken, er brauche sie nur kurz anzusehen, um zu wissen, was los war. Sie griff nach der Zange und drückte mit zitternden Händen den Teebeutel aus.

Fast automatisch wischte sie, während sie in kleinen Schlucken ihren Tee trank, die Tanninflecken von der Zange und legte sie wieder in den Unterschrank neben der Spüle, in das Fach neben dem Messer-Set, das Beryl ihr zur Hochzeit geschenkt hatte – Messer in vielen Formen und Größen, kleine und schlanke, große und wuchtige, die scharf und blinkend vor ihr lagen.

Um 14.45 Uhr ging das Telefon: das Pitt Rivers Museum.

Kurz vor drei rief Mrs. Stevens an.

«Ist er schon zurück?»

«Nein.»

«Bestens. Jetzt hören Sie gut zu...»

Gegen 15.20 Uhr ging die Haustür. Inzwischen hatten ihre Hände – wie durch ein Wunder, fand Brenda – aufgehört zu zittern.

«Bist du das, Ted?» fragte sie regelmäßig, wenn er nach Hause kam, es war eine seit Jahren feststehende Formel. An diesem Nachmittag brach sie – vielleicht ganz unbewußt – aus dem vorgegebenen Muster aus. «Bist du das?» fragte sie mit fester Stimme. Die Frage war unpersönlich, hätte nun jedem Beliebigen gelten können, ließ offen, ob sie einem Zweibeiner galt oder vielleicht nur einem Hund.

Noch hielt die kleine Festung im Kampfgetümmel stand. Gewiß, bald würde auch sie in Feindeshand fallen, aber vorerst hatte sie Verstärkung bekommen und konnte noch eine Weile aushalten. Als die Tür ging, überkam sie ein regelrechtes Machtgefühl.

«Bist du das?» wiederholte sie.

«Wer denn sonst?»

«Tasse Tee?»

«Dose Bier.»

«Das Museum hat angerufen. Die Dame wollte wissen, wie es dir geht. Nett von ihr, nicht?»

«Nett? Hat sich was! Die will bloß wissen, wann ich wiederkomme. Hat wohl einen Engpaß beim Personal.»

«Eigentlich müßten die Leute doch froh über so einen Job sein. Bei dieser Arbeitslosigkeit heutzutage...»

«Vorausgesetzt, die Kohle stimmt...»

«Aber sie bezahlen doch sicher ganz anständig.»

«Woher willste das wissen? Haste etwa in meinen Sachen rumgeschnüffelt, als ich im Krankenhaus war? Will ich dir nicht geraten haben.»

«Was du bekommst, weiß ich nicht, du hast es mir ja nie gesagt.»

«Genau, also erzähl nicht solchen Scheiß. Brauchst ja bloß mal an deinen Job zu denken. Was zahlt dir deine blöde Paukerin fürs Putzen? Noch nicht mal vier Pfund die Stunde, stimmt's? Die reinste Sklavenarbeit. Und das bei ihrem Gehalt.»

Brenda antwortete nicht, aber die Fahne auf der kleinen Festung wehte noch. Mrs. Stevens zahlte ihr tatsächlich noch nicht mal vier Pfund; zehn Pfund für drei Stunden Putzen, zweimal die Woche. Nur wußte Brenda natürlich, daß das kein böser Wille war. Mrs. Stevens hatte ihr ganz offen gesagt, daß sie finanziell gar nicht gut dastand. Heute mittag hatte sie sogar erzählt, sie wolle ihren alten Volvo verkaufen, den sie für fünfzehn Pfund im Monat in einer klapprigen Garage ein paar Ecken weiter untergebracht hatte.

Der leise vor sich hin rostende Wellblechschuppen bot dem Wagen nur einen minimalen Schutz, aber immerhin hatte Mrs. Stevens auf diese Weise einen Parkplatz, der ihr vor der eigenen Haustür nie sicher war, weil andere Autofahrer (das hatte ihr die Stadtverwaltung ausdrücklich bestätigt) mit dem gleichen Recht dort parken durften wie sie. Ihren Kontostand bei Lloyds würde der Verkauf des Wagens nicht wesentlich aufbessern («340 Pfund kann ich Ihnen dafür noch geben, na schön, sagen wir 350»), aber sie sparte die nicht unerheblichen Nebenkosten für Versicherung, Steuer, Inspektion, Reparaturen, Garage und und und … mindestens 800 Pfund im Jahr. «Und im Grunde brauche ich eigentlich gar keinen Wagen», hatte Julia zu Brenda gesagt.

Es wäre ehrlicher gewesen, ihr den wahren Grund für den Verkauf zu nennen. Aber bei dem Treffen im *Old Parsonage Hotel* hatte kein Austausch von Geheimnissen stattgefunden, sondern lediglich eine Weitergabe in eine Richtung.

Nachdem er den angeschlagenen Morse abgesetzt hatte, fuhr Lewis ins Präsidium zurück und nahm sich die *Oxford Mail* vor, die jemand Morse auf den Schreibtisch gelegt hatte. Ja, sie hatten den Artikel noch hereingenommen, er stand ganz unten auf Seite 1.

Mord an Oxford-Professor

Die Polizei bittet um Mithilfe bei der Aufklärung des brutalen Mordes an Dr. Felix McClure, der am Sonntag erstochen in seiner Wohnung in Daventry Court, North Oxford, aufgefunden wurde.

Detective Sergeant Lewis von der Thames Valley Police erklärte unserem Reporter, daß trotz intensiver Suche die Mordwaffe noch nicht gefunden werden konnte. Die Polizei bittet die Anwohner der Daventry Avenue, sich auf ihren Grundstükken umzusehen; es ist denkbar, daß der Mörder nach Verlassen des Tatorts die Waffe weggeworfen hat.

Es könnte sich dabei um ein in der Küche gebräuchliches Fleischmesser mit einer etwa 5 cm breiten und 14–15 cm langen Klinge handeln. Falls Sie ein solches Messer entdecken sollten, berühren Sie bitte Ihren Fund nicht, sondern verständigen Sie unverzüglich Ihr zuständiges Polizeirevier.

27

Viel Geld der Hure zahlt ein Mann,
Wenn artig sie ihm schmeicheln kann.
(W. H. AUDEN, *New Year Letter*)

Nachmittags nahm Lewis dann die B-B-B-Route: Bicester – Buckingham – Bedford. Er hatte Glück: Das Einfamilienhaus der Familie Davies lag am westlichen Stadtrand von Bedford, und in der Northampton Road 248 wurde er von Ashley Davies höchstpersönlich in Empfang genommen.

Nach kurzem Vorgeplänkel ließ Davies sich herbei, den folgenreichen Zusammenstoß zwischen ihm, Matthew Rodway und Dr. Felix McClure aus seiner Sicht zu schildern.

Ashley Davies und Matthew Rodway hatten sich in ihrem ersten gemeinsamen Studienjahr in der University Conservative Association kennengelernt (vielleicht ganz gut, daß Morse im Bett liegt und das nicht mitkriegt, dachte Lewis). Aber nicht nur politisch, sondern auch sportlich lagen sie auf der gleichen Linie. Beide waren im selben Kampfsportclub Mitglied.

«Judo, Karate und dergleichen, was?» fragte Lewis, der früher geboxt hatte, lebhaft interessiert.

«Ja, unter anderem, aber zum Kämpfen gehört ja nicht nur der Körper, sondern auch die Seele, deshalb gab uns besonders Yoga sehr viel. Yoga bedeutet bekanntlich wörtlich übersetzt Vereinigung...»

Lewis nickte weise.

«Und natürlich TM.»

«TM?»

«Transzendentale Meditation. Der Weg zur geistigen Gesundung. Man sitzt da, wiederholt sein Mantra und fühlt sich gut, zufrieden... glücklich. Alles war in schönster Ordnung zwischen Matthew und mir, bis diese Frau im Club aufkreuzte. Ich kam nicht mehr los von ihr, ich konnte an nichts anderes mehr denken.»

«Trotz TM...», bemerkte Lewis teilnahmsvoll.

«Genau. Dabei war die Frau nicht mal besonders attraktiv. Ja, doch... natürlich war sie attraktiv, aber sie war keine Schönheit, das wollte ich damit sagen, sie war nicht mal besonders hübsch. Aber wenn sie einem in die Augen sah... also da konnte einem glatt das Herz schmelzen.»

«Scheint eine gefährliche Person gewesen zu sein.»

«Das können Sie laut sagen. Ich war zweimal mit ihr aus, einmal im *Mitre,* einmal im *Randolph*, und da hat sie doch glatt gesagt, sie würde mit mir schlafen, aber es würde mich fünfzig Pfund kosten. Fünfzig Pfund für eine Nummer, hundert für die ganze Nacht. Ein simples Geschäft, ohne Herz und Schmerz – so hat sie es ausgedrückt.»

«Und Sie haben sich auf das Geschäft eingelassen?»

«Soviel Geld hatte ich nicht. Hundert Pfund... und dazu kam ja noch das Geld für ein Zimmer im Hotel oder in einer Pension. Ich hab sie dann mal in meine Wohnung im College eingeladen, da war ich gerade mit Matthew zusammengezogen, und er war die Nacht über weg, er mußte zu einer Beerdigung. Aber es war ein Dienstag, und deshalb wurde nichts draus. Es ginge nur am Samstag und vielleicht am Sonntag, hat sie gesagt, weil sie jemanden kannte, der auf unserem Aufgang wohnte, und nichts riskieren wollte.»

«Einen Kommilitonen?»

Der lässig-locker gekleidete junge Mann zögerte. «Das hat sie nicht gesagt.»

«Wer könnte es sonst gewesen sein?»

Davies zuckte wortlos die Schultern.

«Auf Ihrem Aufgang wohnten auch zwei Professoren, nicht? Und einer von ihnen war Dr. McClure.»

«Gratuliere, Sie haben sich gut vorbereitet.»

«Und wie ging's dann weiter?»

«Am 5. November, dem Guy Fawkes Day, mußte ich zu einem Auswahlgespräch für den öffentlichen Dienst nach Whitehall, das ging übers ganze Wochenende – Freitag, Samstag, Sonntag – und war so öde, daß ich mir den Sonntag geschenkt habe und am Samstag abend von Paddington nach Oxford zurückgefahren bin, mit einem Zug kurz nach zehn. Als ich in unser Zimmer kam, lag sie in seinem Bett und er in meinem. Da hab ich rotgesehen und...»

«Im Grunde war es das, was Sie auch mit ihr hatten machen wollen, nicht?»

«Ja, schon, aber...»

«Sie waren schlicht und einfach eifersüchtig.»

«Nein, es war mehr. Erklären läßt sich das nicht so leicht, aber...»

«Sie meinen, wenn die Frau in *Ihrem* Bett gelegen hätte...»

«So ähnlich. Da müßten Sie Sigmund Freud fragen. Ich stürzte mich auf ihn wie ein Berserker. Er hatte nichts an – sie hatten beide nichts an –, und wir droschen aufeinander ein wie die Wilden. Es muß ein Mordskrawall gewesen sein, denn plötzlich klopfte es. Da war natürlich bei uns die Luft raus. Ich machte auf, und vor mir stand dieser aufgeblasene Arsch McClure. Ja, und das war's eigentlich auch schon. Matthew hatte eine aufgeplatzte Lippe und ein blaues Auge, ich hatte eine Schramme am linken Arm, aber sonst sah man mir nicht viel an. McClure wollte natürlich alles ganz genau wissen. Wer die Frau war...»

«Und wer war sie?»

«Sie nannte sich Ellie. Ellie Smith.»

«Und dann?»

«Mich schickten sie zum Schlafen in eins der Gästezimmer, und Ellie verschwand von der Bildfläche, ich glaube, McClure hat sie in ein Taxi gesetzt. Am nächsten Morgen ließ mich mein Tutor antreten, und wie es weiterging, wissen Sie ja.»

«Warum wurde Mr. Rodway nicht auch relegiert?»

«Weil ich angefangen hatte.»

«Bekam er gar keine Disziplinarstrafe?»

«Er wurde verwarnt, das ist so das übliche bei solchen Sachen. Wenn es dann noch mal passiert...»

Lewis ging ein Licht auf. «Sie hatten demnach schon eine Verwarnung bekommen?»

Ashley Davies sah Lewis an, ohne eine Miene zu verziehen. «In meinem ersten Studienjahr hab ich mich mal in einem Pub geprügelt.»

«Ist dabei viel passiert?»

«Er hat sich den Kiefer gebrochen.»

«Man könnte vielleicht auch sagen: Sie haben ihm den Kiefer gebrochen.»

Davies fand die Bemerkung offenbar nicht witzig. Lewis meinte in seinen Augen fast so etwas wie einen Hauch von Grausamkeit zu erkennen. «Sie sagen es, Sergeant.»

«Ging es dabei auch um eine Frau?»

«Ja. Der andere hatte sich an meine damalige Freundin rangemacht.»

«Wo war das?»

«Im *Grapes*. George Street.»

«Und da haben Sie zugeschlagen.»

«Erst hab ich gesagt, er soll sich verpissen.»

«Und das hat er nicht getan.»

«Nicht gleich.»

«Was er später bestimmt bedauert hat.»

«Können Sie wohl laut sagen!»

«Und wie ist es rausgekommen?»

«Der Wirt hat die Polizei gerufen. Hätte nicht unbedingt sein müssen. So schlimm war's auch wieder nicht.»

Lewis blätterte in seinen Notizen. «Auf ihn sind Sie nicht ‹wie ein Berserker› losgegangen?»

«Nein.»

«Warum haben Sie bei Rodway so heftig reagiert?»

Davies starrte auf den Teppich. «Ganz einfach: Ich war in sie verliebt.»

«Und Rodway auch?»

Davies nickte.

«Waren Sie seither wieder mal mit ihr zusammen?»

«Ein-, zweimal...»

«Auch kürzlich noch?»

«Nein.»

«Warum haben Sie nicht weiterstudiert und Ihr Examen gemacht? Sie waren doch nur für ein Trimester relegiert, nicht?»

«Für den Rest des Michaelistrimesters *und* das ganze Frühjahrstrimester. Danach hab ich's einfach nicht mehr gepackt...»

«Was haben Ihre Eltern dazu gesagt?»

«Die waren natürlich enttäuscht.»

«Wissen Ihre Eltern, weshalb ich heute hier bin?»

«Sie sind auf einer Kreuzfahrt in der Ägäis.»

Lewis stand auf, klappte sein Notizbuch zu und bewunderte vom Fenster aus den weißen Porsche, der in der Einfahrt stand. «Aber den Wagen haben sie Ihnen offenbar dagelassen...»

«Nein, das ist meiner.»

Lewis drehte sich um. «Ach... Und ich dachte, wenn Ihnen fünfzig Pfund zu teuer waren...»

«Ich bin inzwischen zu Geld gekommen. Auch deshalb hatte ich wohl keinen Bock mehr aufs Studium. Reiche Erbtante.»

Vor der Haustür stellte Lewis eine letzte Frage. «Wo waren Sie am letzten Sonntag, Sir?»

«Am letzten *Sonntag*?»

«Ja. Dem Tag, an dem Dr. McClure ermordet wurde.»

«Sie wollen doch nicht behaupten... wieso sollte ich...»

«Man könnte sagen, daß Sie wegen McClure relegiert wurden, nicht?»

«Ja.»

«Sie müssen ihn gehaßt haben.»

«So einen Typ kann man nicht hassen. Er war einfach ein Wichtigtuer und Langweiler.»

«Wußten Sie, daß er auch in Ellie Smith verliebt war?»

Davies seufzte tief. «Ja.»

«Wo waren Sie am letzten Sonntag?» wiederholte Lewis.

«Ich hab Vögel beobachtet.»

«Allein?»

«Ja. Gegen neun, halb zehn bin ich losgefahren, um drei war ich wieder zurück.»

«Und wo waren Sie?»

Davies nannte ein paar Namen von Wäldern und Seen.

«Haben Sie unterwegs Bekannte getroffen?»

«Nein.»

«Sind Sie irgendwo eingekehrt, haben Sie irgendwo haltgemacht? In einem Pub oder Hotel? Imbißbude? Geschäft? Tankstelle?»

«Ich glaube nicht.»

«Sicher waren aber noch mehr Vogelliebhaber unterwegs.»

«Nein. Es ist keine sehr günstige Zeit, im Spätsommer ist noch zuviel Laub an den Bäumen. Wenn man nicht ein bißchen über Flug, Gesang und Verhalten weiß, entdeckt man nicht viele. Kennen Sie sich auf dem Gebiet aus, Sergeant?»

«Nein.»

Im Gehen registrierte Lewis, daß an der Heckscheibe des Porsche ein Aufkleber des Vogelschutzbundes prangte. Er hätte viel dafür gegeben, mal so einen Wagen fahren zu können. Aber fünfzig Pfund wohl doch nicht.

28

Doktor Fell, ich lieb Euch nicht,
Auch wenn's an Grund dafür gebricht.
Dieses eine sag ich schlicht:
Doktor Fell, ich lieb Euch nicht.
(Thomas Brown, *I Do Not Love Thee, Doctor Fell*)

Regungslos stand sie hinter dem Vorhang des Fensters im ersten Stock und sah dem Polizisten nach. Worum sich das Gespräch gedreht hatte, war nicht schwer zu erraten.

Unter dem Morgenrock (seinem Morgenrock) war sie nackt. Die Figur, die man mit einigem gutem Willen noch als üppig bezeichnen konnte, fing schon bedenklich an zu wabbeln. Besonders gegen den Bauch mußte sie etwas tun, das war ihr klar. Sie war eine sehr gute Schwimmerin. Regelmäßig dreißig, vierzig Bahnen – das würde schon was bringen...

Was die Figur an Reizen nicht mehr hergab, machte der verführerische Duft des teuren Eau de Toilette, «Mimosa Pour Moi», wieder wett. Es war das letzte Geschenk von Felix gewesen.

Felix...

Er hatte sich immer so an ihrem Anblick und an ihrem Duft erfreut, wenn sie sich nach dem Bad (und sie badete oft und für ihr Leben gern) abgetrocknet hatte. Sie dachte an den Brief, den er ihr geschrieben hatte, als er in dem feinen Londoner Hotel mit ihr zum Frühstück hatte gehen wollen und sie sich noch immer genüßlich in der Badewanne rekelte.

Der Brief steckte in ihrer abgewetzten Umhängetasche, sie las ihn immer wieder.

Ich frage meine Liebste, ob sie bereit ist, mit mir zum Frühstück zu gehen; und mit einer kreisförmigen Bewegung schwingt sie ihr Deospray, sprüht erst die linke, dann die rechte Achselhöhle ein.

Doch sie gibt keine Antwort.

Ich frage meine Liebste, ob sie in der gemeinsamen Nacht an mich gedacht hat, und sie macht einen Schmollmund und streckt die rechte Hand aus, als müßte sie einen wackelnden Tisch auf der Terrasse im *Trout* zur Ruhe bringen.

Doch sie gibt keine Antwort.

Ich frage meine Liebste, warum sie zu einem Rendezvous mit mir nicht hin und wieder pünktlich kommen kann; und wie sehr würde ich mich freuen, wenn sie sich kopfüber in einen See von Ausreden stürzen würde.

Doch sie gibt keine Antwort.

Ich frage meine Liebste, was sie am meisten liebt im Leben; und sie lächelt (endlich ein Lächeln) und deutet auf das duftende Wasser in der Wanne, von dem sie sich gerade noch hat umspülen lassen, auf dem gerade noch ihre vollen Brüste trieben.

Und näher, so scheint mir, werde ich einer Antwort nie kommen.

Sie fand es aufregend, über sich in der dritten Person zu lesen, als sei sie eine Hauptfigur in einem Schlüsselroman (Felix hatte ihr den Begriff erklärt) und eine wichtigere Persönlichkeit, als sie in Wirklichkeit war. Denn die Wirklichkeit sah so aus, daß sie, statt in einem Rolls vor der Abtreibungsklinik vorzufahren, an diesem Mittwoch auf Bahnsteig zwei in den blöden Morgenzug in das blöde Birmingham steigen würde.

Ashley Davies trat hinter sie und löste den Gürtel ihres (seines) Morgenrocks.

«Du, ich könnte...»

Sie machte sich los, warf den Morgenrock ab, zog ihren schwarzen Hüfthalter und den schwarzen BH an, streifte ein dünnes dunkelblaues Kleid über das gescheckte Haar und rollte die schwarzen Strümpfe mit den Laufmaschen hoch.

Davies sah ihr schweigend zu. Das Anziehen fand er bei ihr fast so aufregend wie das Ausziehen. «Was ist denn?» fragte er schließlich. «Was hab ich falsch gemacht?»

Sie stand vor dem Spiegel, zog die Lippen nach und antwortete nicht.

«Ellie.»

«Ich gehe.»

«Was soll das heißen? Wir wollten doch zusammen essen.»

«Ich gehe.»

«Das kannst du mir nicht antun!»

«Meinst du?»

«Wegen der Polizei?»

«Kann schon sein.»

«Aber er ist weg, es ist alles vorbei.»

Sie griff nach einer kleinen Reisetasche aus verschossenem rosa Leinen, auf der die Logos von Punkgruppen und Popstars prangten.

«Ich gehe.»

«Wann sehen wir uns wieder?»

«Überhaupt nicht.»

«Ellie!»

«Ich will dich nicht wiedersehen.» (Ein erstaunlich langer Satz.)

Davies setzte sich deprimiert auf die Bettkante. «Du liebst mich nicht, stimmt's?»

«Stimmt.»

«Hast du mich je geliebt?»

«Nein.»

«Hast du Matthew geliebt?»

«Nein.»

«Erzähl mir bloß nicht, daß du McClure geliebt hast, diese Flöte.»

«Die war so mit das einzige, was ich an ihm geliebt habe.»

«So was sagt man nicht.»

«Warum fragst du dann?»

«Hast du überhaupt jemals einen Menschen geliebt?»

«Meine Mum.»

«Und sonst?»

«Vielleicht meinen Dad – meinen richtigen Dad. Aber das weiß ich nicht mehr so genau.» Mit raschen, gekonnten Bewegungen von unten nach oben trug sie Wimperntusche auf.

«Und wo willst du jetzt hin?»

«Oxford.»

Seufzend holte Davies die Autoschlüssel aus der Tasche. «Na dann los.»

«Aber nicht mit dir.»

«Was soll denn das schon wieder?»

«Ich fahr per Anhalter.»

«Das kannst du doch nicht machen!»

«Nein? Sind doch alles geile Typen, die da durch die Gegend gondeln. Ich brauch bloß ...»

«Ellie ...»

«Der erste Wagen. Wetten?»

Ellie Smith war etwas zu optimistisch in ihrer Voraussage gewesen. Der erste Wagen fuhr ohne erkennbare Anzeichen von Interesse an ihr vorbei. Ebenso der zweite. Beim dritten klappte es dann.

29

Das mir zugeteilte Los im Leben ist leider ein nicht besonderer mens sana in einem nicht besonders corpore sano.

(Viscount Mumbles, *Reflections on My Life*)

Am nächsten Tag, dem 4. September – einem Sonntag –, saß Ted Brooks im Bett, zwei Kissen im Rücken, und delektierte sich an den deftigeren Beiträgen in *News of the World*. Es war genau halb zwölf, was er deshalb so genau wußte, weil er seit 11.15 Uhr ständig auf seine Armbanduhr sah.

Seine Nervosität legte sich etwas, als der Minutenzeiger sich langsam auf die Zwölf zubewegte – den Mittagsklöppel, wie Shakespeare sagt. Auch seine Gedanken bewegten sich langsam. Im Denken war er nie allzu schnell gewesen.

Er war fest entschlossen, seinen Herzinfarkt weidlich auszunutzen. Ein leichter Infarkt, hatten die im Krankenhaus gesagt, und das konnte ihm natürlich nur recht sein, denn er hatte keine Lust, jetzt schon den Löffel abzugeben. Aber Infarkt bleibt Infarkt, und der Infarktpatient hat Anspruch auf ein Höchstmaß an Mitgefühl und Zuwendung. Besonders von seiner Frau.

Mit erstaunlich kräftiger Stimme verlangte er nach seinem Bovril, aber ehe Brenda die Bestellung ausführen konnte, läutete das Telefon, was im Hause Brooks ohnehin selten geschah, an einem Sonntag aber praktisch ohne Beispiel war.

Er stieg aus dem Bett und lauschte.

«Ja, ich verstehe...», hörte er Brenda unten in der kleinen Diele sagen. «Doch, natürlich... Moment, vielleicht kann er selber mit Ihnen sprechen...»

Als sie hereinkam, saß er auf der Bettkante und zog sich die Socken an.

«Die Polizei, Ted. Sie wollen herkommen.»

«Verdammt. Wissen die denn nicht, daß ich grad erst aus dem Krankenhaus gekommen bin?»

Brendas Oberlippe zitterte leicht, aber ihre Stimme klang überraschend ruhig. «Gehst du mal ran? Oder du sagst mir, was ich ihm ausrichten soll. Nur warten lassen würd ich ihn nicht. Er hat gestern schon mal angerufen.»

«Wie heißt denn der Typ?»

«Lewis. Detective Sergeant Lewis.»

Lewis legte auf. Er saß – wie Brooks – auf einer Bettkante. In dem Bett lag Morse.

«Erledigt, Sir. Aber ich finde, Sie sollten erst mal im Bett bleiben.»

«Quatsch.»

Lewis musterte besorgt Morse in seinem braunblauweiß gestreiften Schlafanzug, der drei Kissen im Rücken und ein Arsenal von Fläschchen und Pillen – Aspirin, Alka Seltzer, Magentabletten, Penicillin, Paracetamol – sowie eine fast leere Flasche Macallan neben sich hatte.

Er war verschwitzt und hatte rote Flecken im Gesicht.

«So eilig ist es ja nicht», sagte Lewis fast väterlich.

«Eile ist heute bei mir sowieso nicht drin.» Morse legte sein Buch aus der Hand, und Lewis konnte den Titel erkennen: *Die Anatomie der Melancholie*.

«Da haben Sie sich ja die passende Lektüre rausgesucht, Sir!»

«Passender, als Sie glauben, Lewis. Hören Sie zu: ‹Es gibt keine gewichtigere Ursache für die Schwermut als die Trägheit, keine bessere Kur als Geschäftigkeit›, schreibt der alte Burton. Und jetzt erzählen Sie mal, wie es in Bedford war.»

Lewis bemühte sich um eine möglichst lückenlose Berichterstattung, denn er wußte, daß Morse unweigerlich das für besonders wichtig hielt, was in seinen Augen eher nebensächlich war.

Und umgekehrt.

Morse unterbrach ihn nur selten.

«Mit seinem Alibi ist demnach nicht viel los», schloß Lewis.

«Kommen Sie mir bloß nicht mit einem zweiten Verdächtigen!» stöhnte Morse. «Wir wissen, wer McClure umgebracht hat: Der Mann, mit dem wir heute nachmittag sprechen werden. Wir brauchen nur noch ein bißchen Hintergrundmaterial, einen anderen Blickwinkel. Noch können wir Brooks nicht mitnehmen, das heißt, wir könnten schon, aber er läuft uns nicht weg. Wir können es uns leisten zu warten, bis wir mehr Beweismaterial haben.»

«Viel haben wir im Augenblick ja noch nicht.»

«Sie lassen noch nach dem Messer suchen?»

Lewis nickte. «Mit acht Mann. Sie nehmen sich die Häuser vor, die Phillotson mit seinem Team nicht abgeklappert hat.»

«Ich mag diesen Brooks nicht», knurrte Morse.

«Sie kennen ihn doch noch gar nicht.»

«Die Drogengeschichte gefällt mir nicht.»

«Daß Davies damit was zu tun hatte, glaube ich nicht, er ist nicht der Typ.»

«Steht eher auf Sex, was?»

«Diese Ellie Smith hat ihn glatt umgehauen.»

«Und Sie sagen, es war vermutlich jemand im Haus, als Sie da waren?»

«Ich hab die Klospülung gehört...»

«Was eine gute Detektivausbildung doch wert sein kann», kommentierte Morse mit dem Anflug eines Lächelns.

«Jaja, wenn die Katze aus dem Haus ist, tanzen die Mäuse...»

«Und zwar mit offenem Hosenschlitz.»

Lewis sah seinen Chef bestürzt an. «Denken Sie etwa...»

«Daß die Klospülerin und die nimmermüde Ellie ein und dieselbe Person waren? Nein, Lewis, das nun doch nicht. Aber was Davies von ihr erzählt hat, ist schon interessant...»

Morse wischte sich den Schweiß von der Stirn. Er benutzte dazu ein schmuddeliges Taschentuch, das er aus der Tasche seiner Pyjamajacke zog. Es war die dritte; zwei hatte er seit gestern nachmittag schon durchgeschwitzt.

«Haben Sie heute früh brav geschluckt, Sir?»

«Doppelte Dosis, Lewis. War immer mein Geheimrezept.»

«Ich meine eigentlich die Tabletten, Sir. Nicht den Whisky.»

Morse grinste matt. Auf seiner Stirn stand schon wieder Schweiß. Wie Nieselregen auf einer Windschutzscheibe.

Er zündete sich eine Zigarette an und hustete rasselnd. «Sie hat gesagt, daß sie es in der Woche nicht mit ihm machen kann, allenfalls am Samstag oder Sonntag, weil sie jemanden auf dem Aufgang kennt, und Sie haben gedacht, es ist jemand, der sich übers Wochenende in ein Cottage in den Cotswolds absetzt. McClure zum Beispiel.»

«Nein, Sir. Ich hab gedacht, daß es jemand war, der von Samstagmittag bis Montagmorgen nicht arbeitet. Brooks zum Beispiel.»

«Ach so...»

«Liege ich da so falsch?»

Morse wischte sich erneut die Stirn. «Ich bin wohl im Augenblick nicht so ganz auf der Höhe.»

«Glaube ich auch. Brooks war meiner Meinung nach nicht nur als Dealer, sondern auch als Zuhälter tätig, hat aber seine Pferdchen wohlweislich nicht ins College gelassen. Nur gab es da eben ein Pferdchen, das ganz gern auch mal auf eigene Rechnung und Gefahr arbeitete und deshalb Davies das Wochenende vorschlug...»

Morse mußte wieder husten. «Warum übernehmen Sie eigentlich den Fall nicht selber, Lewis?»

«Weil ich damit garantiert nicht fertig werde.»

«Und mit Brooks auch nicht?»

«Nein.»

«Und Sie glauben, wir sollten mit unserem Besuch bei ihm noch ein, zwei Tage warten.»

«Ja.»

«Und Sie glauben, damit wäre ich einverstanden?»

«Nein.»

Morse klappte Burtons unsterbliches Werk zu und schlug die Bettdecke zurück.

«Tun Sie mir einen Gefallen, während ich mich anziehe?»

«Natürlich.»

«Holen Sie mir schnell noch die *News of the World*.»

30

Randolph, das wird dir nicht schmecken,
aber ich war mit deiner Frau im Bett.
(*Murder Ink*, Alibis, die wir
nie wieder hören wollen)

Auf dem Weg nach East Oxford hatten sie um 13.15 Uhr kurz in der Daventry Avenue haltgemacht. Von der Tatwaffe noch immer keine Spur.

«Kann ja noch kommen», hatte Lewis gesagt.

Morse hatte darauf bestanden, daß sie mit dem Jaguar fuhren. Das Finale aus der *Walküre* würde ihm in seinem angeschlagenen Zustand guttun, sagte er, und die Kassette sei schon drin.

Lewis setzte sich ans Steuer. Erstaunlicherweise aber startete Morse die Kassette nicht, sondern schien zum Reden aufgelegt.

«Sie sollten auch ein wenig in Wagner investieren, Lewis. Wäre viel besser für Sie als das Zeug, das Sie immer spielen.»

«Wenn Sie dabei sind, spiel ich es ja nicht.»

«Ein Glück.»

«Ich meckere ja auch nicht an dem rum, was Sie gern hören.»

«Was hören *Sie* denn am liebsten?»

Lewis nahm im Kreisel die Ausfahrt in Richtung Cowley Road.

«Also was ich nicht ausstehen kann, Sir, sind Dudelsäcke.»

Morse grinste. «Jemand hat mal gesagt, das sei seine Lieblingsmusik – der Klang eines Dudelsacks, der in der Ferne verhallt.»

Um Viertel vor zwei saßen Ted und Brenda Brooks auf der Wohnzimmercouch den beiden Kriminalbeamten gegenüber. Morse hatte den einzigen Sessel mit Beschlag belegt, Lewis mußte sich mit einem Küchenstuhl behelfen.

Brooks, in weißem Kurzarmhemd und sorgfältig gebügelten Freizeithosen, sah blaß und angegriffen aus. Er entspannte sich aber bald und bestätigte mit gelegentlichem kurzem Nicken die Vorgeschichte, die Morse kurz skizzierte: Seine Jahre als Hausdiener in Wolsey, seine Bekanntschaft mit Matthew Rodway sowie Dr. McClure; seine derzeitige Arbeitsstelle im Pitt Rivers Museum.

Das Vorgeplänkel war recht friedlich verlaufen, und Mrs. Brooks erbot sich, Tee zu machen.

Morse lehnte das Angebot, ohne die anderen zu fragen, dankend ab. Jetzt wurde es heikel.

«Möchten Sie, daß Ihre Frau dabei ist, wenn ich Ihnen – tut mir leid, aber es muß sein – ein paar etwas unangenehme Fragen stelle?»

«Ich hab keine Geheimnisse vor ihr, Inspector.»

Lewis beobachtete ihn scharf, aber er ließ nicht mehr Unruhe erkennen als jeder ganz normale Zeuge bei einer Vernehmung durch die Polizei. Genaugenommen wirkte Mrs. Brooks bedeutend nervöser.

«Ich weiß, daß Sie krank geschrieben sind, Mr. Brooks», fing Morse an, «aber ganz verschonen kann ich Sie nicht. Wir haben Beweise dafür, daß in den letzten drei, vier Jahren auf Ihrer früheren Arbeitsstelle mit Drogen gehandelt wurde.»

«Damit hatte ich nichts zu tun.»

«Und Sie wußten auch nichts davon?»

«Nein.»

«Dann wird es ein bißchen problematisch, denn uns liegt eine Aussage vor, die das Gegenteil besagt.»

«Möcht wissen, wer Ihnen das erzählt hat. Alles gelogen!»

«Wären Sie bereit, ins Präsidium zu kommen, um die Aussage mit uns durchzugehen?»

«Gern. Sobald mir's wieder bessergeht. Sie wollen doch nicht, daß ich Ihnen dort umfalle...»

Aus dem freundlichen Gesäusel im Oxfordshire-Dialekt war ein rüdes Blaffen geworden – der Ton, in dem er gewöhnlich mit seiner Frau sprach.

«Hätten Sie es gemerkt, wenn im College Drogen in Umlauf gewesen wären?»

«Ich misch mich in so was nicht ein. Jeder muß selber sehen, wie er klarkommt.»

«Es gab Parties auf Ihrem Aufgang?»

«Dagegen läßt sich nichts machen.»

«Haben Sie *versucht*, was dagegen zu machen?»

«Ich hab mich nur um meine Arbeit gekümmert, und die hab ich gut gemacht, da können Sie fragen, wen Sie wollen.»

«Dr. McClure können wir leider nicht mehr fragen.»

«Aber andere.»

«Mochten Sie Dr. McClure?»

«Er war in Ordnung.»

«Sie haben beide zur gleichen Zeit aufgehört, nicht?»

«Na und?»

«Ich habe nur überlegt, ob Sie sich vielleicht auf einen Abschiedsdrink zusammengesetzt haben.»

«Zusammengesetzt? Ich und 'n Prof? Mann, Sie haben ja wirklich von Tuten und Blasen keine Ahnung!»

Morse wandte sich an Lewis. «Sergeant?»

«Wir müssen mit allen sprechen, die Kontakt zu Dr. McClure hatten», sagte Lewis zu Brooks. «Deshalb sind wir hier, wie ich Ihnen schon am Telefon sagte. Ich muß Sie fragen, wo Sie am letzten Sonntag waren. Am Sonntag, dem 28. August.»

«Am letzten Sonntag? Haste das gehört, Brenda? Sag's ihnen. Du weißt ja besser als ich, wie das gelaufen ist. Wenn Sie denken, daß ich damit was zu tun hatte, sind Sie schiefgewickelt. Am letzten *Sonntag*... Meine Fresse!»

Brenda Brooks faltete die Hände im Schoß, und Morse sah erst jetzt, daß die rechte Hand in der Stützmanschette leicht deformiert wirkte. Vielleicht hatte sie die Hände zusammengelegt, weil er nicht sehen sollte, daß sie zitterten? Doch gegen das Zucken der Oberlippe konnte sie nichts machen.

«Ja, also... an dem Sonntag hat Ted mich nachts um drei geweckt...»

«Eher halb drei...»

«Er hatte Schmerzen in der Brust, und ich bin aufgestanden, hab ihm seine Magentabletten geholt und einen Tee gemacht. Danach hast du dich besser gefühlt, Ted, nicht? Ein bißchen besser jedenfalls. Ich bin dann wieder eingeschlafen, und er wohl auch, aber es war eine schlimme Nacht.»

«Schauderhaft.»

«Um sechs bin ich dann endgültig aufgestanden, hab Tee gemacht und Ted gefragt, ob er Frühstück will, aber er mochte nichts essen und hatte immer noch Schmerzen, und ich hab gesagt, ich hol den Doktor, aber das wollte Ted nicht, weil Sonntag war. Gegen zehn ist er dann aufgestanden, um Viertel nach zehn saßen wir in der Küche – ich erinnere mich genau, weil im Radio liefen die *Archers,* und ich hab den Braten vorbereitet – Lamm mit Minzsoße sollte es geben, aber Ted hatte keinen Appetit. Gegen halb, Viertel vor zwei wurde es dann so schlimm, daß ich den Notarzt angerufen habe. Sie sind gleich gekommen, innerhalb von zehn Minuten waren sie da, Herzinfarkt haben sie gesagt. Und um halb drei war er schon auf der Intensivstation, stimmt's, Ted?»

Ted Brooks nickte stolz. «Weil es so irre Schmerzen waren, hab ich gewußt, es muß was Ernstes sein. Hab ich dir doch damals gleich gesagt, stimmt's, Bren?»

Brenda nickte pflichtschuldigst.

Morse hatte inzwischen begriffen, daß seiner Absicht, Edward Brooks unter Mordverdacht festzunehmen, ein ernsthaftes Hindernis erwachsen war, ja daß er ein Verbleiben des Namens Brooks auf der Liste der Verdächtigen kaum mehr verantworten konnte, was einen schweren Rückschlag für die Ermittlungen bedeutet hätte, weil seine Liste lediglich aus diesem einen Namen bestand.

Er musterte die treusorgende kleine Ehefrau, die in Rock und Sommerbluse neben ihrem Mann saß. Wenn sie bei ihren Lügengeschichten blieb (denn daß sie log, stand für Morse fest), würde es vor Gericht sehr schwerfallen, ihre Aussage zu erschüttern. Mit dieser eindrucksvollen Mischung aus Nervosität und Unschuld hatte sie mit Sicherheit die Geschworenen auf ihrer Seite.

Morse versuchte es anders.

«Allmählich bekomme ich Durst, Mrs. Brooks. Wenn ich auf Ihr Angebot zurückkommen dürfte...»

Mrs. Brooks setzte den Kessel auf, holte die Tassen aus dem

Schrank und blieb dann an der Küchentür stehen. Sie hatte gute Ohren.

«Haben Sie einen Wagen, Sir?» fragte der mit den weißen Haaren.

«Seit zehn Jahren nicht mehr», erwiderte Ted.

«Wie kommen Sie zur Arbeit?»

«Meistens mit dem Bus.»

«Nicht mit dem Fahrrad?»

«Wieso?»

«Ich hab den Fahrradhelm in der Diele liegen sehen.»

«Na und?»

«Dr. McClure wurde erstochen, und überall im Zimmer – und vermutlich auch an der Person des Täters – war viel Blut. Wenn der Mörder in einem Wagen weggefahren wäre... die schlauen Jungs im Labor können auch kleinste Blutspuren entdecken...»

«Aber ich hab keinen Wagen.»

«Wir würden uns gern mal Ihr Fahrrad ansehen.»

«Am besten nehmen wir es gleich mit», sagte der Sergeant.

«Können Sie nicht. Die Mühle haben sie mir nämlich geklaut. Am Samstag mittag, gestern vor einer Woche. Ich war bloß auf ein Bier im Club, und als ich rauskam, war's weg. Dabei hatte ich mir extra noch ein Hinterradschloß zugelegt. Zehn Pfund hat mich das Scheißding gekostet.»

«Haben Sie den Diebstahl gemeldet?»

«Ein geklautes Fahrrad melden? Hier in Oxford? Sie sind vielleicht 'n Scherzkeks.»

Mrs. Brooks kam mit dem Tablett herein.

«Ich muß Sie bitten, den Diebstahl im Revier zu melden», sagte Lewis mit Nachdruck.

«Milch und Zucker, Inspector?»

Sie sah ihn jetzt zum erstenmal offen an, und Morse spürte etwas Kameradschaftliches hinter der Nervosität und der Angst. Er lächelte ihr zu, und sie gab das Lächeln schüchtern zurück. Er war gerührt. Und fest davon überzeugt, daß er dem Mann gegenübersaß, der Felix McClure umgebracht hatte. Er spürte es im Kopf und in allen Knochen – und hätte es in seiner Seele gespürt, hätte er nur gewußt, was das genau war und wo es saß.

Als Mrs. Brooks sie zehn Minuten später zur Tür brachte, fragte Morse nach den beiden Fotos, die in der Diele hingen.

«Das da ist meine Tochter Ellie.» Sie deutete auf das nachdenkliche Mädchen im Teenageralter. «Eigentlich heißt sie Kay, aber Ellie hört sie lieber.»

Lewis mußte sich sehr beherrschen, um Morse nicht einen bedeutungsschweren Blick zuzuwerfen.

«Und das da ...» – sie deutete auf das zweite Foto, das sie Arm in Arm mit einer jüngeren, größeren, auffallend attraktiven Frau vor einem Bus zeigte – «das bin ich mit Mrs. Stevens, da sind wir mit ihrer Schule letztes Jahr nach Stratford gefahren. Es war wunderschön. Wenn alles gutgeht, fahre ich nächste Woche wieder mit. Sie ist Lehrerin an der Proctor Memorial School. Ich putze für sie.»

Es schien, als wollte sie noch etwas hinzufügen, aber da rief ihr Mann nach ihr, und Morse wandte den Blick von der deformierten Hand ab, die wieder nervös zu zucken begann.

31

Keine andere Erfindung des Menschen hat soviel Glück hervorgebracht wie eine gute Schenke.
(Samuel Johnson, *Obiter Dictum,* 21. März 1776)

«Was sagen Sie dazu?»

Auf dem Weg zur Cowley Road nahm der Jaguar behutsam das halbe Dutzend Schwellen in einer verkehrsberuhigten Zone.

«Im Augenblick gar nichts.»

«Wie fühlen Sie sich?»

«Lausig.»

«Sie gehören ins Bett.»

Morse sah auf die Uhr. «Oder ins nächste Pub. Wir brauchen eine Denkpause, Lewis.»

Morse kannte sich in dieser Gegend nicht sehr gut aus. Während seines Studiums vor dreißig Jahren war das Gebiet östlich der Magdalen Bridge fremdes Revier gewesen, von dem man nur wußte, daß es (wie auch heute) ein multikulturelles Viertel war, in dem hauptsächlich Handel getrieben wurde – ein Viertel faszinierender Gegensätze, schön und häßlich zugleich, aufgegebene Läden, deren Türen mit Brettern vernagelt waren, und florierende Kleinunternehmen, Verfall und Neuanfang, mit einem Sexshop da, wo es an die Innenstadt grenzte, und einem Polizeirevier am anderen Ende. Dazwischen lagen – unter anderem – eine Reihe renommierter indischer Restaurants und hoffentlich auch ein Pub mit einem gepflegten Bier vom Faß.

Lewis hingegen kannte die Gegend gut. An der Kreuzung fuhr er nach rechts und dann gleich wieder nach links in die Marsh Road. Vor dem *Marsh Harrier* hielt er.

Der *Führer durch Oxfords Pubs* vergab die höchsten Punktzahlen nur an Lokale, in denen keine dröhnende Musikbox die Gespräche behinderte oder ganz unterband. Morse nahm im *Marsh Harrier* das Fehlen musikalischer Hintergrundgeräusche wohlwollend zur Kenntnis, schien aber mit seinem ersten Pint Fuller's London Pride nicht ganz glücklich zu sein.

«Ist was, Sir?»

«Ich hab nur so ein blödes Gefühl im Bauch...»

«Seit wann haben Sie blöde Gefühle im Bauch, Sir?»

«... wenn ich an die Nachahmungstäter denke. Sobald die Presse über ein Verbrechen berichtet – die Entführung eines Babys vor einem Supermarkt beispielsweise –, macht das doch sofort einer nach.»

Lewis nickte. «Sie meinen den Artikel in der *Oxford Mail* über das Messer. Hätten sie den besser nicht bringen sollen?»

«Nein, nein. Vielleicht kommt ja doch noch was dabei heraus. Allerdings hab ich da so meine Zweifel.»

Morse leerte sein Glas und fuhr fort: «Das Messer, mit dem jemand – oder vielmehr, mit dem *Brooks* McClure abgestochen hat, muß ja irgendwo sein. Und wenn's im Kanal liegt.»

«Oder im Cherwell.»

«Oder in einer Kiesgrube...»

Morse unterbrach sich und schickte Lewis an die Theke. Der Wirt hatte gerade zur letzten Bestellung vor der Polizeistunde aufgefordert. Möglicherweise hatte die Bronchitis bei dem Chief Inspector das Kurzzeitgedächtnis beeinträchtigt: Er glaubte offenbar, die erste Runde habe er bezahlt.

Mit dem zweiten Pint schien Morse wieder aufzuleben. «Brooks war aber nicht am Wasser», sagte er.

«Aber auch nicht weit davon entfernt. Auf dem Heimweg mußte er über die Magdalen Bridge.»

«Auf dem Rad mit dem blutigen Sattel.»

«Er brauchte nur das Messer von der Brücke ins Wasser zu werfen, und die Sache war geritzt.»

Morse schüttelte den Kopf. «Zu riskant. Wenn ihn nun jemand dabei beobachtet hätte...»

Lewis zuckte die Schultern. «Er hätte ja bis zum Einbruch der Dunkelheit warten können.»

«Vom Vormittag bis in den Abend hinein, Lewis? Das ist eine lange Zeit.»

«Er kann das Ding aber auch schon vorher irgendwo weggeworfen haben. In einem Garten zum Beispiel.»

«Da hätten wir es inzwischen gefunden.»

«Wir haben die Suche noch nicht aufgegeben, Sir.»

Morse seufzte. «Es ist gar nicht so einfach, sich unerwünschter Gegenstände zu entledigen. Weil man nämlich ständig das Gefühl hat, daß einer zusieht. Vor ein paar Wochen habe ich versucht, eine leere Flasche in einer Mülltonne in der Banbury Road loszuwerden. Ich hatte sie kaum reingeworfen, da fuhr ein Bekannter vorbei und winkte...»

«Und Sie hatten prompt ein schlechtes Gewissen.»

Morse nickte. «Deshalb brauchen wir unbedingt das Messer. Ohne Tatwaffe können wir nicht gegen Brooks vorgehen.»

«Es gibt noch eine andere Möglichkeit.»

«Und die wäre?» Morse machte ein Gesicht wie ein Mathematikprofessor, dessen Aussage von einem Schüler, der kaum bis drei zählen kann, in Frage gestellt wird.

«Er hat das Messer mit nach Hause genommen.»

«Ausgeschlossen. Wir reden hier von instinktivem Verhalten. Wer einen Menschen erstochen hat, geht nicht hinterher seelenruhig nach Hause, wäscht das Messer mit Spülmittel vom Discounter ab und legt es wieder in die Schublade.»

«Aber dann würde ein Messer fehlen. Eins aus einem ganzen Satz vermutlich.»

«Na und? Messer werden verlegt, gehen kaputt...»

«Dann wüßte vermutlich Mrs. Brooks Bescheid.»

«Aber sie wird uns nichts sagen.»

Morse lehnte sich zurück und sah sich um. Er wirkte jetzt fast entspannt.

«Sind Sie sicher, daß es Brooks war?» fragte Lewis leise.

«Allzu viele Zufälle, Lewis. Schön, sie spielen im Leben eine sehr viel größere Rolle, als wir zuzugeben bereit sind. Aber nicht in diesem Fall. Überlegen Sie mal. Brooks hört am gleichen Tag wie McClure, das spätere Mordopfer, in Wolsey auf, nachdem sie mehrere Jahre auf dem gleichen Aufgang gewesen waren. Ein Jahr später bekommt Brooks ausgerechnet an dem Tag, an dem McClure erstochen wird, einen Herzanfall. Da kommt eins zum anderen, Lewis...»

«Aber Sie halten doch sonst so viel von Zufällen.»

«Zwei könnte ich vielleicht noch schlucken. Aber *drei*...»

Bei Lewis, der Morse durchaus zugetraut hätte, auch vier zu schlucken, kam er damit nicht recht an. Der Sergeant sah sich um. Morse und er waren die letzten Gäste. Es war 15.10 Uhr.

«Wir müssen langsam los, Sir.»

«Quatsch. Die nächste Runde geht auf mich.»

«Die Polizeistunde ist schon vorbei.»

«Quatsch.»

Der Wirt erklärte klipp und klar, er bekäme todsicher Ärger mit der Polizei, wenn er sonntags um drei noch etwas ausschenkte, und ließ sich auch von Morses Erklärung, er *sei* die Polizei, nicht beeindrucken. Eine knappe Minute später schloß Lewis ziemlich verlegen die Beifahrertür des Jaguar auf, packte Morse hinein und fuhr ihn zurück nach North Oxford.

32

Dies sind, wie gesagt, beschwerliche Methoden,
einen Mann zu ermorden. Einfacher, direkter und geschickter
ist es, ihn irgendwo mitten ins 20. Jahrhundert zu setzen
und ihn dort zurückzulassen.

(EDWIN BROCK, *Five Ways to Kill a Man*)

Auf der Rückfahrt hatte sich Morse ständig den Schweiß von der Stirn gewischt, und sobald er wieder zu Hause war, schenkte er sich unter dem besorgten Blick seines Sergeant sofort eine Dose Bier ein. Gegen den Flüssigkeitsverlust, wie er behauptete.

«Sie sollten Ihren Arzt anrufen. Und nichts mehr trinken, wo Sie so viele Medikamente schlucken.»

«Ihre Sorge um meine Gesundheit ist wirklich rührend», giftete Morse. «Aber ich verbitte mir Bemerkungen über meinen Alkoholkonsum. *Ist – das – klar?*»

Lewis stand verärgert auf. «Na gut, dann will ich mal wieder los...»

«Setzen Sie sich!»

Morse holte eine Zigarette heraus und sah zu Lewis hoch. «Rauchen sollte ich Ihrer Meinung nach wohl auch nicht?»

«Es ist Ihr Leben. Wenn Sie unbedingt so früh abtreten wollen...»

«Ich habe durchaus noch keine Lust zu sterben», sagte Morse leise. Lewis merkte überrascht, wie sich seine Verärgerung legte. Er setzte sich.

Morse steckte die Zigarette wieder in die Packung. «Tut mir leid, daß ich Sie angefahren habe. Meine Unabhängigkeit geht mir eben über alles. Ist vielleicht manchmal übertrieben. Ich lasse mir nicht gern Vorschriften machen. Okay?»

«So, und jetzt lassen Sie mal hören, wie Sie über Brooks denken.»

«Nein, Sir. Der große Denker sind Sie. Dafür kriegen Sie auch mehr Gehalt.»

«Ich sehe den Fall nicht anders als vorher. Nach Rodways Selbstmord erfuhr McClure, daß auf seinem Aufgang Drogen gehandelt wurden – Cannabis, Amphetamine, Kokain, Crack, Ecstasy, LSD, Heroin, was auch immer – und daß das Zeug von Brooks kam, der sich damit eine goldene Nase verdiente. Irgendwann hat McClure ihm dann nahegelegt, seinen Job im College aufzugeben und sich dort nie wieder sehen zu lassen. Andernfalls würde er ihn der Hochschulleitung melden, möglicherweise auch die Polizei verständigen und ihn strafrechtlich verfolgen lassen. Brooks begriff, daß es brenzlig für ihn wurde, kündigte und bekam einen neuen Job am Pitt Rivers Museum, für den McClure ihm eine laue Empfehlung schrieb. Doch die Kontakte zu seinen Kunden waren nicht abgerissen, so daß er seine lukrativen Geschäfte weiterbetreiben konnte. McClure bekam Wind davon, stellte ihn zur Rede und machte ihm klar, daß er es diesmal nicht bei einer leeren Drohung belassen würde. Kann sein, daß Brooks gegen McClure irgendwas in der Hand hatte, aber zunächst gab er sich verhandlungsbereit und verabredete sich vor einer Woche mit McClure in dessen Wohnung in Daventry Court.»

«Sie nehmen ihm also sein Alibi nicht ab?»

«Das Alibi, das Mrs. Brooks ihm gezimmert hat, meinen Sie? Nein, natürlich nicht.»

«Und Sie glauben, daß er mit dem Rad zu McClure gefahren ist?»

«Ja. Ob er da schon zu dem Mord entschlossen war, weiß ich nicht; die Tatwaffe – ein Messer aus der Küche seiner Frau – hatte er jedenfalls bei sich. Außerdem machte er sich noch möglichst unkenntlich – vielleicht mit einem Tuch vor dem Gesicht, als hätte er Zahnschmerzen –, und da er auch einen Fahrradhelm trug ...»

«Das erfinden Sie doch jetzt alles, Sir.»

Morse wischte sich erneut die Stirn. «Ja, natürlich. Bei so einem Fall braucht man eine Art Gerüst, man muß Hypothesen aufstellen ...»

«Ihre Hypothese über das Messer, Sir?»

«Das hat er in den Kanal geworfen.»

«So daß wir es nicht finden werden?»

«Genau. Sonst wäre es inzwischen schon da.»

«Es sei denn, daß er es mit nach Hause genommen, abgewaschen und wieder in die Schublade gelegt hat.»

«Hm...»

«Wahrscheinlich wollte er es in den Kanal werfen, aber dann ist was dazwischengekommen.»

«Zum Beispiel?»

«Zum Beispiel ein Herzinfarkt.»

Morse nickte. «Wenn er plötzlich merkte, daß er keine Zeit mehr hatte... wenn er heftige Schmerzen spürte...»

«Ein irrer Schmerz... so hat er es ausgedrückt.»

«Hm...»

«Aber was ist mit dem Fahrrad? Er war damit in Daventry Court. Warum ist er nicht, als er plötzlich Schmerzen bekam, auf dem schnellsten Weg nach Hause gefahren?»

Morse schüttelte den Kopf. «Da paßt was nicht zusammen. Er muß es auf dem Rückweg irgendwo abgestellt haben.»

«Aber wo?»

Morse überlegte. Dann fiel ihm ein, was Brooks gesagt hatte: *Ein geklautes Fahrrad melden? Hier in Oxford? Sie sind vielleicht 'n Scherzkeks*... Das Problem war gelöst.

«Kennen Sie das Gedicht *Five Ways to Kill a Man*?»

«Nein.»

Morse rappelte sich mühsam auf, holte eine Anthologie moderner Lyrik aus dem Regal, schlug Brock im Index nach, blätterte einen Augenblick und las die letzte Stanze laut vor.

Lewis war es zwar gewöhnt, daß Morse hin und wieder beim Bier die eine oder andere passende Gedichtzeile zitierte, sah aber in diesem Fall keinen logischen Zusammenhang.

«Da komme ich nicht mit, Sir.»

Morse überflog die Stanze noch einmal und lieferte dann seine Parodie dazu:

«Es gibt verschiedene beschwerliche Methoden,
ein Fahrrad loszuwerden. Man kann es zum Beispiel in den Kanal werfen.
Einfacher, direkter und geschickter aber ist es, das Ding beispielsweise auf den Cornmarket in Oxford zu schaffen und dort stehenzulassen.»

«Sie hätten Dichter werden sollen, Sir.»

«Ich bin einer, Lewis.»

Morse hustete blutigen Auswurf in sein Taschentuch. Lewis hatte es gesehen, sagte aber wohlweislich nichts dazu.

«Zunächst sollten wir uns Brooks holen und Susan Ewers' Aussage mit ihm durchgehen. Sie ist eine gute Zeugin, da wird er was Besseres liefern müssen als das, was er uns heute nachmittag vorgesetzt hat.»

«Und wann? Er soll ja nicht unseretwegen einen zweiten Herzinfarkt kriegen.»

«Nein?»

«In ein, zwei Tagen?»

«Sagen wir in zwei, drei Tagen.»

Morse leerte sein Glas. Er hatte erstaunlich lange dazu gebraucht, und Lewis wußte nun, daß sein Chef ernstlich krank war.

«Was ist mit dem Foto von Mrs. Brooks' Tochter, Sir?»

«Gute Frage, Lewis. Ich überlege die ganze Zeit, wie diese junge Dame ins Bild paßt. Kay... K... Ellie... es muß ein und dieselbe Person sein. Mrs. Brooks' Tochter... Mr. Brooks' Stieftochter... die Dame, die den Herren Rodway und Davies zu Diensten war... das ‹Liebchen› von Dr. McClure...»

«Eine erstaunliche Person.»

«Aber vergessen Sie auch das andere Foto nicht, Lewis. Ich habe das Gefühl, daß diese Lehrerin Licht...»

Was er noch hatte sagen wollen, ging in einem heftigen Hustenanfall unter. Er verschwand im Badezimmer, wo Lewis ihn scheußlich würgen hörte.

Er ging in die Diele und drückte den Buchstaben S auf dem schwarzen Telefonregister. Unter Summertown Health Centre fand er eine Nummer, hinter der «Termine», und eine zweite, hinter der «Notfälle» stand. Er wählte die zweite.

Am gleichen Nachmittag inspizierte Dr. Richard Rayson, anerkannter Chaucer-Experte und Fellow am Trinity College, Oxford, seinen Garten in der Daventry Avenue, nachdem er fast drei Wochen mit seiner Familie in den Dolomiten verbracht hatte. Seine Begeisterung für Gartenarbeit hielt sich in Grenzen, und als sein Blick über den verwahrlosten Rasen ging, fühlte er sich lebhaft an die ihm allerdings nur aus Büchern bekannte Steppe Innerasiens erinnert.

Erstaunlicherweise (denn für gewöhnlich war er kein besonders guter Beobachter) bemerkte er das Messer sehr schnell, das zwischen einem unbeschnittenen Lorbeerbusch und dem lange nicht mehr gestrichenen Zaun neben einer zerdrückten Coca-Cola-Dose lag.

Nina Rayson, die mit ihrer praktischen Einstellung ihren etwas weltfremden Ehemann ideal ergänzte, hatte dessen Fund sorgfältig abgewaschen und ihrem Besteckvorrat einverleibt. Es war ein gutes, solides, noch ziemlich neues Messer mit einer ungewöhnlich breiten Klinge, die zunächst nicht nachgeschliffen zu werden brauchte.

Am gleichen Abend um halb zehn war Brenda Brooks mit ihren Nerven ziemlich am Ende. Dennoch hatte sie ihren widerwärtigen Ehemann umsichtig ins Bett gebracht und ihn mit Tee, zwei Keksen und einer Schlaftablette versorgt. Ihn zumindest kannte sie in- und auswendig – auch von seiner schlechten Seite, was nicht weiter schwierig war, denn andere Seiten hatte er nicht. Was sie zunehmend ängstigte, war das Unbekannte: das Fachchinesisch der Ärzte und Schwestern im Krankenhaus, die schroffen, aber nicht unfreundlichen Fragen der Polizeibeamten.

Und sie ertappte sich dabei, daß sie sich vor dem Läuten des Telefons fürchtete, vor der Türklingel, vor jedem fremden Geräusch.

Was war das? Bildete sie sich das nur ein, oder hatte da wirklich etwas...

Da war es wieder: ein gedämpftes, beharrliches Klopfen.

Voller Bangen schlich sie zur Haustür.

Hinter der Milchglasscheibe zeichnete sich undeutlich eine menschliche Gestalt ab. Sie schloß auf, öffnete die Tür. Ihr Herz raste.

«Du...?» flüsterte Brenda Brooks.

33

Dieses Fest ist nicht totzukriegen; im September 1914 wurde der
Versuch unternommen, es ausfallen zu lassen, aber selbst
der Innenminister mußte einräumen, daß er dazu
nicht imstande war.

(Jan Morris, *Oxford*)

Die St. Giles' Fair findet jedes Jahr am Montag und Dienstag nach dem ersten Septembersonntag in Oxford statt. Dabei ist das ganze Gelände von St. Giles' einbezogen, vom Martyrs' Memorial bis zur St. Giles' Church (und darüber hinaus), wo die breite, baumbestandene Allee sich gabelt und links zur Woodstock Road und rechts zur Banbury Road wird.

Am späten Nachmittag des 6. September, einem Dienstag (zwei Tage, nachdem Lewis im Summertown Health Centre angerufen hatte), schlenderte Kevin Costyn unter den Platanen an den Karussells, Achterbahnen und Zuckerwattebuden entlang. Nichts davon reizte ihn, und die nackte Frau im Käfig, in dem sich die Ratten tummelten, war nicht mehr da und der Jahrmarkt damit (nach Kevins Meinung) um eine Attraktion ärmer. Für die schwankenden und schwindelerregend herumsausenden Wagen und Gondeln der Fahrgeschäfte mochte Kevin von seiner schmalen Barschaft nichts hergeben.

An den staatlichen Schulen von Oxfordshire hatte der Unterricht heute wieder angefangen, und zum erstenmal seit zwölf Jahren war Kevin nicht dabei. Keine Schule – aber auch kein Job. Er hatte sich beim Arbeitsamt gemeldet und sogar die Broschüre über *Angebote und Chancen für Schulabgänger* mitgenommen, die er allerdings nicht zu lesen gedachte. Er war nicht an einem Job interessiert. Nur an Geld. Das heißt, nicht *nur* an Geld.

Zufrieden grinsend blieb er vor dem Pub *Bird and Baby* stehen und sah zum Riesenrad hoch.

Im vergangenen Monat hatten zwei Kumpanen und er mit einem gestohlenen Auto einen Rammbruch in einem Supermarkt in Summertown gemacht, aber gesundgestoßen hatten sie sich nicht dabei. Bei jeder Reparatur setzten die Glaser dickere Scheiben in die Schaufenster ein, und vor vielen regelmäßig angefahrenen und früher recht ergiebigen Zielobjekten standen jetzt schützende Betonpfeiler. Schlimmer aber war, daß es immer schwieriger wurde, die Ware abzusetzen. Zigaretten gingen immer noch am besten, die waren leicht, ließen sich gut stapeln und ohne Komplikationen an den Mann bringen. Schnaps war lange nicht mehr so gefragt, und für die erbeuteten Kisten mit Whisky, Gin und Wodka hatten sie lumpige 850 Pfund gekriegt, obgleich nach Costyns (zugegebenermaßen nicht sehr zuverlässiger) Kalkulation die Ware viermal soviel wert war. Und immer öfter schnappte sich die Polizei einen Hehler, so daß man andauernd nach neuen Absatzmöglichkeiten suchen mußte.

Gab es denn keine leichteren Möglichkeiten, an Geld zu kommen?

Manchmal schon...

Als Kevin Costyn am vergangenen Nachmittag zur Tür gegangen war, hatte Mrs. Stevens vor ihm gestanden. Eine zart duftende Mrs. Stevens mit lockenden roten Lippen.

Ob sie kurz hereinkommen dürfe? Ja, natürlich.

Ob er sich anhören wolle, was sie ihm zu sagen hatte? Er hörte.

Ob er bereit sei, zu tun, was sie von ihm verlangte? Ja, er war bereit.

Ob er sich zutraue, zu tun, was sie von ihm verlangte? Doch, das traute er sich zu.

Was nun die Bezahlung betraf... Viel Geld habe sie nicht. Was er sich denn vorgestellt habe...

Tja...

«Wann kommt deine Mutter zurück?» hatte sie gefragt.

In den letzten Jahren hatte niemand es für notwendig – oder für ratsam – gehalten, Costyn zu fragen, ob er denn schon volljährig sei. Auch die junge Frau an der Theke des *Bird and Baby*, die ihm ein Pint Burton Ale zapfte, stellte diese Frage nicht.

Zehn Minuten später verschwand er im Herrenklo, spuckte kurz auf den Fußboden, zielte mit der Linken und versuchte mit einem roten Filzstift in der Rechten das Wort «Fuck» an die unebene Wand zu schreiben.

Das war ein Schlüsselwort in Costyns nicht allzu umfangreichen Vokabular, schon seit damals, als sich seine Mutter und der Mann, der möglicherweise sein Vater war, Nacht für Nacht mit diesem Wort angegiftet hatten, bis sein Vater offenbar doch mal zuviel gekriegt und sich «verpißt» hatte – auch ein Wort, das Kevins Mutter gern und oft benutzte.

Für den einzigen Sohn aus dieser unglückseligen Verbindung hatte jenes Wort so viel Gewicht, daß er es, wenn er aus irgendeinem Grunde seinen Unwillen oder seine Verachtung zum Ausdruck bringen wollte, allen längeren Worten beizugeben pflegte. Für dieses Verfahren gibt es in den Werken Homers den Begriff «tmesis». Costyn allerdings kannte Homer nur als eine Taubenart. Sein Vater hatte mal so eine Taube gehabt. Sie war dazu abgerichtet, daß sie auch von weit weg wieder nach Hause fand, was man von ihrem Besitzer, nachdem er Frau und Kind (und Taube) verlassen hatte, nicht behaupten konnte.

Vor dem Präserautomaten blieb Costyn stehen. Leider machte der Kasten einen ziemlich diebstahlsicheren Eindruck, und deshalb beschloß er, für den erhofften Genuß ausnahmsweise mal zu zahlen. Zunächst konnte er sich nicht zwischen «Extra feucht» und «Gefühlsecht» entscheiden, wählte aber schließlich letzteres. Und dachte wieder daran, wie er Mrs. Julia Stevens genüßlich die Bluse von den sonnengebräunten Schultern gestreift hatte.

Als Costyn nachmittags um vier vor Marks & Spencer in der Queen's Street auf seinen Bus wartete, erkannte er in der jungen Frau vor sich eine frühere Mitschülerin aus der Proctor Memorial School und legte ihr eine Hand auf die ungebräunte Schulter.

«Kleine Tour gemacht, Schätzchen?»

Sie drehte sich um. «Was willst du?»

«Könntest mit mir auch 'ne Tour machen, Schätzchen, ich weiß, wie's geht...»

«Hau bloß ab.»

Solche Sprüche war Costyn aus weiblichem Munde nicht gewohnt, aber heute war er milde gestimmt. Er tastete nach den beiden Packungen «Gefühlsechtes Lusterlebnis» in seiner Tasche. Die Bezahlung...

«Eine Hälfte jetzt, die andere später», hatte Mrs. Stevens versprochen. Und im Bus berauschte sich Costyn erneut an einem prickelnden Cocktail aus Erregung und Sinnlichkeit.

Die andere später... Wenn er den Auftrag (oder vielleicht die Aufträge) erledigt hatte.

War das, was er so bereitwillig zugesagt hatte, sehr riskant? Sie wisse noch nicht genau, wann sie sich melden würde, hatte sie gesagt. Für sie war es bestimmt riskanter als für ihn. Aber sie brauchte sich keine Sorgen zu machen, er würde dichthalten. Eisern.

Und wenn einer dachte, er würde je singen, dann hatte der sich verfickt noch mal getäuscht.

34

Der bunt-geschwätz'ge, reuevolle Tag
In Meeres Tiefen sich verschlich.
(SHAKESPEARE, *Heinrich der Vierte*, Teil II)

(I)

Am Mittwoch, dem 7. September 1994, saß Ms. Ellie Smith um 11.20 Uhr in einem Taxi, sah alle dreißig Sekunden nervös auf ihre Armbanduhr und ärgerte sich schwarz, weil sie Ashley Davies' Angebot nicht angenommen hatte.

Am Wochenende hatte sie ihm, ehe sie ging, noch reinen Wein eingeschenkt: Sie war in der zwölften Woche schwanger, wollte abtreiben lassen und hatte einen Beratungstermin in einer Klinik in South Birmingham. Gestern nachmittag hatte Davies sie angerufen, und sie hatte es abgelehnt, sich von ihm hinfahren zu lassen. Er müsse sowieso nach Oxford, hatte er gesagt, und über die Autobahn sei es, besonders mit seinem Wagen, doch nur ein Katzensprung bis Birmingham, und das Fahrgeld könne sie auch sparen.

Aber sie hatte sich nicht umstimmen lassen.

Sie wollte den Zug um 9.11 Uhr von Oxford nach Birmingham nehmen, der um 10.30 Uhr am Bahnhof New Street ankommen sollte. Somit blieb ihr eine ganze Stunde, um zu der nur fünf Meilen entfernten Klinik zu kommen.

So war es vorgesehen.

Doch dann war kurz vor Leamington Spa ein Signal ausgefallen, in Coventry hatte es Bombenalarm gegeben, und als der Zug in New Street hielt, hatte er glücklich achtundvierzig Minuten Verspätung, so daß sie ein Taxi hatte nehmen müssen. Die ganze Hetze war dann im Grunde für die Katz gewesen, denn erst um 11.55 Uhr wurde sie ins Sprechzimmer gerufen.

Der Arzt, ein kleiner weißbekittelter Pakistani mit Spanielaugen, war gütig und teilnahmsvoll gewesen und hatte ihr zugeredet, zumindest darüber nachzudenken, ob sie das Kind nicht behalten wolle.

Sie war froh, daß sie ihr einziges anständiges Sommerkleid angezogen hatte und darunter BH und Slip trug. Auch die Ringe hatte sie aus der Nase genommen. Gewiß, sie hatte noch die rotgefärbten Strähnen im Haar, aber irgendwie fühlte sie sich ganz anders, als hätte sie einen neuen Weg eingeschlagen. Es hatte etwas damit zu tun, daß sie wieder Kontakt zu ihrer Mutter hatte...

Der Zug um 15.09 Uhr von New Street, der laut Fahrplan um 16.31 Uhr in Oxford eintreffen sollte, war fast pünktlich. Eine halbe Stunde später war Ellie wieder zu Hause und las den Brief in dem weißen Umschlag, den ein Bote an ihre weißlackierte Tür im dritten Stock gelehnt hatte.

Hoffe, daß alles gutgegangen ist. Willst Du es Dir nicht doch noch mal überlegen? Wenn auch nur die geringste Chance besteht, daß es meins ist, heirate ich Dich. Sei nicht böse, daß ich Dich schon wieder belämmert habe.
Viele liebe Küsse
Ashley.

Ellie Smith steckte den Schlüssel ins Schloß und überlegte, ob sie Ashley Davies vielleicht doch verkannt hatte.

(II)

«Danke, daß Sie gekommen sind», sagte Phillotson ernst.

Lewis suchte nach einer passenden Antwort, aber ihm fiel nichts ein.

«Geht es Morse besser?»

«Soll morgen rauskommen.»

«Wird er den Fall weiter bearbeiten können?»

«Das weiß ich nicht, Sir. Er macht ja doch, was er will.»

«Da haben Sie recht.»

Im Gehen warf Lewis noch einen Blick auf die ausgelegten Kränze, darunter auch ein prachtvolles Gesteck mit weißen Lilien vom Präsidium.

Phillotsons Frau, eine stets bescheidene, unauffällige Person, war mit sechsundvierzig Jahren gestorben. Was blieb von einem so kurzen Leben? Nur der kleine Rosenbusch *(Rosa rubrifolia)*, der im «Garten der Erinnerung» bereits in schöner schwarzer Gartenerde saß und dem die Spender – ihr Mann, Angehörige und Freunde –, die dabei vielleicht ein bißchen auch an Seelenwanderung dachten, gutes Gedeihen und ein langes Leben wünschten.

Hätte Chief Inspector Morse an der Trauerfeier teilgenommen, hätte ihn vermutlich die «scheinheilige Beterei» genervt. Den Choral aber, «Liebe, die mich nie verläßt», hätte er wohl gebilligt und mit seinem nicht ganz reinen Bariton leise mitgesungen.

Doch Morse war nicht unter den siebenunddreißig Trauergästen, die Lewis an diesem Mittwochmittag im Krematorium von Oxford gezählt hatte.

(III)

«Was haben Sie denn nun eigentlich, Morse?»

«Ich bin nur zur Beobachtung hier.»

«Ja, ich weiß. Und was beobachten die bei Ihnen?»

Morse holte tief Luft. «Also zunächst mal die Bronchien. Außerdem haben Leber und Nieren einen Knacks, der Blutdruck ist fast am oberen Anschlag, ein neues Magengeschwür hat sich gemeldet, und jetzt hab ich auch noch eine beginnende Diabetes, weil meine Bauchspeicheldrüse angeblich nicht genug Insulin produziert, um das, was ich gelegentlich an Alkohol konsumiere, zu verarbeiten. Ach ja, und der Cholesterinspiegel ist auch viel zu hoch.»

«Vielleicht hätte ich lieber fragen sollen, was Sie *nicht* haben.»

Strange rutschte unbehaglich auf dem unbequemen Stuhl in Station 7 des John Radcliffe Hospital in Headington herum, wohin eine halbe Stunde nach Eintreffen des Arztes ein Krankenwagen den protestierenden Morse am Sonntag geschafft hatte.

«Gestern haben sie eine Endoskopie gemacht», fuhr Morse fort.

«Sicher sehr unangenehm. Wo kriegen Sie das hingesteckt?»

«In den *Mund,* Sir.»

«Ach so. Na, Hauptsache, sie haben nichts gefunden. Meine Frau würde sich ebenfalls sehr freuen, wenn Sie bald wieder auf dem Damm wären...»

«Nett von ihr, aber...»

«Sie haben doch versprochen, beim Women's Institute in Kidlington einen Vortrag zu halten. Das Interesse ist riesig. Sie hat dieses Jahr den Vorsitz, und das bedeutet ihr sehr viel. Lassen Sie sie bloß nicht hängen.»

«Sie können ihr ausrichten, daß ich auf jeden Fall komme, und wenn's im Rollstuhl ist.»

«Bestens. *Die dunkle Seite des Mordes...* Spannender Titel!»

Damit war Morse prompt wieder bei seinem neuesten Fall. «Wenn Sie Lewis sehen, richten Sie ihm doch bitte aus, er soll heute abend mal vorbeikommen. Ich wüßte gern, was sich so tut.»

«Er wollte heute mittag zur Beerdigung von Mrs. Phillotson.»

«Was? Davon hat mir ja keiner was gesagt.»

«Nein, wir... Der Tod ist nun mal kein besonders erfreuliches Thema.»

Um 14.45 Uhr verabschiedete sich Strange, und Morse legte sich nachdenklich zurück. Ein Krankenhaus mochte der passende Ort sein, um sich Gedanken über den Tod zu machen, denn gestorben wurde hier allenthalben; die meisten Menschen beschäftigten sich aber auch hier nicht gern mit diesem Thema. Morse kannte nur einen, der es nicht gescheut hatte. Sein Kollege Max, Pathologe bei der Kriminalpolizei, hatte sich im Gegenteil auf eine makabere Art den Tod fast zum Freund gemacht. Der aber hatte die Zuneigung offenbar nicht erwidert, denn den Pathologen Max gab es nicht mehr.

(IV)

Obwohl das Herbsttrimester erst am Vortag angefangen hatte, wollten offenbar gleich mehrere Schulen die gefürchteten Exkursionen so schnell wie möglich hinter sich bringen. Noch bis 16.05 Uhr hatten sich zwanzig Schulkinder intensiv mit den anthropologischen Ausstellungsstücken in der Oberen Galerie des Pitt Rivers Museum beschäftigt.

Was recht störend war.

Um 16.15 Uhr aber waren die Räume fast und um 16.20 Uhr völlig leer. Der junge Mann stand vor der Sammlung, die Captain Cook im Jahre 1772 von seiner zweiten Reise in den Südpazifik mitgebracht hatte, und beobachtete den braungebrannten Aufseher mit dem gelichteten Haar, der die Obere Galerie nach liegengebliebenen Taschen, Schulranzen und Zeichenblöcken absuchte und dabei kurz die Glasdeckel der abgeschlossenen Schaukästen anhob wie ein potentieller Autodieb, der auf einem Parkplatz prüft, ob irgendwo eine Wagentür unverschlossen ist.

Der junge Mann ließ zwei Minuten verstreichen und folgte dann der Route des Aufsehers. An einer bestimmten Stelle blieb er stehen und besah sich die in Schaukasten Nr. 52 ausgestellte Kollektion der verschiedenartigsten Messer aus aller Herren Länder.

Rasch und mit klopfendem Herzen nahm er einen Meißel aus seiner Jackentasche und schob die frischgeschärfte Kante zwischen den Metallrand des Schaukastendeckels und den dunklen Holzrahmen.

Es ging ganz leicht. Kein Splittern, kein Quietschen, nur ein kurzer Klick. Trotzdem war es ein kritischer Moment gewesen, und der junge Mann sah besorgt nach rechts und links, ehe er den Glasdeckel hob und in den Schaukasten griff.

Um 16.29 Uhr ging er durch den Souvenirshop. Fast hätte er noch eine Ansichtskarte des fünfzehn Meter hohen Haida-Totempfahls (British Columbia) gekauft, aber die Verkäuferin machte schon Kasse, und er wollte kein Aufsehen erregen. Wie er auf dem Schild am Eingang gelesen hatte, schloß das Pitt Rivers Museum für Ethnologie und Vorgeschichte täglich um 16.30 Uhr.

(V)

Das Interesse an der Aufführung von *Was ihr wollt* im Shakespeare Theatre war in der Proctor Memorial School erfreulich lebhaft gewesen. Julia Stevens hatte wie immer einunddreißig Karten bestellt. Da dreiundzwanzig Schülerinnen und Schüler (meist aus der fünften und sechsten Klasse), außer ihr noch zwei Lehrer sowie zwei Eltern mitkamen, hatte sie nur drei Karten übrigbehalten. Nachdem sie (wie schon im vergangenen Jahr) Brenda Brooks eine geschenkt hatte, waren es nur noch zwei.

Am Busbahnhof in Stratford verteilten die drei Lehrer den Proviant: ein Brötchen mit Huhn, eins mit Streichkäse, eine Tüte Kartoffelchips, eine Banane, eine Limo. Auf dem Rückweg saßen Mrs. Stevens und Mrs. Brooks nebeneinander ganz vorn im Bus. Erstere hörte sich an, was ihre Schüler über die Leistung von Junker Tobias von Rülp und Junker Christoph von Bleichwang zu sagen hatten, letztere schlief über der neuesten Folge eines Liebesromans in *Women's Weekly* ein und wachte erst auf, als der Bus zwei Minuten vor Mitternacht am Carfax Tower hielt – eine Zeit, in der die Stadt eigenartig schön und ein wenig unheimlich wirkte.

TEIL ZWEI

35

In mir wohnt keine Größe,
es sei denn als ein ferner Hauch
von Größe das Wissen des: Ich bin nicht groß.
(Alfred Lord Tennyson, *Lancelot and Elaine*)

Nachdem Lewis den Notarzt verständigt hatte, ging er ins Badezimmer, wo sich Morse leichenblaß vor der Toilette krümmte. Durch das Erbrochene im Toilettenbecken zogen sich rote Blutspuren.

Für Dr. Paul Roblin hatte es nur eine Entscheidung gegeben: ab ins Krankenhaus!

Eine Stunde später dämmerte Lewis, daß er nun allein eine Mordermittlung am Hals hatte.

Normalerweise hätte ihm diese Erkenntnis einen Heidenschrekken eingejagt. Zum Glück zeichneten sich hier, anders als in früheren Fällen, die er mit Morse zusammen bearbeitet hatte und die häufig voll bizarrer, fast unglaublicher Verwicklungen gesteckt hatten, schon klare Linien ab. An der Identität des Täters konnte laut Morse kein Zweifel bestehen. Alles übrige war eine Frage der Zeit und der Geduld. Es galt, Beweise gegen einen Mann heranzuschaffen, der die Mittel, das Motiv und die Gelegenheit gehabt hatte, McClure zu ermorden. Unbewiesen war lediglich noch die eigentliche Ausführung der Tat. Und welch ein Triumph wäre es, wenn es ihm, Lewis, während der erzwungenen Untätigkeit des Chefs gelänge, hier ein Stück weiterzukommen!

Im Augenblick war er derjenige, der über den weiteren Verlauf der Ermittlungen und den effektivsten Einsatz der polizeilichen Mittel zu entscheiden hatte. Lewis war sich durchaus darüber im klaren, daß er kein ganz großes Licht war, und sein Rang als Detective Sergeant deutete darauf hin, daß auch seine Vorgesetzten das so sahen. Doch in den kommenden Tagen hatte er es in der Hand zu zeigen, daß auch er Großes zu leisten vermochte, und darin hätte ihn ein lateinisches Sprichwort bestärken können (wenn er es gekannt hätte), das in etwa besagt, das Große sei nur die Summe vieler Kleinigkeiten, denn in den nächsten drei Tagen – Montag, dem 5., Dienstag, dem 6., und Mittwoch, dem 7. September – gelang es ihm, eine ganze Reihe von Kleinigkeiten ans Licht zu bringen.

Es gab zahlreiche Vernehmungen von Zeugen aus Hochschul- und anderen Kreisen, die mit dem Ermordeten und seinem mutmaßlichen Mörder engeren oder auch nur flüchtigen Kontakt gehabt hatten. Lewis selbst ließ sich am Dienstag nachmittag im John Radcliffe Hospital bestätigen, daß Edward Brooks am Sonntag, dem 28. August, um 14.32 Uhr als Notfall in die Koronarstation eingeliefert worden war, vierundzwanzig Stunden auf der Intensivstation verbracht hatte, dann auf Station 7 verlegt und von dort aus drei Tage später entlassen worden war.

Weil er nun schon mal da war, hatte Lewis auch Morse einen Besuch abgestattet, sich aber nicht in Diskussionen über den Fall verwickeln lassen, denn erstens gab es nichts Neues, und zweitens hatte Superintendent Strange ihm dringend davon abgeraten. «Wenn Sie anfangen, davon zu reden, wird er anfangen nachzudenken, und dann denkt er automatisch auch gleich wieder ans Trinken, und das ist im Augenblick bestimmt nicht gut für ihn.» Lewis blieb nur ein paar Minuten. Er hatte eine Karte mit Genesungswünschen von Mrs. Lewis und als seine eigene Gabe eine Tüte mit kernlosen Trauben mitgebracht, die von der adleräugigen Stationsschwester sofort beschlagnahmt wurden.

Vom John Radcliffe Hospital aus fuhr Lewis zu dem Hausarzt von Ted und Brenda Brooks, einem gewissen Dr. Philip Gregson, der im Cowley Road Health Centre praktizierte.

Der Bericht über Edward Brooks, den er dort zu lesen bekam, klang recht zuversichtlich: «Leichter Infarkt... Zustand stabil... überraschend schnelle Erholung... Krankschreibung insges. drei Wochen.»

Über Brenda Brooks äußerte Dr. Gregson sich zurückhaltender.

Ja, eine unangenehme Verletzung an der rechten Hand, er hatte sie an einen Facharzt überwiesen und mochte dessen Befund nicht vorgreifen. Wenn weitere Informationen benötigt wurden...

Mit der Telefonnummer eines Orthopäden zog Lewis ab und stellte in dem Bewußtsein, nach wie vor mehr oder weniger auf der Stelle zu treten, für diesen Tag seine Bemühungen ein.

Doch nur vierundzwanzig Stunden später sollte der erste große Durchbruch kommen.

36

Ist dies ein Schwert, das ich vor mir sehe,
Den Griff mir zugewandt?
(Shakespeare, *Macbeth*)

Es dauerte erstaunlich lange, bis der Groschen fiel.

Von den aufregenden Ereignissen, die sich in der vergangenen Woche in der Daventry Avenue abgespielt hatten, wußte Dr. Richard Rayson nichts. Daß er den Fund eines Messers in seinem Garten nicht mit dem Tod eines Nachbarn in Verbindung brachte, ist leicht zu erklären. Erstens hatte am Tag vor seiner Rückkehr die Polizei ihre Tätigkeit in und um Daventry Court eingestellt. Zweitens bekam er noch nicht wieder regelmäßig die *Oxford Mail,* so daß er die kurze Notiz, die am Montag ganz unten auf Seite drei erschienen war, nicht gelesen hatte (vermutlich aber sowieso übersehen hätte). Und letztlich (und als wichtigster Punkt) ließ der Kommunikationsfluß zu seinen rechten und linken Nachbarn sehr zu wünschen übrig. Schuld daran waren etliche zunehmend scharf geführte Auseinandersetzungen über die Instandhaltung von Zäunen, das Pflanzen von Bäumen an Grundstücksgrenzen, einen Bauantrag und den bedenklichen Präzedenzfall einer Teenagerparty.

Nachdem Rayson zusammen mit seiner Frau den ganzen Montag und Dienstag damit verbracht hatte, den Garten wieder in einen leidlich ansehnlichen Zustand zu versetzen, fand er erst am Mittwoch mittag wieder Anschluß an das normale Leben in Oxford und dessen Klatsch und Tratsch. Zu Ehren einer Gruppe von Bibliothekaren aus Oklahoma hatte Trinity College zu einem Cocktail-Empfang gebeten.

«Ein guter Bordeaux, Richard», meinte einer seiner Kollegen.

«Sehr ausgewogener Wein, George.»

«Sag mal, du mußt doch den alten McClure gekannt haben. Wohnt nur ein paar Häuser von dir entfernt, nicht? Wohnte vielmehr...»

«McClure?» Rayson runzelte die Stirn.

«Der arme Kerl, den sie abgestochen haben.»

McClure. Felix McClure. Abgestochen.

Das Messer.

Nachmittags um fünf stand Detective Sergeant Lewis vor dem Beweisstück Nummer Eins, das auf der Arbeitsfläche der Küche in Raysons sieben Grundstücke vom Tatort entfernten eleganten Einfamilienhaus in der Daventry Avenue lag. Das Messer war, wie Rayson ihm schon am Telefon gesagt hatte, am Zaun gefunden, ins Haus gebracht, abgewaschen, abgetrocknet und weggelegt, wieder hervorgeholt, zum Schneiden von gekochtem Schinken benutzt, erneut abgewaschen, weggelegt und abermals hervorgeholt worden, als Rayson am späten Nachmittag von Trinity zurückgekommen war und seinen Fund mit gruselndem Interesse in Augenschein genommen hatte.

Da nunmehr jede Hoffnung auf Blutspuren oder Fingerabdrücke dahin war, nahm Lewis seinerseits das Messer mit dem schwarzen Griff und der unten ungewöhnlich breiten und oben spitz zulaufenden Klinge in die Hand, und in seinem Kopf liefen mehrere Überlegungen gleichzeitig ab. Da war zunächst die in der *Oxford Mail* veröffentlichte Beschreibung der Mordwaffe, die sich so auffallend mit dem Aussehen dieses Messers deckte und die Morse im Hinblick auf die Gefahr von Nachahmungstätern nicht unbedenklich erschienen war. Dann war da die Tatsache, daß nunmehr die zweite Grundforderung des Chief Inspector erfüllt war: Sie hatten nicht nur eine Leiche, sondern auch eine Tatwaffe, die wunderbar ins Konzept paßte. Und drittens der aufregende Gedanke, daß Lewis erst neulich einem ähnlichen Messer begegnet war, das möglicherweise aus demselben Messer-Set stammte – dem handlichen kleinen Messer nämlich, mit dem Mrs. Brooks am Sonntag den Teekuchen geschnitten hatte.

37

Ich genieße die Rekonvaleszenz; es ist die
Phase, um derentwillen sich die Krankheit lohnt.
(George Bernard Shaw)

Am Donnerstag, dem 8. September, geschah – wie schon am Vortag – so vieles in dichter Aufeinanderfolge, daß der Chronist Mühe hat, die Ereignisse zu ordnen, die zum Teil parallel abliefen, sich aber auch überschnitten und über ihren unmittelbaren Zeitrahmen hinaus Wirkung hatten. Beginnen wir unseren Bericht in der Wohnung von Morse in North Oxford.

Um zehn sollte Morse entlassen werden. Als Lewis eine halbe Stunde vorher bei der Stationsschwester anrief, weil er seinen Chef abholen wollte, mußte er erfahren, daß der Chief Inspector das Krankenhaus bereits verlassen hatte. Er hatte sich von einem Facharzt mitnehmen lassen, der nach Bicester fuhr.

Um Viertel vor zehn klingelte Lewis bei seinem Chef zu Hause, und wie gewöhnlich, wenn er vor der Wohnung des einsamen Mannes wartete, beschlich ihn leise Sorge. Doch dann erschien Morse, vollständig angekleidet, mit rosigen Wangen und schnaufend wie eine asthmatische Bulldogge.

«Ich habe eine neue Diät begonnen, Lewis. Kein Nikotin, wenig – sehr wenig – Alkohol, viel frisches Obst und Salat, regelmäßig Gymnastik. Was sagen Sie dazu: Ich habe gerade ...» Morse machte eine kleine Pause und holte tief Luft. «... Ich habe gerade ein Dutzend Liegestütze hinter mir. Vor einer Woche hätten Sie das doch nie für möglich gehalten, oder?»

«Darüber sind Sie bestimmt sehr ... froh, Sir!»

«Fix und fertig bin ich, Lewis! Aber kommen Sie herein. Schön, daß Sie da sind. Was zu trinken?»

Fast mit dem Gefühl, verbotenes Terrain zu betreten, ging Lewis ins Wohnzimmer und setzte sich.

«Für mich nichts, danke.»

«Na ja, ich...» Morse leerte rasch das Glas, das neben den *Tristan und Isolde*-Kassetten der Deutschen Grammophon Gesellschaft im Bücherregal stand und in dem eine blaßgelbe Flüssigkeit schwappte. «Kleines Trankopfer für die Götter, die dafür gesorgt haben, daß ich dieses Jammertal diesmal noch nicht habe verlassen müssen.»

Lewis berichtete von dem Messer.

«Das darf nicht wahr sein! Wir haben doch die Gärten durchsuchen lassen.»

«Nur die ersten sechs auf jeder Seite. Wären wir bloß noch zwei Häuser weiter gegangen!»

«Aber warum hat dieser Rayson es nicht schon früher gefunden? Ist der Mann blind?»

«Er war in Italien.»

«Ach so.»

«Besonders glücklich scheinen Sie nicht zu sein.»

«Wie? Doch, natürlich. Gut gemacht.»

«Ich weiß, daß Sie sich wegen der Meldung in der *Oxford Mail* Gedanken gemacht haben...»

«Ich?»

«Sie hatten gleich so ein blödes Gefühl im Bauch...»

«Blödes Gefühl im Bauch? Ich weiß überhaupt nicht, was Sie meinen, Lewis...»

«Wenn die Beschreibung auch nur einigermaßen genau ist, Sir, haben wir jetzt das Messer, mit dem McClure ermordet wurde. Ich kann mir denken, woher es kommt. Und Sie bestimmt auch.»

Die Zeiger auf dem kleinen runden Zifferblatt der Kaminuhr standen auf zwei Minuten nach zehn, und Morse sagte eine Weile überhaupt nichts. Plötzlich sprang er auf, verlangte, unverzüglich ins Präsidium gefahren zu werden, und ließ Lewis unterwegs nur einmal kurz halten, um bei Sainsbury in Kidlington eine Schachtel Dunhill Kingsize zu kaufen.

Brenda Brooks hatte die vergangene Nacht nicht in ihrem Haus in der Addison Road, sondern im Gästezimmer von Julia Stevens in der Baldwin Road verbracht. Nachdem Mrs. Stevens um 8.15 Uhr in die Schule gegangen war, hatte Brenda eine Schale Cornflakes und einen Toast mit Orangenmarmelade gegessen. Weil sie um Viertel nach neun einen Termin beim Friseur hatte, schloß sie kurz nach dem Frühstück die oxfordblaue Tür hinter sich, überprüfte (wie stets), ob das Schloß auch richtig eingeschnappt war, und ging die Cowley Road hinunter, um sich eine Dauerwelle machen zu lassen, die heute zum Sonderpreis angeboten wurde.

Anderthalb Stunden später kaufte sie auf dem Heimweg noch zwei Lachsfilets, ein halbes Pfund Butter und einen Karton umweltfreundliches Waschpulver.

Die Sonne lachte.

An der Ecke Addison Road sah sie, daß gegenüber von ihrem Haus im Parkverbot ein Streifenwagen stand sowie der elegante, liebevoll gepflegte braune Jaguar, den sie seit Sonntag nachmittag kannte.

Als sie den Schlüssel ins Sicherheitsschloß steckte, spürte sie eine Hand auf ihrer Schulter und hörte gleichzeitig das Läuten des Telefons in der Diele.

«Wenn Sie sich beeilen», sagte Morse, «erwischen Sie es noch.»

Doch bis sie hinkam, war das Telefon verstummt. Sie zog den leichten Sommermantel aus, schob die blaugetönten Löckchen zurecht und wandte sich den beiden Männern zu, die vor der Tür standen und die sie ebenfalls seit Sonntag nachmittag kannte.

«Wenn Sie Ted sprechen wollen, müssen Sie leider noch mal wiederkommen. Er hat einen Termin im Krankenhaus.»

«Wann erwarten Sie ihn?» fragte Lewis.

«Das kann ich nicht so genau sagen. Zum Mittagessen müßte er eigentlich wieder da sein, es sei denn, daß er noch auf eine Partie Billard in den Club gegangen ist.»

«Wie ist er denn ins Krankenhaus gekommen?»

Mrs. Brooks zögerte. «Das weiß ich nicht.» Sie zupfte mit den Fingern der linken Hand an einem unsichtbaren Rosenkranz in ihrer rechten. «Wollen Sie nicht hereinkommen?»

Während sie in der gleichen Sitzordnung wie schon einmal im Wohnzimmer Platz nahmen, bemühte sich Mrs. Brooks, den Kriminalbeamten zu erläutern, wie die Dinge lagen. Sie war gestern abend mit einer Freundin nach Stratford gefahren, von wo sie erst gegen Mitternacht zurückgekommen waren, weshalb sie bei der Freundin auch übernachtet hatte. Ted wußte Bescheid. Weil die Ärzte gesagt hatten, er sei auf dem Wege der Besserung, brauche aber sehr viel Ruhe und Schlaf, hatte sie ihn nicht stören wollen. Soviel sie wisse, sagte sie, sei er zwischen neun und zehn ins Krankenhaus bestellt, aber gezeigt habe er ihr seine blaue Terminkarte nicht.

«Seit wann waren Sie nicht mehr hier im Haus?» fragte Morse ziemlich schroff.

«Seit gestern nachmittag um vier. Um fünf fuhr der Bus.»

«Und ob Ihr Mann allein zurechtkommen würde, mit dem Essen und den anderen Dingen, kümmerte Sie nicht weiter?»

«Glauben Sie das wirklich von mir, Inspector?» Sie sah ihn vorwurfsvoll an, und er wandte rasch den Blick ab.

Lewis fragte in freundlicherem Ton: «Sie waren beim Friseur?»

Sie nickte. «Ja, im Salon in der Cowley Road.»

«Was wurde in Stratford gespielt?»

«Was ihr wollt.»

«Hat es Ihnen gefallen?»

Sie lächelte. «Alles hab ich ja nicht verstanden, aber doch, es hat mir sehr gut gefallen, ich würde das Stück gern noch mal sehen.»

«Sie waren mit einer Freundin da, sagten Sie?»

«Ja, mit einer Gruppe aus ihrer Schule.»

Lewis war gerade dabei, sich Namen und Adresse der Freundin zu notieren, als wieder das Telefon läutete. Sobald Mrs. Brooks das Zimmer verlassen hatte, deutete Morse in die entgegengesetzte Richtung. Leise ging Lewis in die Küche und zog die Schublade neben der Spüle auf.

Inzwischen lauschte Morse gespannt auf das, was Mrs. Brooks draußen am Telefon sagte.

«Ja?»

«Alles in Ordnung?»

«Das verstehe ich nicht.»

«Was kann denn da passiert sein?»

«Nein, ich war nicht zu Hause.»

«Ja, natürlich.»

«Können Sie die Nummer wiederholen?»

«Ja, ist gut.»

Mit besorgter Miene betrat Brenda Brooks wieder das Wohnzimmer – nur wenige Sekunden nachdem Lewis aus der Küche gekommen war, Morse zufrieden zugenickt und seinen Platz wieder eingenommen hatte.

«Was Wichtiges?» fragte Morse.

«Das Krankenhaus. Ted war nicht da, hat die Schwester gesagt. Er war für zwanzig nach neun bestellt.»

«Was kann da wohl passiert sein?» fragte Morse.

«Das hat sie mich auch gefragt. Ich weiß es nicht.»

«Wahrscheinlich hat er sich in der Zeit vertan», tröstete Morse.

«Das hat sie auch gesagt», flüsterte Brenda Brooks.

«Wenn er kommt, ruft sie bestimmt gleich an.»

«Das hat sie...» Aber jetzt konnte sie die Tränen nicht mehr zurückhalten.

Sie holte ein Taschentuch aus der Handtasche, entschuldigte sich ausgiebig – und dann stieß sie hervor: «Du liebe Güte... Wo ist mein Portemonnaie? Ich habe es wohl...» Sie stand auf, ging in die Diele, tastete die Taschen ihres Sommermantels ab, kam zurück und sah sich hilflos um. «Ich habe es wohl...»

«Sie waren doch noch einkaufen», sagte Lewis. «Vielleicht haben Sie es dort...»

Wenige Minuten später saß Mrs. Brooks in einem Streifenwagen. Sie war nervös und zappelig, aber heilfroh, den beiden Kriminalbeamten entkommen zu sein, die jetzt in ihrer Küche herumstanden.

«Was meinen Sie, Sir?»

«Daß Brooks abgetaucht ist, der schlaue Hund. Wahrscheinlich hat er geahnt, daß wir ihm auf den Fersen sind.»

«Und sie schien froh zu sein, als sie aus dem Haus war.»

«Natürlich macht sie sich Sorgen wegen ihrer Geldbörse. Geld, Schlüssel...»

«Aber nicht nur darum...»

«Daß Sie nach dem Friseur und nach Stratford gefragt haben, war ihr nicht geheuer.»

«Meinen Sie?»

«Es war ganz richtig so, Lewis. Sie hat uns tüchtig was vorgeschwindelt. Natürlich weiß sie ganz genau, wo er ist. Auch wenn er sie wie eine Sklavin behandelt – sie ist immer noch seine Frau.»

Lewis machte die Schublade auf und holte vier Messer in unterschiedlichen Größen heraus. Alle hatten einen schwarzen, an der Schneideseite leicht gebogenen Griff mit einer Einbuchtung am oberen Ende für den Zeigefinger und einer zweiten am unteren Ende für den kleinen Finger.

Vier Messer.

Vier aus einem Fünfer-Set?

Demnach fehlte Messer Nummer fünf. Weit war es nicht. Es lag als Beweisstück sorgfältig beschriftet in einem Schrank der Thames Valley Police.

Lewis nickte vor sich hin.

Morse nickte vor sich hin.

Für Morse war es keine große Überraschung, daß Edward Brooks, ehemaliger Hausdiener in Wolsey und derzeit Aufseher im Pitt Rivers Museum, sich zur Flucht entschlossen hatte – nachdem die Entdeckung des unseligen fünften Messers durchgesickert war.

Doch es war nichts durchgesickert. Dafür hatte Lewis gesorgt.

38

Das Museum hat viel von seinem viktorianischen Charakter bewahrt. An manchen Ausstellungsstücken in den wohlgefüllten Schaukästen findet man noch immer sorgfältig mit der Hand beschriftete Schildchen.

(The Pitt Rivers Museum, A Souvenir Guide)

Die Einzelheiten der für den Fall entscheidenden Entdeckung erfuhr das Präsidium in Kidlington vom zuständigen Revier erst kurz nach 13.00 Uhr, obschon der Vorfall bereits um 8.45 Uhr bemerkt worden war.

Die unverheiratete Janis Lawrence wohnte zusammen mit ihrer unverheirateten Mutter in der Cutteslowe-Siedlung in North Oxford. Dritter im Bunde war Jason, der vierjährige Sohn von Janis – nicht nach dem unerschrockenen Anführer der Argonauten benannt, sondern nach dem Leadgitarristen einer längst vergessenen Popgruppe. Jason konnte keinen Kieselstein am Weg liegen sehen, ohne ihn aufzuheben und auf alles zu schleudern, was ihm gerade unterkam – Hunde, Kinderwagen, Fußgänger, Autos und ähnliche Hindernisse. Was Wunder, daß Janis Lawrence es kaum erwarten konnte, bis sie ihn an die unglücklichen Lehrer der Cutteslowe-Grundschule abschieben konnte. Als Janis hörte, daß im Pitt Rivers Museum für August und September eine Putzstelle frei war, bewarb sie sich und bekam den Job.

Die in den dreißiger Jahren erbaute Cutteslowe-Siedlung in North Oxford war landesweit durch den sogenannten Cutteslowe Wall bekannt geworden, eine über zwei Meter hohe, stacheldrahtbewehrte Backsteinmauer, die wohlhabende Hausbesitzer aus der Banbury Road errichtet hatten, um sich gegen die Bewohner der Sozialsiedlung abzuschotten. 1959 aber war die Mauer gefallen, und am 8. September 1994, einem sonnigen Donnerstagmorgen, ging Janis – wie seit einem Monat an allen Werktagen – ungehindert die Banbury Road hinauf und fuhr mit dem Bus zur Keble Road. Von dort ging sie zu Fuß zur Parks Road, wo sie von Montag bis Samstag um 8.30 Uhr ihren Dienst im Museum antrat.

Sie fing wie immer damit an, den herumliegenden Abfall zusammenzufegen, darunter auch die geringelten Holzspäne, die den Schulkindern gestern nachmittag beim Spitzen der Zeichenstifte heruntergefallen waren. Der hellgelbe Holzsplitter, der unter einem der Schaukästen in der Oberen Galerie lag, fiel ihr deshalb zunächst nicht weiter auf. Dann aber sah sie, daß der Glasdeckel nicht richtig auflag. Sie schaute genauer hin. In dem Schaukasten «Messer aus Afrika und Südostasien» herrschte eine sonderbare Unordnung. In einer Reihe klaffte eine Lücke, und die Stücke rechts und links davon lagen krumm und schief auf dem hellgelben Jutestoff.

Janis meldete unverzüglich, was sie entdeckt hatte, und kurz nach neun stand Herbert Godwin, der für die Obere Galerie verantwortliche Aufseher, vor dem Schaukasten Nummer 52.

«Ach, du ahnst es nicht!»

«Hat jemand was geklaut, Bert?»

«Kannste wohl laut sagen.»

«Und was fehlt?»

«Gute Frage.»

«Wann kann denn das passiert sein?»

«Weiß nicht. Nach meinem Kontrollgang gestern abend wahrscheinlich. Bestimmt sogar. Ich kontrolliere immer noch mal nach.»

«Heut früh war's jedenfalls nicht. Außer mir war keiner da.»

«Hast du vielleicht was im Höschen versteckt, Janis?»

«Wie oft soll ich dir noch sagen, daß ich so was nur am Sonntag trage?»

Herbert Godwin gab der nicht unattraktiven Janis einen freundlichen Klaps auf das ausladende Hinterteil. «Da müssen wir schleunigst oben Bescheid sagen.»

Jane Cotterell, Kuratorin des Pitt Rivers Museum, nahm an einer

Sitzung im Ashmolean teil, die – ausgerechnet! – das Thema «Sicherheitsvorkehrungen in Museen» behandelte. Man holte sie ans Telefon, und sie gab ihre Anweisungen: Man möge unverzüglich den Chef des Hochschul-Wachdienstes sowie die Polizei verständigen, den Zugang zur Oberen Galerie sperren, das Schild «Vorübergehend geschlossen» aufstellen. Dr. Cooper, der stellvertretende Kurator (Dokumentation), sollte anhand seiner Inventarlisten versuchen zu ermitteln, welcher Gegenstand bzw. welche Gegenstände gestohlen worden waren, ohne aber etwas anzurühren. Sie würde so schnell wie möglich zurückkommen.

Eine Dreiviertelstunde später traf sie zeitgleich mit den Polizisten von St. Aldate's im Museum ein, wo ihr ein Blatt mit folgender Skizze überreicht wurde:

Messer, Barotse, Nordrhodesien.
1919 von Zeta III., Oberhäuptling und Sohn des Cewanika, als Geschenk Bischof May überreicht.
Angek. 1920 (Hochschulexped. n. Zentralafrika)
Schaukasten 52

«Das ist es!» stieß Dr. Cooper triumphierend hervor, als habe das Museum nicht ein Ausstellungsstück eingebüßt, sondern ein wertvolles Stück dazugewonnen.

«Siebenundvierzig Messer waren in dem Schaukasten. Und wissen Sie, wie viele es jetzt sind, Jane?»

«Vielleicht... sechsundvierzig?» fragte sie unschuldig.

39

Ja,
Ihr habt das Fabelland gefunden, in das die
Mythen kommen, wenn sie gestorben sind.
(JAMES FENTON, *The Pitt Rivers Museum*)

Um fünf vor zwei parkte Morse vor der Radcliffe Science Library und schaltete die Wiederholung der *Archers* aus.

«Na, dann wollen wir mal...»

Im nachhinein schien der Zusammenhang auf der Hand zu liegen, nur mußte erst jemand darauf kommen. Und diesen Zusammenhang zwischen dem ersten Besuch der Polizei, der Anstellung von Edward Brooks, dem Mord an Dr. McClure und dem Diebstahl eines Messers aus einem der Schaukästen hatte Jane Cotterell als erste klar erkannt.

Sie hatte deshalb das zuständige Kommissariat dringend gebeten, das Präsidium in Kidlington zu verständigen, das die Ermittlungen im Fall McClure leitete, und nahm mittags um zwei Morse und Lewis in der Oberen Galerie persönlich in Empfang.

«Das habe ich befürchtet», sagte Morse halblaut, während er den zwecks Spurensicherung großzügig mit feinem Aluminiumpulver bestäubten Schaukasten Nummer 52 in Augenschein nahm.

Zehn Minuten später nahm Lewis die Aussagen von Janis Lawrence und Herbert Godwin auf, und Morse saß Jane Cotterell gegenüber und hatte sehr rasch begriffen, daß er (zumindest von ihr) kaum mehr als nüchterne Fakten erfahren würde: Erstens, daß der Schaukasten mit ziemlicher Sicherheit am Vortag zwischen 16.15 und 16.30 Uhr aufgebrochen worden war. Zweitens, daß man, da der Inhalt erst vor einem halben Jahr, anläßlich einer Neuauskleidung der Kästen und Umordnung der Ausstellungsstücke, genau dokumentiert worden war, zweifelsfrei sagen konnte, was fehlte. Es handelte sich nur um ein Stück, nämlich das Messer aus Nordrhodesien.

Morse wirkte leicht nervös.

«Wäre es denkbar, daß jemand vom Personal es gestohlen hat?»

«Kaum. Was sollen die Leute mit so einem Stück? Außerdem haben die meisten ohnehin Zugang zum Schlüsselschrank.»

Morse nickte und stand auf. «Mit was für einem Material werden Ihre Schaukästen ausgelegt?»

«Mit einem neuartigen Jutestoff, der laut Werbung seine Farbe ewig und drei Tage behält.»

Morse lächelte und fühlte sich ihr plötzlich näher.

«‹Ewig und drei Tage› – diese Redensart hätte ich Ihnen nie zugetraut.»

Sie erwiderte sein Lächeln fast schüchtern. «Nein?»

Es wäre ein günstiger Moment gewesen, noch etwas hinzuzufügen, sich im Gespräch ein bißchen näherzukommen, aber beide ließen die Gelegenheit vorübergehen, und Morse wurde wieder dienstlich.

«Daß jemand sich nach Schließung des Museums hier versteckt haben könnte, glauben Sie nicht?»

«Nein. Der- oder diejenige hätte die ganze Nacht praktisch regungslos dastehen müssen, in den Räumen sind nämlich überall Bewegungsmelder angebracht. Außerdem wäre es viel zu unheimlich. Ich würde so was nicht fertigbringen.»

«Ich auch nicht», räumte Morse ein. «Ich habe seit jeher Angst vor der Dunkelheit. Schon am hellichten Tag kann einem hier ein bißchen mulmig werden.»

«Ja», sagte sie leise. «Hier betritt man einen Ort, an den die schönen Mythen kommen, wenn sie gestorben sind.»

Morse war plötzlich sehr bewegt.

Als er sich verabschiedet hatte, schlug Jane das Gewissen. Sie hätte Morse sagen müssen, daß das mit den Mythen nicht von ihr stammte. Sie ging ihm nach, aber er war schon weg.

40

Donnerstag ist ein schlechter Tag. Mittwoch ist ein ganz guter Tag, Freitag sogar noch besser. Aber aus irgendeinem Grunde ist Donnerstag ein Tag, an dem mein Geist und meine Entschlußkraft einen Tiefststand erreichen. Schlimmer noch ist jeder Tag in der Woche, an dem mir nach einer Phase glücklicher Untätigkeit eine vorzeitige Rückkehr zu meinen Mühen ins Haus steht.

(DIOGENES SMALL, *Autobiography*)

Eine Stunde später saß Morse in seinem Büro und brütete über der Skizze des Messers.

«Wissen Sie, wo Nordrhodesien ist, Lewis?» fragte er den Sergeant, der mit zwei Plastikbechern Kaffee aus der Kantine kam. «Diese afrikanischen Länder ändern doch andauernd ihre Namen.»

«Zimbabwe, Sir. Erzählen Sie mir bloß nicht, daß Sie das nicht gewußt haben.»

Morse sah ihn mit einem waidwunden Blick an. «In der Schule hatte ich Geographie abgewählt.»

«Aber Sie bekommen jeden Tag Ihre Zeitung.»

«Ja, aber die Auslandsnachrichten lese ich nie, ich beschäftige mich nur mit dem Kreuzworträtsel. Und natürlich den Leserbriefen.»

«Ich hab Sie aber schon oft die Todesanzeigen lesen sehen.»

«Nur, weil mich interessiert, wie alt die Leute so werden.»

Morse schälte die Zigarettenpackung aus dem Zellophan, nahm eine Zigarette heraus, zündete sie an und inhalierte.

«Wenn Sie nicht endlich mit dem Rauchen aufhören, stehen *Sie* bald in den Todesanzeigen. Ich dachte, Sie hätten es aufgegeben.»

«Hab ich auch, Lewis. Aber irgendwie denke ich, daß ich noch eine Geste machen, eine Art Opfer bringen müßte. Genau, das ist es: *ein Opfer!* Ich werde nur diese eine Zigarette rauchen. Eine einzige. Und die anderen?»

Morse griff nach der Packung und warf sie erstaunlich zielsicher in den Papierkorb.

«Zufrieden?»

Lewis rief in der Ambulanz des John Radcliffe an. Nichts Neues. Dann rief er Brenda Brooks an. Nichts Neues.

Edward Brooks war und blieb verschwunden.

«Glauben Sie, daß jemand ihn ermordet hat, Sir?»

Morse hatte sich wieder in die Einzelheiten des gestohlenen Messers vertieft und schien die Frage nicht gehört zu haben. «Wären Sie lieber Bischof oder Oberhäuptling?»

«Weder noch.»

«Hm. Ich hätte nichts gegen eine Beförderung zum Oberhäuptling.»

«Ich denke, das sind Sie schon, Sir.»

«Was würde ein Oberhäuptling in unserem Fall machen?»

«Ich hab Sie gerade gefragt, Sir, ob...»

«Ich hab's gehört. Nein, Lewis: Brooks ist gesund und munter. Das heißt, vielleicht nicht gesund, aber munter, darauf können Sie wetten.»

«Und was machen *wir* jetzt?»

«Ich leg mich ein paar Stunden hin. Heute abend muß ich frisch sein. Ich habe ein Tête-à-tête mit einer schönen Frau.»

«Nämlich?»

«Mit Mrs. Julia Stevens.»

«Wann haben Sie denn das verabredet?»

«Als Sie den Kaffee geholt haben.»

«Soll ich mitkommen?»

«Zu einem Tête-à-tête? Aber Lewis...!»

«Glauben Sie Mrs. Brooks nicht, daß sie die Nacht dort verbracht hat?»

«Doch, das glaube ich schon. Aber ich schätze, daß sie weiß, wo ihr Mann steckt. Und es ist denkbar, daß sie es ihrer Freundin Mrs. Stevens erzählt hat.»

«Und was soll ich inzwischen machen?»

«Sie können sich Mrs. Brooks' Tochter vornehmen – Ellie Smith oder wie immer sie sich nennt. Sie ist eine der Schlüsselfiguren in diesem Fall. McClures Geliebte und Brooks' Stieftochter.»

«Wäre es dann nicht besser, wenn Sie mit ihr sprechen würden?»

«Eins nach dem anderen. Ich bin schließlich gerade erst aus dem Krankenhaus gekommen.»

«Mit anderen Worten: Sie ist nicht so hübsch wie Mrs. Stevens.»

«Purer Zufall.»

«Noch was?»

«Ja. Vielleicht schauen Sie noch mal im Museum vorbei. Ich glaube ja nicht, daß groß was an Fingerabdrücken da ist, aber man kann nie wissen.»

Lewis runzelte die Stirn. «Ich sehe keinen Zusammenhang zwischen dem Mord an McClure und dieser Sache im Pitt Rivers.»

«Aber Jane Cotterell hat den Zusammenhang gesehen. Gescheite Person.»

«Die hat aber auch gesagt, daß auf keinen Fall Brooks das Messer gestohlen haben kann.»

«Eben.»

«Ja, aber wo ist dann der Zusammenhang?»

Morse sah einen Augenblick mit starrem Blick vor sich hin. «Ich bin mir jetzt gar nicht mehr so sicher, ob es einen Zusammenhang gibt», sagte er leise. «Eine Verbindung zwischen dem einen Vorfall und einem anderen herzustellen ist besonders schwierig, wenn sie auf der Hand zu liegen scheint ...»

Daß ihm früher oder später die Rückkehr zu seinen Mühen ins Haus stand, bereitete ihm erhebliche Sorgen. Denn wenn er ehrlich war, mußte er zugeben, daß er keine rechte Vorstellung davon hatte, welche Antworten er auf die Fragen geben sollte, die Lewis ihm gerade gestellt hatte. Er brauchte dringend Rückenstärkung; und während er nach North Oxford zurückfuhr, ertastete er in der Jakkentasche den tröstlichen Umriß der Zigarettenschachtel, die er unverzüglich aus dem Papierkorb gerettet hatte, nachdem Lewis sich auf den Weg ins Pitt Rivers Museum gemacht hatte.

41

Seine nachlassenden Kräfte verunsicherten ihn, denn was sollte er mit Frauen anfangen, wenn er sich nicht mehr sicher war, ob er sie glücklich machen konnte, und mit Frauen, die an anderes als den Koitus dachten, konnte er kaum etwas anfangen.

(Peter Champkin, *The Sleeping Life of Aspern Williams*)

Julia Stevens war ein erfreulicher Anblick: Das blasse Gesicht unter dem flammendroten Haar war von sanfter Schönheit, die roten Lippen wirkten verlockend. Als Morse ihr gegenübersaß, war er sich ihrer starken erotischen Ausstrahlung sehr bewußt.

«Einen Drink, Inspector?»

«Nein – äh – vielen Dank...»

«Heißt das ja?»

«Ja.»

«Scotch?»

«Warum nicht?»

«Cheers.»

«Stört es Sie, wenn ich rauche?»

«Ja.»

Sie verließ das Zimmer und kam mit einem Aschenbecher zurück.

«Mrs. Brooks hat gestern bei Ihnen übernachtet?» kam Morse zur Sache.

«Ja.»

«Ihr Mann ist verschwunden. Heute vormittag war er ins Krankenhaus bestellt, ist aber nicht hingegangen.»

«Ich weiß. Brenda hat mich angerufen.»

«Sie waren zusammen in Stratford?»

«Ja.»

«Hat Ihnen das Stück gefallen?»

«Nein.»

«Warum nicht?»

«Ich glaube kaum, daß mir etwas fehlen würde, wenn ich im Leben keine Shakespeare-Komödie mehr zu sehen bekäme.»

«Aber Mrs. Brooks hatte ihren Spaß daran?»

Julia nickte versonnen. «Ja. Die Gute hatte in letzter Zeit nicht viel zu lachen.»

«Und Sie?»

«Ich auch nicht. Warum fragen Sie?»

Morse antwortete nicht direkt. «Ist es nicht erstaunlich, daß Mrs. Brooks nicht wenigstens kurz nach ihrem Mann gesehen hat, als sie aus Stratford zurück war?»

«Wieso? Es ist die natürlichste Sache der Welt.»

«Ach ja?»

«Sie haßt ihn.»

«Und warum?»

«Weil er brutal zu ihr ist.»

«Woher wissen Sie das?»

«Brenda hat es mir erzählt.»

«Sie haben es aber nicht selber gesehen?»

«Ich bin ihm nach Möglichkeit aus dem Weg gegangen.»

«Sind Sie dann nicht ein bißchen unfair?»

«Das glaube ich nicht.»

«Haben Sie eine Ahnung, wo er sein könnte?»

«Nein. Aber ich hoffe, jemand hat ihn abgestochen.»

Morse überlegte, ob Julia Stevens wirklich nur den sehr hellen Teint der Rothaarigen hatte oder ob ihre Blässe nicht vielleicht das Anzeichen einer Erkrankung war. In dem ansonsten so gut wie ungeschminkten Gesicht waren die dunklen Schatten unter den Augen mit hautfarbenem Make-up abgedeckt.

«Ist Mrs. Brooks gestern abend noch einmal weggegangen?»

Julia lächelte nachsichtig. «Sie meinen, ob sie auf einen Sprung zu Hause war und ihren Mann umgebracht hat?»

«Ich will ja nur wissen, ob es möglich gewesen wäre.»

«Theoretisch schon. Sie hat einen Schlüssel zu meinem Haus. Aber was hätte sie mit der Leiche anfangen sollen?»

«Sie hat also Ihr Haus in der vergangenen Nacht nicht verlassen?»

«Ich weiß nur, daß sie heute früh um sieben, als ich ihr eine Tasse Tee brachte, fest schlief.»

«Sie waren seit gestern nachmittag die ganze Zeit zusammen?»

«Ja, seit Viertel vor vier. Ich wollte sie eigentlich mit dem Wagen abholen, aber ausgerechnet gestern hat er gestreikt. Irgendwas mit der Elektronik.»

Morse, der nicht mal den Unterschied zwischen Bremsflüssigkeit und Frostschutzmittel kannte, nickte weise. «Sie sollten sich einen Wagen anschaffen, wie ich ihn habe. Der stammt noch aus dem vorelektronischen Zeitalter.»

Julia lächelte höflich. «Wir sind dann mit dem Bus zur Schule gefahren und... ja, das war's schon.»

«Waren Sie bei Mrs. Brooks im Haus?»

«Ja, in der Diele.»

«War Mr. Brooks zu Hause?»

«Ja. Er wollte später auch weg, aber als wir gingen, war er noch da.»

«Haben Sie mit ihm gesprochen?»

«Um mich höflich nach seinem Befinden zu erkundigen? Sie sind ein Witzbold.»

«Hat seine Frau mit ihm gesprochen?»

«Ja. Sie hat ‹Wiedersehen› gesagt.»

«Nicht ‹Tschüs› oder ‹Bis bald›?»

«Nein.»

«Und sind *Sie* gestern abend noch einmal ausgegangen?»

«Haben Sie mich etwa auch im Verdacht, Inspector?»

«In was für einem Verdacht, Mrs. Stevens?»

In Julias klaren grauen Augen blitzte es belustigt. «Wenn jemand diesen Mistkerl umgebracht hat...»

«Das würden Sie wohl begrüßen!»

«Daraus habe ich von Anfang an kein Hehl gemacht, Inspector.»

«Haben Sie heute im Lauf des Tages mit Mrs. Brooks gesprochen?»

«Nein, ich war den ganzen Tag in der Schule. Der Donnerstag ist immer besonders hart. Keine einzige Freistunde. Nach dem Unterricht hatten wir noch eine Konferenz. Wieder mal wegen der Vereinheitlichung der Lehrpläne.»

«Hm.»

Einen Augenblick schwiegen sie sich an. Morse sah sich im Wohnzimmer um, in dem eine anheimelnde Unordnung herrschte. Auf dem Sofa lag ein Band mit Gedichten von Ernest Dowson. «Lesen Sie gern Dowson?» fragte er.

«Sie kennen ihn?»

«Es währt nicht lang, das Weinen und das Lachen,
Liebe, Begehren und Haß ...»

«Gratuliere... Wissen Sie auch, wie es weitergeht?»

«O ja», versetzte Morse leise.

Zum erstenmal an diesem Abend verriet Julia Stevens eine gewisse Unruhe, und Morse meinte zu erkennen, wie ihre Augen feucht wurden. «Kann ich sonst noch etwas für Sie tun, Inspector?»

Ja, du kannst mit mir schlafen. Nicht daß ich dich liebe, aber ich spüre den Zauber und die Bereitschaft dieses Augenblicks, und beides wird bald erloschen sein.

«Nein», sagte er, «das wäre dann wohl alles.»

Das Telefon läutete, als sie in die kleine Diele kamen, und Julia hob rasch ab.

«Hallo? Ach... *hallo!* Ich rufe in fünf Minuten zurück, ja? Wie war doch gleich die Nummer...» Sie schrieb fünf Ziffern auf einen kleinen gelben Block und verabschiedete sich rasch. Am anderen Ende der Leitung antwortete (wenn Morse recht gehört hatte) eine Männerstimme.

An der Tür waren beide drauf und dran, sich kurz zu umarmen. Aber sie taten es nicht.

Und Morse hätte in diesem Moment durchaus die wahre Bedeutung dessen, was Julia Stevens ihm erzählt hatte, erkennen können. Aber auch daraus wurde nichts.

42

Man kann eine Hure mit Kultur vertraut machen,
aber nicht zum Denken bringen.
(Dorothy Parker zugeschrieben)

«Haben Sie in Ihrem Auto denn keine *anständige* Musik?» fragte sie Lewis, während sie die Iffley Road in Richtung Magdalen Bridge fuhren.

«Gefällt Ihnen das nicht? Mozart. Der langsame Satz des Klarinettenkonzerts. Ich bekomme ständig zu hören, daß ich mich musikalisch weiterbilden soll.»

«Bißchen nölig, nicht?»

«Sagen Sie das bloß nicht meinem Boss.»

«Und wer ist Ihr Boss?»

«Chief Inspector Morse. Er will selber mit Ihnen sprechen. Auf diese VIP-Behandlung können Sie sich was einbilden.»

«VIP-Behandlung bin ich gewohnt, Sergeant.»

Lewis warf der jungen Frau auf dem Beifahrersitz einen raschen Blick zu, sagte aber nichts.

«Das nehmen Sie mir wohl nicht ab?» Sie lächelte leicht.

«Soll ich...» Lewis streckte die Hand nach dem Kassettenradio aus.

«Nein, lassen Sie's ruhig dudeln.»

Sie lehnte sich lässig zurück, und selbst der gesetzte Lewis spürte sehr stark ihre sinnliche Ausstrahlung.

Gestern nachmittag und am frühen Abend hatte er erfolglos versucht, sie telefonisch zu erreichen. Daraufhin war er in die Princess Street gefahren und hatte ihr eine Nachricht hinterlassen, sie möge so schnell wie möglich zurückrufen. Aber erst heute um Viertel vor zehn hatte sie sich gemeldet und gesagt, es sei ihr lieber, in Kidlington vernommen zu werden. Morse, den er zu Hause erreichte und der offenbar einigermaßen fit war, hatte gesagt, er wolle dabeisein.

Lewis hielt vor dem Präsidium. Seine Mitfahrerin stieg aus, streckte die Arme zuerst nach vorn und drückte sie dann langsam nach hinten, so daß ihre Brüste die dünne Bluse strafften. Lewis registrierte die herausfordernde Geste mit einem nachsichtigen Lächeln und überlegte, was Morse wohl von Ms Eleanor Smith halten mochte.

Nicht viel offenbar, denn bei der Vernehmung hielt er sich ganz zurück und war offenbar entschlossen, Lewis reden zu lassen. Eleanor gab zunächst einen stark geschönten Bericht über ihre derzeitige Berufstätigkeit. Daß die Polizei sich für sie interessierte, sie vielleicht sogar verdächtigte, schien sie nicht weiter zu erschüttern. Natürlich habe sie mit dem Mord an dem armen Dr. McClure nichts zu tun und könne nötigenfalls Zeugen dafür beibringen, was sie an jenem Sonntag, dem 28. August, gemacht hatte. Fünfunddreißig Zeugen genaugenommen, einschließlich des Busfahrers. Ja, sie habe Matthew Rodway gekannt. Netter Kerl. Ja, sie habe auch Ashley Davies gekannt, das heißt, den kannte sie noch. Auch ein netter Kerl. Als die Polizei gestern abend versucht habe, sie zu erreichen, sei sie mit Davies aus gewesen.

«Ziemlich lange, was?» bemerkte Lewis.

Ms Smith spielte an ihrem rechten Nasenring und antwortete nicht.

Als Lewis das Thema Drogen anschnitt, winkte sie fast verächtlich ab. Was auf diesem Gebiet ablief, brauchte *sie* doch wohl kaum der Polizei zu erzählen. Daß Drogen leicht zu bekommen und weit verbreitet seien, sagte sie, wisse doch jedes Kind. In welchem Jahrhundert lebten denn um Himmels willen die Herren von der Polizei? Morse amüsierte sich ein wenig, als der verunsicherte Lewis weiterfragte wie ein ahnungsloser Vater mittleren Alters, der von einer durch und durch aufgeklärten zehnjährigen Tochter in die Geheimnisse von Sexparties und dergleichen eingeweiht wird.

Wo sie am Mittwoch gewesen war? Sie war nach Birmingham gefahren, in… in einer persönlichen Angelegenheit. Gegen halb fünf war sie wieder in Oxford gewesen, der Zug war ausnahmsweise mal pünktlich angekommen. Und dann? Dann hatte sie sich eine Freundin eingeladen, sie hatten in ihrer Wohnung eine Flasche billigen Schampus getrunken, und nach dieser noch ziemlich zivilisierten Fete (deren Anlaß Eleanor Smith nicht verriet) hatten sie im Pub an der Ecke bis zur Polizeistunde die Sau rausgelassen. Ob sie heute früh einen Kater gehabt hatte? Einen Mordskater sogar...

Wieso dieses plötzliche Interesse an dem Mittwoch?

Morse und Lewis wechselten einen Blick. Wenn McClures frühere Geliebte und Brooks' Stieftochter die Wahrheit sagte, hatte nicht sie das Messer aus dem Schaukasten Nummer 52 entwendet und später benutzt. Jedenfalls nicht am Mittwoch abend, denn Lewis hatte alle Uhrzeiten und Orte, die sie genannt hatte, genau notiert, und so viele Einzelheiten zu erfinden wäre denn doch sehr riskant gewesen. Morse nickte Lewis zu, und der erzählte ihr von dem Diebstahl im Pitt Rivers, der mit ziemlicher Sicherheit am Mittwoch, dem 7. September, zwischen 16.20 und 16.30 Uhr begangen worden war, sowie vom Verschwinden ihres Stiefvaters.

Zu ihrem Stiefvater wolle sie ihnen gern ein paar Takte sagen. Ein ganz mieses Schwein sei das. Seinetwegen sei sie von zu Hause abgehauen, und daß ihre Mutter es so lange mit ihm ausgehalten habe, sei ein wahres Wunder. Nein, sie habe nicht gewußt, daß er verschwunden war, aber sie weine ihm keine Träne nach und könne nur hoffen, daß sie ihn irgendwo in der Gosse finden würden. Mit einem Messer – *dem* Messer – im Bauch.

Der Chief Inspector hatte mit der Frau, die er gerade noch als Schlüsselfigur in dem Fall bezeichnet hatte, kein einziges Wort gewechselt. Wie ein zappelnder Magnet fühlte er sich halb angezogen, halb abgestoßen von dieser merkwürdigen Person, die (vielleicht absichtlich?) so ordinär daherredete, sich von dem amtlichen Gebaren der Kriminalbeamten völlig unbeeindruckt zeigte und ihrem Stiefvater Edward Brooks aufrichtig alles Schlechte wünschte.

Man hatte Morse einen Zettel hereingereicht, und da das Gespräch ohnehin fast zu Ende war, winkte er Lewis mit einer Kopfbewegung, ihm auf den Gang zu folgen. Die Presse hatte Wind von der Geschichte im Pitt Rivers Museum bekommen und witterte einen Zusammenhang mit der Mordermittlung. Lewis sollte versuchen, die Medien zu beschwichtigen. Er brauche keine Angst zu haben, daß er versehentlich vertrauliche Informationen rausließ. Warum nicht? Sehr einfach: Weil es vertrauliche Informationen in diesem Fall bisher nicht gab. Er, Morse, würde dafür sorgen, daß Ms Smith wohlbehalten nach Hause kam.

43

Das Bühnenbild war wunderschön;
nur die Schauspieler störten.
(Alexander Woollcott)

Vor dem ersten Kreisel in Richtung Oxford machte sie zum erstenmal den Mund auf. «Haben Sie in Ihrem Auto denn keine *anständige* Musik?»

«Zum Beispiel?»

«Ihr netter Sergeant hat mir Mozart geboten. Mit einem Typ, der Klarinette gespielt hat.»

«Jack Brymer?»

«Weiß nicht. Große Klasse, der Mann. Könnte glatt in einer Jazzband spielen.»

«Meinen Sie?»

«Wär gut für seine Karriere.»

«Er ist an die achtzig.»

«So? Na, so ganz taufrisch sind Sie ja auch nicht mehr.»

Morse verzog keine Miene und konzentrierte sich auf den Verkehr.

«Ihr Sergeant hat gesagt, daß Sie versuchen, ihn musikalisch weiterzubilden.»

«So?»

«Meinen Sie nicht, daß ich auch ein bißchen Weiterbildung nötig hätte?»

«Nein. Sie sind nämlich gebildeter, als Sie tun, und hinter der ausgeflippten Fassade unter Umständen ein ganz vernünftiges, ja empfindsames Mädchen.»

«Was soll denn das heißen?»

Morse zögerte einen Augenblick. «Ich habe den Eindruck, daß

Sie an einer Art von Snobismus mit umgekehrten Vorzeichen leiden. Nicht ungewöhnlich bei Mädchen... bei jungen Damen, die... bei jungen Frauen wie Ihnen.»

«Echt ätzend! So unverschämt ist mir lange keiner gekommen!»

«Es ist nur eine Vermutung. Seien Sie mir nicht böse. Ich kenne Sie ja gar nicht, wir haben praktisch noch kein Wort miteinander gesprochen...»

«Bloß am Telefon. Wissen Sie noch?»

Morse, der vor dem belebten Cutteslowe-Kreisel warten mußte, unterdrückte nur mit Mühe ein Lächeln.

«Ja, das weiß ich noch.»

«Irgendwie war das toll. So zu tun, als wenn du jemand anders bist. Manchmal sag ich mir: Hättest vielleicht Schauspielerin werden sollen.»

«Sie *sind* eine Schauspielerin, das wollte ich ja damit sagen.»

«Soll ich Ihnen mal was erzählen? Ich weiß was, dafür würd ich glatt meinen Oscar hergeben.»

«Was denn?»

«Ein saftiges Steak mit Fritten. Ich hab unheimlichen Kohldampf.»

«Wissen Sie, wieviel heutzutage Steaks kosten?»

«Klar weiß ich das. Drei neunundneunzig im *King's Arms* an der Ecke. Mit Salat und Fritten. Stand draußen angeschrieben.»

«Auf dem Schild stand *Pommes frites*. Genau das meinte ich, als...»

«Ja, ich weiß. Gehen Sie mir bloß weg mit Ihrem rumgedrehten Snobismus...»

«Essen Sie denn nie was?» Ellie wischte sich den Mund am Blusenärmel ab und leerte das dritte Glas Rotwein.

«Jedenfalls nicht sehr oft zu den üblichen Essenszeiten.»

«Aber jeder Mensch braucht seine Kalorien. Sonst schlafft er ab. In jeder Beziehung.»

«Ich nehme meine Kalorien meist in flüssiger Form zu mir.»

«Komisch, daß Sie soviel Bier schlucken, wo Sie doch bei der Polizei sind.»

«Keine Sorge. Ich bin der einzige in ganz Oxford, der um so nüchterner wird, je mehr er trinkt.»

«Und wie machen Sie das?»

«Langjährige Übung. Allerdings nicht zur Nachahmung empfohlen.»

«Hilft Ihnen aber nicht, wenn Sie ins Röhrchen blasen müssen.»

«Nein», räumte Morse ein.

«Wissen Sie denn, wann Sie genug haben?»

«Nicht immer.»

«Haben Sie jetzt genug?»

«Fast.»

«Wenn Sie wollen, geb ich uns noch 'ne Runde aus.»

«Also in neunzehn von zwanzig Fällen... Aber ich muß Sie noch nach Hause fahren und dann Sergeant Lewis seine nächste Musikstunde geben...»

«Und was heißt dieses Wischiwaschi im Klartext?»

«Also meinetwegen: ein Pint Best Bitter, wenn Sie drauf bestehen.»

«Würden Sie mir auch mal eine Musikstunde geben?» fragte sie, als der Jaguar nach einem Ampelhalt an der Longwall Street über die Magdalen Bridge rollte.

«Nein.»

«Warum nicht?»

«Darf ich ehrlich sein?»

«Bloß keine Hemmungen.»

«Weil mich die Nasenringe stören.»

Die Antwort war wie eine Ohrfeige, und hätte der Wagen noch an der Kreuzung gestanden, wäre sie einfach ausgestiegen. Aber sie fuhren jetzt ziemlich schnell die Iffley Road hinauf, und bis sie in die Princess Street kamen, hatte sich ihre erste Wut gelegt.

«Sie können Ihrem Sergeant was von mir ausrichten...»

«Die Ermittlungen leite immer noch ich», sagte Morse ziemlich scharf.

«Was Sie nicht sagen! Dabei haben Sie vorhin den Mund nicht aufgekriegt.»

«Aber am Telefon. Wissen Sie noch?»

«Ja, das war 'n Spaß...» Aber er hatte ihr doch den Wind aus den Segeln genommen. Im Pub hatte er sie nie direkt angeschaut, und jetzt wußte sie, warum. Er war ganz anders als die anderen Männer seines Alters, die sie so kannte. Du siehst die Menschen mit Augen an, die interessiert und interessant zugleich sind, hatte Felix einmal zu ihr gesagt, und das hatte sie nie vergessen, es war das schönste Kompliment, das man ihr je gemacht hatte. Aber dieser Morse hatte ihr nicht in die Augen gesehen, sondern die meiste Zeit nur in sein Bier geglotzt.

Was soll's. Scheißbullen... «Also schön, etwas für Sie oder Ihren Sergeant, okay? Wegen Mittwoch... Ich war in einer Abtreibungsklinik. Zu einem Beratungsgespräch. Aber ich laß es mir nicht wegmachen. Diesmal nicht, okay? Und wegen gestern abend... da war ich mit Ashley aus – Ashley Davies –, und der hat mir einen Heiratsantrag gemacht. Er nimmt mich auch mit Nasenringen. Okay?»

Sie riß die Beifahrertür auf, sprang aus dem Wagen und knallte sie so heftig zu, daß Morse Angst um die vorelektronische Verriegelung des Jaguar haben mußte.

«Und Ihren Scheißmozart können Sie sich sonstwohin stecken, okay?»

44

Der Schlaf ist keine geringe Kunst;
man muß sich den ganzen Tag dafür wachhalten.
(FRIEDRICH NIETZSCHE)

Zuweilen wird – nicht ohne Grund – behauptet, daß es so etwas wie Schlaflosigkeit gar nicht gibt, daß jemand, der nicht einschlafen kann, eigentlich keinen Schlaf braucht. Allerdings hätten einige der Personen, von denen auf diesen Seiten die Rede ist, diese These in der Nacht zum Freitag, dem 9. September, vermutlich lebhaft bestritten.

Chief Inspector Morse hatte zwar sehr selten Einschlafschwierigkeiten, wachte jedoch häufig gegen Morgen auf, weil er auf die Toilette mußte oder Durst hatte, den er dann mit Wasser löschte (was ihm tagsüber nie eingefallen wäre). Aber auch für Morse war Schlaf ein wichtiges Thema, zu dem etliche Rudimente aus der griechischen Dichtung in der Rumpelkammer seines Gedächtnisses lagerten. Hätte er die gesamte Dichtung des Altertums bis auf eine einzige Passage über Bord werfen müssen, hätte er sich vermutlich dafür entschieden, die Szene aus dem 16. Gesang der Ilias zu behalten, die den Tod des Sarpedon schildert und wie die Zwillingsbrüder Schlaf und Tod den verstorbenen Helden in Lykiens weites, blühendes Land tragen. Und an zweiter Stelle die Worte des würdigen Sokrates, als er sich anschickte, den Schierlingsbecher zu leeren, daß wenn der Tod nur ein langer, traumloser Schlaf sei, die Sterblichen nichts zu fürchten hätten.

In jener Nacht aber hatte Morse einen lebhaften Traum. Er träumte, er spiele in einer Jazzband Saxophon. Träumend überlegte er, wo er sich die beachtliche Fertigkeit in dieser Kunst wohl angeeignet hatte, und wurde von der Angst geplagt, sie könne ihm unversehens wieder abhanden kommen, während seine Zuhörer noch bewundernd zu ihm aufsahen, unter ihnen auch eine junge Frau mit Nasenringen. Diese junge Frau aber konnte nicht Eleanor Smith sein, denn die Traumfrau war entstellt und häßlich, Eleanor Smith dagegen...

Julia Stevens wälzte sich unruhig im Bett und drehte immer wieder das obere Kopfkissen herum, um eine kühle Stelle für ihren heißen, schmerzenden Kopf zu finden. Eine halbe Stunde nach Mitternacht stand sie auf, machte sich noch einen Becher Ovomaltine, schluckte noch zwei Nurofen. Im Lauf der letzten Woche hatte sich der bohrende Schmerz wie ein kompakter Block in ihrem Hinterkopf festgesetzt, und in ihren Ohren lag ständig ein rhythmisches Rauschen.

Tagsüber dachte sie nur selten an den Tod. In der Dunkelheit aber schlich sich neuerdings alptraumhaft die Angst in ihr Schlafzimmer und plagte sie so lange, bis sie schließlich gestand, sie wolle nicht sterben.

Sie zählte.

Tausendeins, tausendzwei... und nach einer Weile hörte sie auf zu zählen und flüsterte vor sich hin: Und – es – herrschte – eine – große – Stille... Dann fing sie wieder an, diesmal rückwärts: Tausendfünf, tausendvier...

Manchmal gelang es ihr beim Zählen, den Nachtmahr zu vertreiben. Und ein-, zweimal in letzter Zeit hatte sie auf das Zählen ganz verzichten können. Aber nicht in dieser Nacht.

Als sie endlich einschlief, sah sie im Traum ein bleiches Pferd und wußte: Der Name des Reiters war Tod...

In dem kleinen Zimmer hingen drei großformatige Poster an der Wand – Bilder von Jimi Hendrix, Jim Morrison und Kurt Cobain, drei Rockstars, die in ihrem kurzen Leben mit Drogen und mit dem Tod experimentiert hatten. Nachts um eins saß Kevin Costyn angezogen auf dem Bett, den Rücken an das knarrende Kopfbrett gelehnt, und ließ sich von seinem Walkman mit dröhnender Punkmusik beschallen, die er irgendwie beruhigend fand. *Eroticon IV*, ein kruder Porno, lag aufgeschlagen neben ihm, aber sexuelle Phantasien beschäftigten ihn derzeit weniger.

In dieser für ihn beispiellos aufregenden Woche richteten sich seine Gedanken vielmehr auf Handgreiflicheres, nämlich auf seine unmittelbare Umgebung: die Vorgärten voller Unrat; die verrosteten, ausgeweideten Autowracks in den Einfahrten; das ärmliche, schmuddelige Haus, in dem er mit seiner in allen praktischen Dingen hilflosen Mutter wohnte; vor allem den fürchterlichen Zustand seines Zimmers mit dem verdreckten, zerknitterten Bettzeug, in dem er nun schon seit sieben Wochen oder noch länger schlief. Es war der Kontrast, der ihn so faszinierte – der Gegensatz zwischen diesem vertrauten Umfeld und dem bescheidenen, aber ordentlichen Reihenhäuschen von Julia Stevens mit den vor Aufgeräumtheit strahlenden, nach Sauberkeit duftenden Zimmern, den schneeweißen, frischgewaschenen Bezügen auf dem einladenden Bett.

Er hatte immer zu wissen geglaubt, was das wichtigste im Leben war: Geld.

Während er Socken und Hose auszog und unter die Decke kroch, ertappte er sich bei der Überlegung, wieviel Geld Mrs. Stevens wohl gespart haben mochte.

Am Abend zuvor war Ashley Davies mit Eleanor Smith in einem Motel bei Buckingham gewesen, wo sie – er in Hochstimmung nach seinem erfolgreichen Heiratsantrag, sie in Hochstimmung nach erfolgreichem Champagnergenuß – in lindgrünem Bettzeug miteinander geschlafen hatten. Ein idyllischer Auftakt für ein Leben als verlobtes Paar, so sollte man meinen.

Doch als Davies in der nächsten Nacht allein im Bett lag und nicht schlafen konnte, kamen ihm Zweifel.

Für ihn war es ein sehr genußreiches sinnliches Erlebnis gewesen, denn *in medio coitu* hatte sie sich ihm rückhaltlos hingegeben. Vor und nach dem eigentlichen Liebesakt aber hatte er deutlich ihre Reserviertheit gespürt. Zweimal hatte sie sich, als er ihre Lippen suchte, um ihr ganz zärtlich nahe zu sein, den Kopf weggedreht.

Und im nachhinein begriff er, daß es in ihrem Herzen einen Winkel geben mußte, in den sie noch keinen Mann gelassen hatte.

Im Morgengrauen hatte sie sich innerlich und äußerlich ganz von ihm abgewandt, hatte sich in den Schlaf, in die Nacht geflüchtet, als sei in ihr eine verborgene Leidenschaft, die einem anderen gehörte...

Auch die junge Frau, die jetzt in Aufgang G des Drinkwater Quad von Wolsey College für Sauberkeit und Ordnung sorgte, verbrachte eine unruhige Nacht. Um zwei ging sie nach unten in die Küche, brühte sich einen Tee auf und besah sich im Spiegel ihr hübsches Gesicht mit dem kastanienbraunen Haar und den Ponyfransen über der Stirn. Sie waren ein bißchen zu lang – so lang, daß sie fast die Augen verdeckten, in denen leise Angst stand.

Susan hatte zugesagt, die von Sergeant Lewis aufgenommene Aussage am nächsten Tag (Samstag um zehn) durchzusehen und zu unterschreiben, und das machte ihr angst. Es war so, als wenn man eine Gruppe von Rabauken bei der Polizei anzeigt, die danach erst recht alles kurz und klein schlagen. Und in ihrem Fall – Susan war intelligent genug, das zu begreifen – war das Risiko beträchtlich höher, denn es ging schließlich nicht um Vandalismus, sondern um Mord. Eine vollständige (wenn auch im Rahmen des Möglichen zurückhaltende) Aussage blieb ihr wohl nicht erspart, aber es war nicht auszuschließen, daß ihr daraufhin der Mann, der nach der ziemlich einhelligen Ansicht aller, die ihn kannten, ein ganz übler Kunde war, mit Racheakten, vielleicht mit körperlicher Gewalt drohen würde.

Als sie wieder im Bett lag, versuchte es Susan mit einem Trick, der ihr einmal empfohlen worden war: Mach ganz langsam (ja, *langsam*) die Augen zu und schau fest (ja, *schau*) auf einen zehn, zwölf Zentimeter entfernten Punkt.

Dieses Fixieren eines gedachten Punktes soll die Augäpfel ruhigstellen, deren rasches Hin- und Herbewegen nach neuesten Erkenntnissen eine der Hauptursachen der Schlaflosigkeit ist.

In dieser Nacht hatte Susan Ewers mit diesem Kunstgriff zwar nur wenig Glück, doch erwiesen sich ihre Ängste als unbegründet.

Weder Susan noch sonst jemand hatte von Edward Brooks fürderhin etwas zu fürchten. Einer der Zwillingsbrüder – der, den sie Tod nannten – hatte sein Recht auf ihn geltend gemacht und ihn zusammen mit seinem Bruder Schlaf davongetragen – wenn auch vielleicht nicht in das schöne, blühende Land Lykiens, in dem Sarpedon ruht.

45

Wachet auch sorgsam über sittliche Entgleisungen Eurer Patienten, die sie veranlassen könnten, die Unwahrheit über ihnen Verschriebenes – und Vorgeschriebenes – zu sagen.
(Corpus Hippocraticum)

Bei einer Mordermittlung kann eine Woche – besonders eine Woche, in der praktisch keine Fortschritte zu verzeichnen sind – recht beschwerlich sein. Das bekam Sergeant Lewis in den Tagen zwischen Freitag, dem 9., und Freitag, dem 16. September, zu spüren.

Wo sich die Schlüsselfiguren im Pitt Rivers-Fall insbesondere am Abend und in der Nacht des 7. September, unmittelbar nach dem Diebstahl des Messers, aufgehalten und was sie im einzelnen getrieben hatten, stand inzwischen fest, die entsprechenden Aussagen waren aufgenommen und (nach Korrektur der ärgsten Rechtschreibfehler) unterschrieben und abgelegt worden. Sonst hatte sich nichts getan.

Vom Tatort nichts Neues. Die Haus-zu-Haus-Befragungen in der Daventry Avenue hatte die Polizei ohne Ergebnis eingestellt. Ohne größere Schwierigkeiten hatte sie drei frühere Studenten von Aufgang G des Drinkwater Quad ausfindig gemacht, doch diese Entdeckung hatte sie nicht wesentlich weitergebracht, denn die drei hatten zwar bestätigt, daß es während ihres Studiums kein Problem gewesen war, an Drogen heranzukommen, aber von Drogenhandel auf ihrem Aufgang wußten sie angeblich nichts.

Was Lewis ein wenig verwirrte, war die Tatsache, daß für Morse das Verschwinden des Messers offenbar das gleiche Gewicht hatte wie der Tod eines Hochschullehrers – so als sei der Zusammenhang zwischen diesen beiden Vorkommnissen nicht nur logisch zwingend, sondern auch völlig eindeutig.

Am Donnerstag, dem 15. September, hatte er seine Zweifel nicht mehr für sich behalten können.

«Die einzige echte Verbindung ist doch eigentlich Brooks, Sir. Er ist Ihr Hauptverdächtiger in dem Mordfall und hat einen Job im Pitt Rivers.»

«Ist Ihnen schon mal der Gedanke gekommen, Lewis, daß womöglich Brooks das Messer gestohlen hat?»

«Das kann nicht Ihr Ernst sein.»

«Ist es auch nicht. Reden Sie nur weiter, Lewis!»

«Sie haben ja selbst gesagt, daß wir es häufig mit Nachahmungstätern zu tun haben. Es kann doch sein, daß der Messerdieb überhaupt nichts mit dem Mord zu tun hatte, sondern nur zufällig die Meldung in der *Oxford Mail* gelesen hat und...»

«Also ehrlich gesagt – in diese Richtung habe ich auch schon gedacht.»

«Es könnte natürlich Zufall sein.»

«Ja, durchaus.»

«Sie sagen doch immer, daß Zufälle an der Tagesordnung sind und manch einer sie bloß nicht sieht.»

«Allerdings...»

«Es gibt also womöglich gar keinen kausalen Zusammenhang...»

«Hören Sie auf, wie ein Philosoph daherzureden, Lewis, und holen Sie uns lieber einen Kaffee.»

Auch für Morse war die erzwungene Untätigkeit frustrierend. Außerdem stand er stark unter Stress, da er seit drei Tagen keine Zigarette mehr geraucht hatte. Er befand sich in der entscheidenden Phase, in der er seine Selbstbeherrschung bereits hinreichend unter Beweis gestellt und einen Sieg über das Nikotin errungen hatte, so daß man, sollte er schwach werden, nicht von einem Rückfall reden konnte, sondern allenfalls von einem Neuanfang. Denn der vierte Tag erwies sich als noch härter als der dritte.

Am fünften Tag, als er zu einem Check-up ins Krankenhaus ging und zehn Minuten vor dem auf 9.20 Uhr festgesetzten Termin im Wartezimmer saß, hatte seine Euphorie sich fast völlig verflüchtigt. Ein eigenartiger Zufall, daß auch Edward Brooks einen Krankenhaustermin um 9.20 Uhr gehabt hatte. Einen Termin, zu dem er bis heute nicht erschienen war.

Nachdem er eine gründliche Untersuchung über sich hatte ergehen lassen, Fragen nach Körpergewicht und Alkoholkonsum geschickt gekontert, den Vorschlag, einmal mit einer Diätberaterin zu sprechen, höflich abgelehnt und drei weitere Blutproben abgeliefert hatte, stand Morse wieder draußen in der Sonne. Auf seiner blauen Karte war ein neuer Termin vermerkt (zum Glück erst in sechs Wochen!), und sein Gesicht verriet neue Zuversicht. Wie hatte der Arzt gesagt?

«Sie haben alles erstaunlich gut überstanden. Unverdient gut, Mr. Morse! Ich habe den Eindruck, daß Sie schon wieder überraschend fit sind.»

Auf dem Weg zum Parkplatz Süd, noch ganz im Bann der frohen Kunde, sah Morse eine junge Frau an der Bushaltestelle stehen. Ein eigenartiger Zufall, daß sie heute vormittag beide zur gleichen Zeit im selben Krankenhaus gewesen waren und beide jetzt offenbar auf dem Heimweg.

«Guten Morgen, Miss Smith», sagte der Chief Inspector aufgeräumt.

An diesem Vormittag gab es kaum etwas, was Morse die Laune hätte verderben können, denn die Götter waren ihm offenbar wohlgesinnt. Hätte sie seinen Gruß ignoriert, wäre er weitergegangen, ohne sich persönlich verletzt zu fühlen. Aber ein bißchen enttäuscht wäre er schon gewesen, denn er hatte gesehen, daß sie traurig aussah, und wollte ihr gern eine Weile Gesellschaft leisten.

46

Ich kannte mal jemand, der sprach Dialekt mit einem Akzent.
(Irvin Cobb)

«Das ist wirklich nicht nötig», sagte sie, während sie sich auf den Beifahrersitz schob. «Fürs Fahrgeld hätte es noch gereicht.»

«Wie lange warten Sie schon?»

«Lange. Stört Sie's, wenn ich rauche?» fragte sie, als Morse nach links in den Headley Way einbog.

«Nein, gar nicht.»

«Wollen Sie eine?»

«Äh – nein, danke.»

«Sie rauchen aber. Oder Ihre Frau. Der Aschenbecher quillt über. Wär ich nicht gut als Detektivin?»

«Wie soll ich fahren?» fragte Morse.

«Am *White Horse* links.»

«Oder gleich zum *White Horse*?»

«Äh – nein, danke», äffte sie ihn nach.

«Warum nicht?»

«Weil die Scheißpinte noch nicht auf hat, darum.» Der schnoddrige Ton klang gezwungen. Morse sah sie von der Seite an. Irgendwas stimmte hier nicht.

«Wenn Sie wollen, können Sie gern mit mir darüber sprechen.»

«Wieso grad mit Ihnen?»

Morse atmete tief durch, während sie zornig ihre Zigarette ausdrückte. «Sie waren über Nacht im Krankenhaus, stimmt's? Ich hab einen weißen Nachthemdzipfel aus Ihrer Reisetasche hängen sehen. Beim letztenmal haben Sie mir erzählt, daß Sie ein Baby erwarten, und für werdende Mütter ist das John Radcliffe zuständig, allerdings nicht für Fehlgeburten, die kommen ins Churchill.

Wenn aber eine Fehlgeburt zu befürchten ist, bei inneren Blutungen etwa, weist man die Frauen gewöhnlich zur Beobachtung ins John Radcliffe ein. Wer lange genug bei der Polizei ist, kennt sich in diesen Dingen aus. Und ich hab ja auch nur gefragt, ob Sie mit mir darüber sprechen wollen.»

Jetzt liefen ihr die Tränen über die Wangen. Sie hinterließen schwarze Maskaraspuren auf dem sonst ungeschminkten Gesicht.

«Ich hab's verloren», sagte sie schließlich.

Morse hätte gern seine Hand ganz leicht, ganz sanft auf die ihre gelegt, aber er hatte Angst, sie könnte ihn mißverstehen.

«Das tut mir leid», sagte er deshalb nur und fuhr schweigend weiter.

In der Princess Street stieg sie aus und holte ihre Reisetasche von der Rückbank. «Schönen Dank.»

«Viel tun konnte ich ja nicht. Aber wenn Sie mal Hilfe brauchen, können Sie mich jederzeit anrufen.» Er schrieb ihr seine Nummer auf, denn er stand nicht im Telefonbuch.

«Okay, das ist ein Angebot. Ich hab 'ne ziemlich miese Bude, aber ich würd mich freuen, wenn Sie auf einen Drink mit raufkommen würden.»

«Nicht heute vormittag...»

«Na Sie sind gut! Eben labern Sie noch was von Hilfe, und wenn ich Sie um was bitte, kneifen Sie!»

«Na schön, aber nur einen auf die Schnelle. Unter einer Bedingung.»

«Nämlich?»

«Daß Sie die Wagentür nicht zuknallen.»

«So mies finde ich Ihre Wohnung gar nicht», sagte Morse, als er sich, ein Glas mit Whisky in der Hand, auf dem einzigen Sessel in dem einzigen, aber recht geräumigen Zimmer von Ellie Smith zurücklehnte.

«Ist sie aber. Überall kriechen diese mikroskopisch kleinen Viecher herum... Sie haben sicher schon Fotos von ihnen gesehen...»

Morse machte große Augen. Träumte er, oder hatte sie plötzlich auffallend korrekt und grammatikalisch richtig gesprochen?

«Ich weiß schon, warum Sie mich so anstarren», sagte sie.

«Wie bitte?»

Sie legte die Zeigefinger an die ringlosen Nasenflügel.

Morse nickte. «Ja, so sind Sie mir bedeutend lieber.»

«Ist mir klar.»

«Wissen Sie, daß Ihr Stiefvater noch immer verschwunden ist?»

«Na und? Soll ich deswegen Trauer tragen?»

«Warum hassen Sie ihn so?»

«Nächste Frage.»

«Wie Sie wollen. Sie sagten, daß Sie heiraten würden. Ändert sich daran etwas, nachdem Sie das Kind verloren haben?»

«Was Sie aber auch alles wissen wollen. Zigarette?»

Ellie streckte ihm die Packung hin, und Morse ließ erwartungsgemäß seine guten Vorsätze fahren und griff zu.

«Sie wollen nach wie vor heiraten?»

«Warum nicht? Wird langsam Zeit, daß ich solide werde, finden Sie nicht?»

«Mag sein...»

«Was kann ich Ihnen sonst noch sagen?»

Morse beschloß, die gute Gelegenheit beim Schopf zu packen. Er war überzeugt, daß man den Schlüssel zu dem Fall – zu beiden Fällen – in den späten Nachmittagsstunden des 7. September zu suchen hatte, als das Messer im Pitt Rivers Museum entwendet worden war.

«Sie hätten auch mit einem früheren Zug von Birmingham zurückfahren können, nicht?»

Sie zuckte die Schultern. «Kann schon sein. Bin ich aber nicht.»

«Wissen Sie noch, wann Ihre Freundin an dem Abend zu Ihnen gekommen ist?»

«Keinen Schimmer. Und sie weiß es wahrscheinlich auch nicht, wir waren ja später beide hackevoll.»

Morse überlegte, ob sie log, und wenn, warum sie log.

«An dem Mittwoch...»

«Himmeldonnerwetter, jetzt hören Sie doch endlich auf mit dem dämlichen Mittwoch», fuhr sie auf. «Warum fragen Sie mich nicht nach dem Dienstag? Oder dem Montag? Was ich da gemacht hab, weiß ich nämlich auch nicht. Ausgerechnet Mittwoch...»

«Unserer Meinung nach gibt es einen Zusammenhang zwischen dem Mord an Dr. McClure und dem Diebstahl des Messers.»

Das schien sie nicht weiter zu beeindrucken, aber sie beruhigte sich wieder. «Noch 'n Schluck?»

«Nein, ich muß los.»

«Wer nicht will, der hat schon.»

Sie schenkte sich noch einen Scotch ein und zündete sich die nächste Zigarette an. «Schmeckt schon besser. Hab drei Tage nicht mehr geraucht. Die bei Ihnen im Auto war fürchterlich.»

Morse stand auf und stellte das leere Glas auf dem Kaminsims ab. Auf dem weißen Kaminvorsprung waren vier 15 Zentimeter große Quadrate in verschiedenen Gelbtönen ausgelegt, die Bezeichnung der Farbe war mit einem dicken Stift in jedem Quadrat vermerkt: Wildprimel, Sommersonne, Buttermilch, Narzissenweiß. «Welche gefällt Ihnen am besten?» fragte sie. «Ich will nämlich renovieren.»

Renovieren ... Da war wieder dieser plötzliche Umschwung von der Gossen- zur Hochsprache. Interessant ...

«Aber geben Sie die Wohnung denn nicht auf, wenn Sie verheiratet sind?»

«Mann, Sie können einem Löcher in den Bauch fragen!»

Sie hatte sich aufs Bett gesetzt, und Morse drehte sich um und sah sie an.

«Warum haben Sie mich eigentlich hergebeten? Sie tun gerade so, als ob ich mich aufgedrängt hätte ...»

Sie sah in ihr Glas. «Ich wollt ja bloß 'n bißchen Gesellschaft haben.»

«Haben Sie Mr. Davies schon von der Fehlgeburt erzählt?»

«Nein.»

«Meinen Sie nicht ...»

«Jetzt halten Sie endlich den Rand! Sie wissen doch gar nicht, wie das ist, ganz allein dazustehen ...»

«Ich stehe die ganze Zeit allein da», sagte Morse.

«Das sagen sie alle, die Typen in Ihrem Alter ...»

Morse nickte lächelnd. Im Gehen warf er noch einen Blick auf den Kaminsims.

«Gelb ist eine schwierige Farbe. Ich an Ihrer Stelle würde das Narzissenweiß nehmen.»

Langsam ging er die knarrende Treppe hinunter und stieg in seinen Jaguar. Dort blieb er minutenlang regungslos am Steuer sitzen und spürte das vertraute Kribbeln zwischen den Schultern.

Warum war ihm das nicht schon früher eingefallen?

47

Wann können wir eine Zahl, die ein Quadrat ist,
als Summe zweier anderer Quadrate schreiben?
(DIOPHANTUS, *Arithmetik*)

Lewis brannte darauf, seine Neuigkeit loszuwerden. Ein Aufruf in Radio Oxford und Fox FM, ein Artikel in der *Oxford Mail*, Ermittlungen über Kauf, Aussehen und Zustand von Brooks' relativ neuem Fahrrad hatten zum Erfolg geführt. Eine anonyme Anruferin hatte sich im Polizeirevier von St. Aldate's gemeldet und in offenkundiger Eile mitgeteilt, am Gitter von St. Mary Magdalen am Cornmarket sei «'n grüner Drahtesel» angeschlossen.

«Und dann hat sie gleich wieder aufgelegt», berichtete der diensthabende Sergeant.

«Sind Sie sicher, daß sie keinen richtigen Esel gemeint hat?» vergewisserte sich Lewis mit einem für ihn seltenen Anflug von Humor.

Wohl nicht – denn das Revier St. Aldate's hatte inzwischen ein grünes Fahrrad in Gewahrsam und erwartete weitere Anweisungen.

Der Anruf war kurz nach zwölf gekommen, und Lewis hatte der Erfolg mächtigen Auftrieb gegeben. Offenbar war eine Mutter oder Ehefrau oder Freundin froh gewesen, ein Stück heiße Ware auf diese Weise loszuwerden. Manchmal lohnten sich Routine und Geduld eben doch.

Wenn es Brooks' Fahrrad war...

Doch als Morse ziemlich spät von der Mittagspause kam, konnte Lewis die frohe Kunde nicht gleich anbringen.

«Alles klargegangen im Krankenhaus?»

«Bestens. Keine Probleme.»

«Ich hab da was Neues...»

«Gleich, Lewis. Ich habe heute vormittag mit Miss Smith gesprochen, sie war eine Nacht im John Radcliffe...»

«Fehlt ihr was?»

«Wie man's nimmt. Das Mädel ist ganz schön durcheinander.»

«Als Mädel würde ich sie ja nun nicht mehr bezeichnen...»

«Sie ist halb so alt wie ich, Lewis. Da kommt man sich ganz schön vergreist vor.»

«Na ja, vielleicht...»

«Sie hat mich aber auf eine Idee gebracht. Auf eine großartige Idee.» Morse streifte das Zellophan von einer Schachtel Zigaretten, nahm eine heraus und zündete sie an. Während er genüßlich inhalierte, besah er sich die Zündholzschachtel. «Sie kennen das Problem. Zunächst müssen wir den ersten Fall lösen – den Mord an McClure.»

«Sehr richtig.»

«Dann müssen wir den zweiten Fall lösen – den Diebstahl eines Messers aus Nordrhodesien. Und die Verbindung zwischen den beiden...»

«Aber Sie haben doch gesagt, es gäbe gar keine Verbindung...»

«Inzwischen weiß ich, daß es eine gibt.»

«Soso», sagte Lewis verständnislos.

«Wie gesagt, wenn wir den ersten Fall und den zweiten gelöst haben, brauchen wir nur noch die Summe zu ziehen.»

«Da komme ich nicht ganz mit, Sir.»

«Haben Sie schon mal von den pythagoreischen Dreierzahlen gehört?»

«Den Lehrsatz des Pythagoras haben wir in der Schule durchgenommen.»

«Genau. Die berühmteste aller Dreierzahlen: 3, 4, 5: $3^2 + 4^2 = 5^2$. Soweit klar?»

«Soweit klar.»

«Aber es gibt frappantere Beispiele. Die Ägypter kannten zum Beispiel die 5961, 6480, 8161.»

«Freut mich zu hören. Ich wußte gar nicht, daß Sie sich mit solchen Sachen auskennen.»

Morse sah auf seinen Schreibtisch herunter. «Tu ich auch nicht. Ich hab das gerade von der Streichholzschachtel abgelesen.»

Lewis feixte, und Morse setzte seinen Vortrag fort: «Es gab da einen gewissen Fermat, ich bin schnell nach Hause gefahren und hab ihn nachgeschlagen. Der kannte sich in ‹solchen Sachen› aus, wie Sie es ausdrücken – in Quadrat- und Kubikwurzeln und dergleichen.»

«Und was hat der mit uns zu tun?»

«Weiß ich nicht. Muß ein bemerkenswerter Mann gewesen sein. In ein Buch über Arithmetik, das er gerade durcharbeitete, schrieb er: ‹Ich habe ein wunderbar anschauliches Beispiel für diese Proposition, für das der Rand hier viel zu schmal ist.› Ein genialer Satz, Lewis...»

«Wenn Sie meinen, Sir...»

«Ich hab das Quadrat von drei und das Quadrat von vier ausgerechnet, und rausgekriegt habe ich – raten Sie mal, Lewis.»

«Fünfundzwanzig?»

«Viel mehr. Heute vormittag ist mir plötzlich klargeworden, wieso wir falschliegen. Weil wir angenommen haben, was wir annehmen sollten. Halt – ich glaube, ich muß anders anfangen. Sehr bald war ich mir ziemlich sicher, daß McClure von Brooks ermordet worden ist. Und inzwischen bin ich mir ziemlich sicher, daß letzte Woche Brooks seinerseits ermordet wurde. Und ich weiß inzwischen, was wir nach dem Willen von Brooks' Mörder *denken sollten*.»

Lewis sah in den Augen seines Chefs jenen seltsam fernen, fast mystischen Blick, den er inzwischen so gut kannte.

«Die Leiche von Brooks ist so gut versteckt, daß wir sie nie finden werden. Vielleicht liegt sie in einem Heizungskessel oder unter Beton oder auf einer Müllkippe...»

«Abfallentsorgungsanlage.»

«Meinetwegen auch das. Aber überlegen Sie mal, welche Folgen es hat, wenn die Leiche nicht gefunden wird. Wir kommen zu dem gleichen Schluß wie die gescheite Kuratorin des Pitt Rivers Museum: daß es einen direkten Zusammenhang zwischen dem Mord an Brooks und dem Diebstahl des Messers geben muß. Dabei handelt es sich hier um eine raffinierte Täuschung von seiten desjenigen, der den Mord beging.»

«Oder derjenigen ...»

«Ganz recht: oder derjenigen. Die Schlüsselfrage aber ist, wie gesagt: Warum wurde das Messer gestohlen? Ich will es Ihnen sagen. Der Diebstahl war ein frecher Bluff. Wir sollten denken, daß Brooks am Mittwoch, dem 7. September, nach 16.30 Uhr ermordet wurde. Dabei wurde er bereits am Dienstag, dem 6. September, umgebracht.»

«Aber am Mittwoch hat er noch gelebt, Sir. Seine Frau hat ihn gesehen, Mrs. Stevens hat ihn gesehen ...»

«Glatt gelogen.»

«Von beiden?»

«Von beiden.»

«Soll das heißen ... soll das heißen, daß die beiden Frauen Brooks ermordet haben?»

«Genau. Julia Stevens hat den Plan ausgeheckt und die Geschichte mit dem Messer arrangiert. Wenn nun aber Brooks mit einem *anderen* Messer erstochen worden ist, einem Küchenmesser wie dem in der Daventry Avenue gefundenen, mit dem McClure ermordet wurde? Mit ebenjenem Messer, das in dem Messer-Set von Mrs. Brooks fehlt?»

Lewis schüttelte einigermaßen hilflos den Kopf. «Warum dann aber dieses ganze Theater?»

«Gute Frage, Lewis. Um dem Mörder – oder den Mördern – ein wasserdichtes Alibi für den Mittwoch zu verschaffen. Ich habe so was gewittert, als ich mit Julia Stevens sprach, und die Unterhaltung mit unserer Punklady hat mir dann die Bestätigung geliefert.»

«Meinen Sie, daß die auch mit drinsteckt.»

Morse nickte. «Sie haben uns alle drei praktisch dasselbe erzählt. Daß sie kein Alibi für den Tag haben, an dem Brooks ermordet wurde, stört sie nicht weiter. Sie wußten, daß sie für den Tag danach, den Mittwoch, ein Alibi brauchen würden, und siehe da, alle drei können ein wunderschönes Alibi vorweisen. Sehr clever, wie wenig sie sich scheinbar um den eigentlichen Mordtag, den Dienstag, gekümmert haben. Sie wußten natürlich, daß der Verdacht auf sie fallen würde, und haben uns sehr geschickt manipuliert.»

«Alle drei?»

«Ja. Sie hatten gute Gründe, Brooks umzubringen: Da ist die Ehefrau, mit der er so brutal umspringt, dann die Stieftochter, die er vermutlich mißbraucht hat, und Julia Stevens, die es nicht mit ansehen kann, wie dieser Mann ihre freundliche kleine Putzfrau schikaniert. Also setzen sie sich zusammen und schmieden ein Komplott. Sie geben den Diebstahl des Messers in Auftrag und sorgen dafür, daß niemand *ihnen* den Diebstahl nachweisen kann...»

«Eleanor Smith hätte ihn begehen können», bemerkte Lewis.

«Stimmt. Aber ich halte das für unwahrscheinlich. Der Aufseher meinte, es sei vermutlich ein Mann gewesen. Nein, ich glaube, sie haben jemanden beauftragt. Jemanden, dem sie vertrauen oder dem zumindest eine von ihnen vertrauen konnte.»

«Ashley Davies?»

«Warum nicht? Seine Belohnung hat er ja inzwischen kassiert.»

«Halten Sie das für eine Belohnung? So eine zu heiraten?»

Morse schwieg einen Augenblick. «Warum nicht, Lewis? Warum nicht...»

«Und was haben sie mit dem Messer gemacht?»

«Das ist der Knackpunkt, Lewis. Das gestohlene Messer wurde nicht benutzt, sondern einfach beseitigt.»

«So einfach geht das aber nicht.»

«Ach nein? Sie brauchten das Messer nur in den wöchentlichen Müllsack zu stecken, dann waren sie es ein für allemal los. In einem Müllsack können Sie sogar eine zerstückelte Leiche beseitigen. *Kein Problem.* Bekanntlich weigern die Müllmänner sich nur, Gartenabfälle mitzunehmen...»

«Wenn das stimmt, Sir, haben wir es mit einem sehr schlauen Kopf zu tun.»

«Warum geht eigentlich heutzutage die Sage, alle Kriminellen seien Blödmänner und die Herren von der Kriminalpolizei sämtlich Vertreter einer geistigen Elite?»

«Das zweite ist vielleicht gar nicht so falsch», sagte Lewis gedankenvoll.

«Bitte?»

«Ja, also ... ich hab mich nämlich geistig auch ganz schön angestrengt, als Sie weg waren. Höchstwahrscheinlich hab ich das Fahrrad von Brooks gefunden.»

«Was? Warum sagen Sie denn das nicht gleich, Mann?»

48

Wird ihm guttun, eine Weile bewußtlos dazuliegen, da kann sich sein Gehirn ausruhen.

(N. F. Simpson, *One-Way Pendulum*)

Hauptgesprächsthema in der Proctor Memorial School war an diesem Freitagnachmittag der gestrige Rammbruch in einen Schnapsladen der Blackbird Leys-Siedlung. Zufällig kam ein Streifenwagen vorbei, als drei junge Leute den Laden in der Verbena Avenue plünderten, und war nur fünfzig Meter hinter dem gestohlenen Fluchtwagen, als dieser mit hoher Geschwindigkeit in der Nähe des Horspath-Kreisels auf der Eastern Ring Road frontal mit einem schweren Laster zusammenstieß.

Als die Jagd zu Ende war, saß der Fahrer tot hinter dem Steuer; das abgeknickte Lenkrad hatte ihm die Brust eingedrückt. Der Junge auf dem Beifahrersitz war mit dem rechten Fuß in die Motoraufhängung geraten und sollte später das Bein verlieren. Der dritte, der auf der Rückbank, hatte schwere Quetschungen und Schnittwunden am Kopf und im Gesicht und war noch immer bewußtlos, nachdem die Feuerwehrleute ihn und seine Kumpane aus dem zertrümmerten Ford Escort herausgeschweißt hatten.

Das große Interesse an dem Vor- oder Unfall erklärte sich daraus, daß die beiden Überlebenden fünf Jahre lang die Proctor Memorial School besucht und sich fünfzehn Trimester lang allen Versuchen ihrer Lehrer, ihnen ein Mindestmaß an Wissen und einige höhere Werte beizubringen, standhaft widersetzt hatten. Hätten sie ihre Ausbildung in einer der angeseheneren Institutionen des Landes absolviert – in Eton oder Harrow oder Winchester etwa –, hätte man sie in der Nachmittagsausgabe der *Oxford Mail* vermutlich nicht als «frühere Schüler», sondern als Old Boys bezeichnet. Der frühere

Schüler, der auf der Rückbank gesessen hatte, war erst im vergangenen Trimester von seiner Alma mater abgegangen. Er hieß Kevin Costyn.

In der Mittagspause wollte Julia Stevens der Mutter ihres früheren Schülers einen Besuch abstatten. Die Klingel war offenbar kaputt, was sie in diesem Haus nicht weiter wunderte, und auf wiederholtes Klopfen meldete sich niemand. Als sie durch den verwahrlosten, zugemüllten Vorgarten langsam zur Straße zurückging, blieb eine junge Frau mit zwei Kleinkindern in einer Kinderkarre vor dem kaputten Gartentor stehen.

«Die Leute da drin sind die meiste Zeit weg», sagte sie.

Und Julia Stevens dachte bei sich, daß diese kurze kryptische Bemerkung ihren früheren Schüler besser charakterisierte, als sie selbst es nach den langen Jahren ihrer Bekanntschaft hätte tun können.

Sie habe vor einer Stunde angerufen, sagte sie zu der Stationsschwester im John Radcliffe Hospital, und man habe ihr gesagt, Kevin Costyn könne Besuch empfangen.

«Wie geht es ihm?»

«Nicht so schlecht, wie er aussieht. Bei der Computertomographie hat sich nichts ergeben, aber sein Kopf macht uns doch ziemliche Sorgen. Und er sieht schlimm aus. Sie dürfen nicht erschrekken, Mrs. Stevens.»

Er war wach und erkannte sie sofort.

«Es tut mir leid», flüsterte er. Sein Mund war schief gezogen, als habe er ein halbes Dutzend Betäubungsspritzen in eine Kieferhälfte bekommen.

«Pst. Ich wollte nur sehen, wie es dir geht.»

«Es tut mir leid... Es war das Schlimmste, was ich je gemacht hab.»

«Sag jetzt nichts. Du hast ja nicht am Steuer gesessen.»

Jetzt wandte er ihr das Gesicht zu, und sie sah die schrecklich zugerichtete linke Wange.

«Das mein ich nicht, Mrs. Stevens. Daß ich von Ihnen Geld verlangt hab, mein ich.» Seine Augen baten stumm um Verständnis.

«Das hätt ich nie tun dürfen. Sie waren die einzige, die je gut zu mir war, und dann hab ich...»

Er konnte nicht mehr weitersprechen, und seine Augen wurden naß.

«Mach dir deswegen keine Gedanken, Kevin.»

«Wollen Sie mir was versprechen?»

«Wenn ich kann...»

«Sie dürfen sich auch keine Gedanken machen.»

«Das verspreche ich dir.»

«Das ist nämlich nicht nötig. Ich sag keinem, was ich für Sie getan hab. Ehrenwort.»

Julia spürte eine Bewegung hinter sich. Sie wandte sich um. Die Schwester hatte einen Polizisten in Uniform mitgebracht, der seine flache Mütze verlegen an die Rippen drückte.

Sie legte ihre Hand auf Kevins dick verbundenen Arm, der an zahlreichen Infusionsschläuchen hing, und verabschiedete sich.

Während sie auf den Lift wartete, mußte sie traurig lächeln. Wie hatte die Schwester gesagt? Um seinen Kopf machen wir uns doch ziemliche Sorgen... Genau wie 15 Trimester lang die Lehrkräfte an der Proctor Memorial School.

Sie versuchte sich zu erinnern, wo sie den Volvo geparkt hatte. Und dann fiel ihr unvermittelt Chief Inspector Morse ein.

49

Manchmal überlege ich, was schöner wäre:
Eine Oper ohne Pause oder eine Pause ohne Oper.
(ERNEST NEWMAN, *Berlioz, Romantic and Classic*)

Von den vier Opern, aus denen sich *Der Ring der Nibelungen* zusammensetzt (ein Kunstwerk, das nach Meinung von Morse zu den sieben modernen Weltwundern zählte), machte ihm der *Siegfried* seit jeher die meisten Probleme. Am Samstag abend, dem 17. September, versuchte er wieder einmal zu ergründen, ob das an ihm oder an Wagner lag. Aber es war ihm nicht beschieden, das Werk ohne Störung zu genießen.

Um 19.35 Uhr rief Lewis an und meldete aufgeregt, daß man an Lenker und Sattel des grünen Fahrrads Blutspuren gefunden hatte und erste Untersuchungen dafür sprachen, daß es sich dabei um McClures Blut handelte. Damit war endlich der erste konkrete Zusammenhang zwischen Felix McClure und Edward Brooks erbracht, denn Brenda Brooks hatte inzwischen das Fahrrad als das ihres Mannes identifiziert, und ein Mitarbeiter von Halford Cycles in der Cowley Road hatte bestätigt, daß Brooks ebendieses Rad vor etwa vier Monaten dort erworben hatte. Falls Morse einverstanden war, würden sie nun einen Haftbefehl für Edward Brooks beantragen.

Morse war einverstanden.

Daß der per Haftbefehl Gesuchte nach wie vor verschwunden war, schmälerte den Triumph seines Sergeant ein wenig, aber Morse schien überaus zufrieden und sagte, Lewis habe seine Sache gut gemacht, verbat sich aber weitere Störungen. Es sei denn, Lewis habe etwas absolut Weltbewegendes zu vermelden – die Geburt eines zweiten Richard Wagner beispielsweise.

Morse setzte sich wieder behaglich zurecht, schenkte sich den nächsten Scotch ein, zündete sich eine neue Zigarette an und konzentrierte sich weiter auf den *Siegfried.*

Nur sehr wenige Menschen kannten die Privatnummer von Chief Inspector Morse; im übrigen hatte er sich erst vor ein paar Monaten eine zuteilen lassen. Als deshalb nach weiteren vierzig *Siegfried*-Minuten das Telefon erneut läutete, wußte Morse, daß es nur Lewis sein konnte. Er knallte verärgert das Libretto auf den Tisch und meldete sich knurrig.

«Was ist denn jetzt schon wieder?»

«Hallo? Chief Inspector Morse?» Morse erkannte die Frauenstimme sofort. Eine Schnapsidee, dieser Punklady seine Nummer zu geben!

«Ja?»

«Sie haben doch gesagt, daß ich Sie jederzeit anrufen kann, wenn ich Hilfe brauche...»

«Was kann ich für Sie tun?» fragte Morse leicht genervt.

«Sie scheinen sich überhaupt nicht zu freuen.»

«Ich bin ein bißchen müde.»

«Zu müde, um mit mir ein Bier trinken zu gehen?»

Morse wußte nicht recht, ob er sich freuen oder ärgern sollte. «Irgendwann nächste Woche?»

«Nein. Heute. Gleich.»

«Tut mir leid, heute abend geht es nicht...»

«Warum nicht?»

«Weil ich in der Badewanne sitze.»

«Plätschern Sie mal ein bißchen...»

«Geht nicht, dann wird das Telefon naß.»

«Dann haben Sie neulich also nur heiße Luft abgelassen.»

«Nein, natürlich nicht. Ich helfe Ihnen gern. Worum geht's denn?»

«Telefonisch kann ich das nicht sagen.»

«Ja, warum denn nicht?»

«Das werden Sie dann schon sehen.»

«Da komm ich nicht mehr mit.»

«Ich fahr jetzt mit dem Bus ins Zentrum. Wenn ich Glück hab, schaff ich das in zwanzig Minuten. Er hält vor Marks & Spencer, und von da geh ich zu Fuß die St. Giles' hoch und auf einen Drink in die Bar vom *Old Parsonage Hotel*. Dort bleib ich eine halbe Stunde. Wenn Sie bis dahin nicht da sind, komm ich mit dem Taxi zu Ihnen. Okay?»

«Nein, das ist nicht okay. Sie wissen ja überhaupt nicht, wo ich wohne.»

«Netter Typ, Ihr Sergeant Lewis. Könnt mir gefallen...»

«Er hat Ihnen doch nicht etwa meine Adresse verraten?»

«Fragen Sie ihn doch...» Morse sah auf seine Armbanduhr. Es war fast halb neun.

«Wenn Sie mir eine halbe Stunde geben...»

«Brauchen Sie nicht ein bißchen länger?»

«Wieso?»

«Sie müssen sich doch abtrocknen und anziehen und Ihre Brieftasche suchen und mit dem Bus...»

«Also schön – eine Dreiviertelstunde», fuhr Morse dazwischen und fragte sich tatsächlich, wo seine Brieftasche sein mochte, denn wenn er mit Lewis zusammen war, brauchte er sie ja nur recht selten.

Zehn Minuten nachdem Morse seine Wohnung verlassen hatte, rief Lewis noch einmal an. Da Morse sich nicht meldete, steckte der enttäuschte Sergeant ihm auf dem Heimweg einen Zettel durch. Das Labor hatte bestätigt, daß es sich bei den Spuren auf dem Fahrrad um das Blut von McClure handelte. Außerdem legte er ihm noch einen Zeitungsausschnitt aus der *Oxford Times* der Vorwoche bei, den ihm ein Kollege aus St. Aldate's gegeben hatte:

GELEGENHEIT MACHT DIEBE

Der gutgemeinte Plan, der Bevölkerung kostenlose Leihräder anzubieten, mußte vom Gemeinderat Billingdon jetzt aufgegeben werden.

Die grünlackierten und von jugendlichen Straffälligen während ihrer Arbeitsstunden für die Gemeinde instandgesetzten Räder wurden in eigens angeschafften Fahrradständern vor der Kirche aufgestellt, wo sie von den Dorfbewohnern ausgeliehen und nach Gebrauch wieder zurückgebracht werden sollten.

Innerhalb von sechsunddreißig Stunden waren sämtliche zum Preis von 1100 Pfund erworbenen zwölf Fahrräder verschwunden.

Mrs. Jean Ashton, Vorsitzende des Gemeinderates, verteidigte die Initiative. «Die Räder stehen bestimmt noch irgendwo herum», erklärte sie.

Constable Watson von der Polizeidirektion Thames Valley formulierte denselben Sachverhalt so: «Die meisten stehen bestimmt noch irgendwo herum, in Oxford oder Banbury, knallrot umgespritzt.»

Auch Ashley Davies hatte an diesem Samstagabend mehrmals erfolglos eine Nummer in Oxford angerufen und war ähnlich enttäuscht wie Sergeant Lewis. Ellie hatte ihm gesagt, daß sie den ganzen Tag unterwegs sein würde, er könne aber versuchen, sie abends anzurufen. Was er ihr zu sagen hatte, war nicht eilig, aber sie sollte doch merken, wie tüchtig er gewesen war.

In dem feinen, neu eröffneten Standesamt in der New Road hatte man ihm höflich und kompetent Auskunft gegeben. In seinem Fall würde man zu einem schriftlichen Aufgebot raten. Als Termin für die Trauung könnte man Samstag, den 15. Oktober, ins Auge fassen, damit blieb reichlich Zeit, das Aufgebot in Bedford und in Oxford zu bestellen. Er hatte mit dem Standesbeamten verabredet, ihm den Termin am Montag noch einmal telefonisch zu bestätigen.

Ein bißchen Familie bei der standesamtlichen Trauung hätte sich ganz gut gemacht, aber seine Eltern hatten sich von «dieser Nutte» nachdrücklich distanziert, und Ellies Stiefvater konnten sie auf keinen Fall einladen – nicht nur, weil er keine Nachsendeadresse hinterlassen hatte, sondern weil Ellie schon an die Decke ging, wenn sie nur seinen Namen hörte.

So blieb denn als bisher einziger Hochzeitsgast nur Ellies Mum, aber das konnte sich ja noch ändern, und nach dem Gesetz (erstaunlicherweise war Ellie da bestens informiert) waren ohnehin nur zwei Trauzeugen erforderlich.

50

Nichts in der Natur ist so wandelbar wie der Kopfputz einer Dame; ich sah ihn schon um dreißig Grad steigen und fallen.
(Joseph Addison, *The Spectator*)

In der *Old Parsonage Bar*, in der man (wie wir wissen) auch essen kann, hatte er sie nicht gesichtet. Er hatte dort nur zwei Damen ohne Begleitung ausgemacht, eine Blondine und eine Brünette. Erstere, makellos frisiert und in einem weißen Kostüm, hätte überall Aufsehen erregt. Letztere, mit modischem Kurzhaarschnitt und in einem oxfordblauen Wickelkleid, wirkte auch nicht unattraktiv, aber Morse konnte ihr Gesicht nicht sehen und behielt sich deshalb ein Urteil vor.

Da es an der Bar kein Bier vom Faß gab, bestellte er ein Glas Bordeaux, blieb ein paar Minuten so stehen, daß er den Eingang im Auge hatte, und setzte sich dann – noch immer mit Blick auf den Eingang – auf einen der grünen Barhocker.

Aber Miss Smith ließ auf sich warten.

«Sind Sie allein?» gurrte es dicht hinter ihm. Morse fuhr herum. Die Brünette erklomm nicht sehr elegant den Hocker neben ihm.

«Im Augenblick ja. Kann ich Ihnen …»

Er hatte ihr Haar bewundert, dunkelbraunes Haar, in dem kastanienfarbene Glanzlichter schimmerten, aber nicht ihre Stimme verschlug ihm jetzt die Sprache, sondern ein Blick in ihre Augen. Schlammgrüne Augen von der Farbe des Wassers im Oxford-Kanal.

«Das darf nicht wahr sein!»

«Sie haben mich echt nicht erkannt, was? Ich warte schon eine halbe Ewigkeit. Gut, daß ich nicht schüchtern bin.»

«Was wollen Sie trinken?»

«Ich hätte Lust auf Schampus.»

«Hm...» Morse war noch beim Abschnitt «Offene Weine» auf der Getränkekarte.

«Reicht's nicht mehr für 'ne Flasche?»

Morse drehte die Karte um und registrierte erleichtert, daß die meisten Schaumweine auch in halben Flaschen zu haben waren. Er deutete auf den billigsten (was heißt hier billig!) – einen Brut Premier Cru für 18,80 Pfund.

«Wie wär's mit dem?»

Sie feixte. «Sie sehn richtig geplättet aus, Inspector.»

Ellie Smith versuchte ganz offensichtlich, ihn vorzuführen, und das ärgerte ihn. Er würde es ihr schon zeigen...

«Eine Flasche Nummer 19!»

Die grünen Augen glänzten wie Wasser, das die Sonne reflektiert. Sie hatte die Beine übereinandergeschlagen, so daß Morse ihre langen schlanken Schenkel bewundern konnte.

«Rauchschwarz heißt die Strumpffarbe. Ganz schön sexy, nicht?»

Morse leerte sein Glas und begriff, warum Eleanor Smith so mühelos unter anderem auch einen Dr. Felix McClure hatte einfangen können.

Sie setzten sich an einen der kleinen runden Tische.

«Cheers, Inspector.»

«Cheers.»

Sie hatte das Sektglas am Stiel angefaßt. Das gab einen Pluspunkt. Einen Minuspunkt gab es für die abgekauten Fingernägel.

«Das wird auch noch besser.»

«Bitte?»

«Meine Fingernägel. Felix hat deswegen immer mit mir geschimpft.» Sie spießte erst eine grüne, dann eine schwarze Olive auf.

«Sie brauchen sich nicht zu wundern, daß ich Sie nicht erkannt habe. Sie sind ja total verändert. Ihr Haar...»

«Ich hab's mir von einer Freundin schneiden lassen, viermal gewaschen und getönt. Jetzt hab ich fast meine richtige Haarfarbe hingekriegt. Gefällt's Ihnen?»

Sie strich das Haar zurück, so daß man die wohlgeformten kleinen Ohren mit den Amethyststeckern sah.

«Haben Sie im Februar Geburtstag?»

«Donnerwetter, Sie sind wirklich ein schlauer alter Knabe.»

«Aber warum diese... diese Verwandlung?»

Sie schüttelte den Kopf. «Alles nur äußerlich. Das Herz wandelt sich nie.»

«Sie wissen genau, wie ich es meine», wehrte sich Morse.

«Na ja, wo ich jetzt eine anständige Frau werde...»

Morse dachte an ihre erste Begegnung. Den verschmierten Lippenstift. Das dicke Make-up. Die Nasenringe waren verschwunden, und statt der vielen silbernen Fingerringe trug sie nur noch einen schmalen, eleganten mit einem Brillanten am Ringfinger.

«Was kann ich für Sie tun?» fragte Morse.

«Also erst mal hab ich mir gedacht, wir zwei beiden könnten mal wieder einen zusammen heben, und das geht ja schlecht per Telefon, nich?»

«Warum müssen Sie ständig so reden? Ich weiß genau, daß Sie auch anders können. Sie haben eine angenehme Stimme und drükken sich gut aus. Aber manchmal habe ich den Eindruck, daß Sie absichtlich reden wie...»

«Wie eine Nutte?»

«Ja.»

Eine Weile saßen sie schweigend nebeneinander, dann sagte Ellie: «Ich wollte Sie zwei Dinge fragen.»

«Ich bin ganz Ohr...»

«Für einen Mann haben Sie richtig hübsche Ohren. Hat Ihnen das schon mal jemand gesagt?»

«In letzter Zeit nicht.»

«Sie glauben, daß mein Stiefvater tot ist, nicht?»

«Ich bin mir nicht sicher.»

«Aber wenn er tot ist, wann meinen Sie...»

«Ich weiß es wirklich nicht.»

«Haben Sie nicht wenigstens eine Vermutung?»

«Mehr kann ich Ihnen beim besten Willen nicht sagen, Miss Smith.»

«Können Sie mich nicht Ellie nennen?»

«Wenn Sie wollen...»

«Und wie soll ich Sie nennen?»

«Ich heiße Morse.»

«Und mit Vornamen?»

«Der fängt mit E an. Genau wie Ihrer.»

«Mehr verraten Sie nicht?»

«Mehr verrate ich nicht.»

«Okay. Dann leg ich mal los. Sie glauben, daß Mum was mit der Sache zu tun hatte, nicht?»

«Wie gesagt...»

«Ich glaube das auch. Aber *wenn* sie ihre Hand im Spiel hatte, muß das vor dem Mittwoch gewesen sein. Nämlich... sie weiß davon nichts... aber ich hab sie seither beobachtet, und es ist unmöglich, daß...»

«Daß...?» wiederholte Morse.

«Ich weiß, was im Pitt Rivers Museum passiert ist. Stand ja ganz groß in der Zeitung. Es ist nämlich... Haben Sie mal 'ne Zigarette?»

«Nein. Ich habe mit dem Rauchen aufgehört.»

«Was wäre, wenn nun das Messer am Mittwoch nachmittag gestohlen wurde, damit man denkt, daß der Mord – wenn es Mord war – nach dem Mittwochnachmittag passiert ist? Ich meine, das Messer ist vielleicht am Mittwoch gestohlen worden, aber unter Umständen hat ihn jemand mit einem anderen Messer abgestochen.»

«Und weiter?»

«Reicht das nicht?»

«Wenn Ihr Stiefvater vor dem Diebstahl des Messers ermordet worden ist, belastet das Ihre Mutter eher noch mehr. Sie hat seit der Fahrt nach Stratford mit Mrs. Stevens am Mittwoch ein Alibi, aber für den Tag davor sieht es damit gar nicht gut aus.»

Ellie sah auf den avocadofarbenen Teppich und leerte ihr Glas.

«Soll ich eine Schachtel Zigaretten holen, Inspector?»

Auch Morse trank aus. «Ja.»

Während sie weg war (denn er hatte keine Anstalten gemacht, ihr den Gang abzunehmen), lehnte Morse sich zurück und überlegte, was Ellie Smith ihm eigentlich sagen – oder vor ihm verbergen – wollte. Sie hatte genau so argumentiert wie er Lewis gegenüber, nur hatte sie das Argument besser vorgetragen.

«Und jetzt die zweite Sache», sagte sie, als die Gläser nachgeschenkt und die Zigaretten angezündet waren. «Ich wollte Sie um einen Gefallen bitten. Sie wissen ja, daß wir heiraten wollen, Ashley und ich. Standesamtlich. Und nun wollte ich Sie fragen... Würden Sie unser Trauzeuge sein?»

«Warum ich?»

«Weil... ich stell's mir einfach nett vor, Sie dabeizuhaben. Sie und Mum. Ich würd mich freuen, das ist alles.»

«Und wann soll die Hochzeit sein?»

«Gott, Hochzeit klingt so hochgestochen. Es geht ganz einfach zu, keine Brautjungfern, kein Brautstrauß, und hoffentlich nicht zuviel Scheißkonfetti.»

Morse nickte väterlich-verständnisvoll.

«Nicht das ganze Tamtam, das Sie wahrscheinlich bei der Hochzeit hatten», sagte sie.

Morse sah nun seinerseits auf den Teppich, dann hob er den Kopf. Es durchfuhr ihn wie ein elektrischer Schlag: Am liebsten hätte er seine Hand ausgestreckt und ihre berührt.

«Wie kommen Sie nach Hause, Ellie?»

Im Taxi («Erst in die Iffley Road, dann weiter zur Banbury Road», hatte Morse den Fahrer instruiert) verflocht Ellie ihre Finger mit seinen, und Morse war gerührt und verunsichert und sehr zärtlich gestimmt.

«Haben Sie das Aquarell gesehen? Das über unserem Tisch gehangen hat?»

«Nein.»

«Ein wunderschönes Bild. Felder und Schafe und Wolken. Die Wolken waren oben weiß und in der Mitte heller und unten dunkelgrau. So wie Wolken in Wirklichkeit auch sind.»

«Tatsächlich?» Morse hatte sich in seinem ganzen Leben noch nie bewußt eine Wolke angesehen.

«Es ist nur... ich wollt nur sagen... Schön war's mit Ihnen. Irgendwie hab ich das Gefühl gehabt, als wenn ich auch auf so 'ner Wolke hocke.»

Als das Taxi sie abgesetzt hatte und von East Oxford nach North Oxford fuhr, dachte Morse, daß auch er heute abend fast «auf so 'ner Wolke» gehockt hatte.

In seiner Wohnung besah er sich eingehend das einzige Aquarell, das er besaß. Die Wolken waren genau so gemalt, wie Ellie Smith gesagt hatte. Leicht melancholisch nickte er vor sich hin.

51

Lirum, larum, sei gescheit:
Bald gefreit hat noch jeden gereut.
(Altes Kinderlied)

Nachdem Mrs. Stevens am Dienstag, dem 20. September, um 10.35 Uhr das Sprechzimmer ihres Arztes betreten hatte, griff Brenda Brooks in der Wartezone des Churchill Hospital nach einer erstaunlicherweise relativ neuen Nummer von *Good Housekeeping* und blätterte die Hochglanzseiten durch, konnte sich aber nicht recht konzentrieren.

Brenda hatte Freude an den einfachen Dingen des Lebens. Andere Menschen wünschten sich Macht oder Reichtum oder Wissen, sie aber fand ihr Glück in Ordnung und Sauberkeit. Wenn die Müllmänner ihre schwarzen Plastiksäcke abholten und in die gelben Müllwagen warfen, wo sie auf Nimmerwiedersehen verschwanden, kam sie sich immer vor wie Bunyans Pilger, der endlich seiner Sündenlast ledig ist.

Sie selbst produzierte wenig Müll, aber es gab eben doch immer was zum Wegwerfen: Kohlblätter, leere Konservendosen, Zigarettenstummel aus den Aschenbechern ihres Mannes. Ja, es war eine Lust, die schwarzen Säcke verschwinden zu sehen. Man konnte fast alles in sie hineinstecken: blutige Hemden, Schuhe, Hosen beispielsweise. Und was sonst noch anfiel...

Daneben gab es grüne Säcke für Gartenabfall, die einem die Stadt zum Preis von 50 Pence pro Stück verkaufte. Von diesen Säcken durfte jeder Haushalt pro Woche zwei vor die Tür stellen, aber der Garten im Hause Brooks war klein, so daß Brenda nur alle vierzehn Tage einen brauchte.

Vor ein, zwei Jahren hatte Ted einen ganzen Stapel transparenter

Plastiksäcke mitgebracht, die er links vom Rasenmäher gelagert hatte. Was er mit ihnen hatte anfangen wollen, blieb unklar, aber hin und wieder konnte man sie, weil sie so robust waren, zum Entsorgen von Ästen und Zweigen gebrauchen.

Die meiste Freude hatte Brenda schon immer an Handarbeiten – am Stricken, Häkeln und Sticken – gehabt, und neuerdings war der Kurs für Tortendekoration dazugekommen. Allerdings hatte sie diese Kunst in letzter Zeit (wie wir wissen) nur noch unter Schmerzen ausüben können, um sie schließlich notgedrungen ganz aufzugeben.

Zu einfacheren Handarbeiten mit Nadel und Faden aber war sie immer noch in der Lage. So hatte sie neulich – mit einem Lederhandschuh über der rechten Hand – die für ihren verstorbenen und unbetrauerten Ehemann bestimmten Behältnisse genäht. Nie hätte sie sich träumen lassen, daß sie sich in ihrem bescheidenen, ereignislosen Leben je Gedanken über die Beseitigung einer Leiche würde machen müssen. Aber Probleme – das hatte sie mal irgendwo gelesen – sind dazu da, gelöst zu werden. Und so hatte sie denn ihrem Mann diesen letzten Dienst erwiesen, den man allerdings keineswegs als Liebesdienst bezeichnen konnte. Eher das Gegenteil.

Vor ein paar Monaten hatte sie zugesehen, wie Arbeiter einen zwanzig Zentimeter dicken und drei Meter langen Ast abgesägt hatten, weil er in ihre Straße hineinragte. Mit der Entsorgung hatten sie keine Last gehabt, sie hatten den Ast einfach in ihre Wundermaschine gesteckt, die ihn nach kurzem Jaulen und Rattern in Form feiner Späne wieder ausgespuckt hatte.

Die Proctor Memorial School verfügte über einen Heizungskessel. Da wären vermutlich am wenigsten Spuren geblieben, aber diese Art der Abfallbeseitigung hätte, wie Mrs. Stevens ihr erklärte, beträchtliche «logistische» Probleme mit sich gebracht, und so hatten sie, auch wenn Brenda nicht ganz verstand, was Julia Stevens damit meinte, von dieser Lösung abgesehen.

Die Abfallentsorgungsanlage in Redbridge aber sei doch eine ziemlich sichere Sache, hatte Brenda gesagt. Sie war ganz in der Nähe, und niemand fragte danach, was man im Sack hatte – nicht wie damals, als sie und Ted durch den Zoll mußten und der Mann mit dem vielen Gold an seiner Mütze die Zigaretten entdeckt hatte... Nein, in Redbridge wurden keine Fragen gestellt. Man fuhr einfach rückwärts heran, machte den Kofferraum auf und warf seine Säcke auf einen großen Haufen. Irgendwann kam dann der Bulldozer und ließ alles, was sich da angesammelt hatte, in einer großen Grube verschwinden.

Doch auch dieser Vorschlag fand keinen Anklang.

Die festen Plastiksäcke hatten eine Größe von 70 mal 90 Zentimeter. Brenda hatte für ihr Behältnis drei verwendet, zwei unten aufgeschlitzt und alle drei mit einer Ahle und grüner Gartenschnur zusammengenäht. Diesen Vorgang hatte sie noch zweimal wiederholt, so daß sie nun insgesamt eine dreifache Hülle hatte.

Wie später aus den Unterlagen hervorgehen sollte, war Edward Brooks zur Zeit seiner Ermordung 1,70 Meter groß und 65 Kilogramm schwer. Den Leichnam in das erste, das zweite und das dritte Leichentuch zu bugsieren, war zwar seelisch etwas belastend gewesen, hatte aber körperlich keine schwerwiegenden Folgen gehabt. Nicht für sie jedenfalls.

Ein glücklicher Zufall wollte es, daß der alte braune Teppich, der seit über zwei Jahren zusammengerollt rechts vom Rasenmäher stand, ein Format von 1,80 mal 1,80 Meter hatte.

Ideal.

Mit einiger Mühe hatten sie die Leiche in diese zusätzliche Hülle gerollt und das Bündel an vier Stellen mit kräftiger Schnur zusammengezurrt. Das Paket wurde dadurch natürlich ein bißchen schwerer, sah aber sehr viel ordentlicher aus. Und Ordnung war, wie wir inzwischen wissen, für Brenda Brooks sehr wichtig – im Leben wie im Tod.

Und damit war Edward Brooks bereit zum Abtransport.

Man sollte meinen, daß so eine Erfahrung in der zarten Seele von Brenda Brooks unauslöschliche Spuren hinterlassen hätte; erstaunlicherweise aber war dem nicht so. Während sie entspannt *Good Housekeeping* durchblätterte, auf Mrs. Stevens wartete und an jenen Tag zurückdachte, lächelte sie sogar ein wenig. Nicht grausam, aber doch mit deutlicher Genugtuung.

Zwei Stühle weiter hatte jemand eine leere Kartoffelchipstüte liegenlassen. Brenda stand auf und deponierte sie diskret im Papierkorb.

Als Mrs. Stevens um 11.20 Uhr endlich aus dem Sprechzimmer kam, sah Brenda, daß ihre beste Freundin geweint hatte.

Es war die letzte Frage gewesen:

«Sie sagen, daß Sie Besuch aus Kalifornien erwarten?»

«Ja. Ein Ehepaar. Kurz nach Weihnachten. Ich habe die beiden seit zehn Jahren nicht mehr gesehen. Mit der Frau bin ich zur Schule gegangen.»

«Darf ich einen Vorschlag machen?» fragte der Arzt leise.

Julia sah den hilflosen Kummer in den braunen Augen von Basil Shepstone. Und wußte, was er sagen würde.

«Wenn es möglich wäre... könnten Sie Ihre Freunde bitten, ein bißchen früher zu kommen? Sagen wir, einen Monat früher... vielleicht ein oder zwei Monate früher...?»

52

Ich sagte, dies sei eine vortreffliche Bemerkung, die gut klinge, obschon es möglich sein müßte, sie so zu verfeinern, daß sie noch weniger besagt.

(Peter Champkin, *The Sleeping Life of Aspern Williams*)

Der Fall ging nicht sehr zügig voran.

Eine Bemerkung in diesem Sinne (wenn auch anders formuliert) erlaubte sich Lewis am nächsten Mittwoch morgen, dem 21. September, als er Morse in dessen Büro gegenübersaß.

«Bißchen zäh der Fall, Sir.»

«Ein wunderbarer Euphemismus», sagte Morse. «So nennt man in der Rhetorik eine Beschönigung oder Untertreibung, im Gegensatz zur Hyperbel. Ich vermute, Sie wollen mir sagen: Wir stecken fest ...»

Lewis nickte.

Und Morse nickte.

Sie hatten beide recht ...

Im Hause Brooks hatte die Polizei nach der Entdeckung des Fahrrades beträchtliche Aktivitäten entwickelt, bei denen Brenda Brooks sie – im Rahmen ihrer bescheidenen Möglichkeiten – bereitwillig unterstützt hatte. Die Aussage, ihr Mann sei am Sonntag, dem 28. August, vormittags die ganze Zeit zu Hause gewesen, hatte sie widerrufen und erklärt, sie wolle nun der Polizei die ganze Wahrheit sagen: Er sei ziemlich früh mit dem Fahrrad weggefahren und erst gegen Mittag zurückgekommen, im Taxi und mit blutbefleckter Kleidung. Ihr erster Gedanke sei natürlich gewesen, er habe einen Verkehrsunfall gehabt. Sie habe ihm in den Schlafanzug geholfen, ihn ins Bett gesteckt und, weil sie merkte, daß es ihm wirklich sehr schlecht ging, einen Krankenwagen kommen lassen. Die blutigen Sachen habe sie am nächsten Morgen in einem schwarzen Müllsack zur Abfallentsorgungsanlage Redbridge gebracht. Ja, ganz recht, zu Fuß. Die Iffley Road hoch und dann über die Donnington Bridge Road zur Abingdon Road. Ja, und das war eigentlich schon alles. Natürlich könne die Polizei sich im Haus umsehen, sie habe nichts zu verbergen, sie sollten nur mitnehmen, was sie wollten. Mit einem Mord sei schließlich nicht zu spaßen. Doch sie hatten weder Briefe noch Quittungen oder Adressen gefunden, nur ein paar Fotos und Andenken und ein, zwei Bücher. Keine Drogen. Nur die Habseligkeiten eines so mediokren wie unsympathischen Zeitgenossen, in dessen Leben nur eine herausragende Tat zu verzeichnen war – der Mord an einem Oxford-Professor.

Eine Entdeckung allerdings hatte – nicht zuletzt bei Brenda Brooks – doch für Überraschung gesorgt. Auf seinem Girokonto bei der Lloyds Bank (Filiale Carfax) hatte Edward Brooks nur 217 Pfund gehabt, dafür aber wies das Bausparbuch, das sich in einer Kassette an seinem Bett fand, ein Guthaben von beachtlichen 19 500 Pfund auf. Die Kassette war abgeschlossen, und Lewis hatte sie (mit Brendas Zustimmung) aufbrechen müssen, wobei er mehr bleibenden Schaden anrichtete als der (bislang noch nicht identifizierte) Dieb im Pitt Rivers Museum.

«Sie glauben, daß er tot ist, nicht?» fragte Lewis.

«Das wird mit jedem Tag wahrscheinlicher.»

«Aber wir brauchen eine Leiche.»

«Wie recht Sie haben! Die zumindest hatten wir im Fall McClure.»

«Und eine Tatwaffe auch.»

«Und eine Tatwaffe auch.»

«Im Fall Brooks haben wir immer noch keine Leiche.»

«Und immer noch keine Tatwaffe», ergänzte Morse entmutigt.

Zehn Minuten später platzte Strange herein, ohne anzuklopfen. Er hatte eine Woche Urlaub an der schottischen Westküste gemacht und war schon drei Tage zurück, heute aber zum erstenmal im Büro, weil er an einer Tagung für höhere Dienstgrade in Eastbourne hatte teilnehmen müssen.

Er wirkte nicht sehr lebensfroh.

«Wie läuft's, Morse?»

«Wir machen Fortschritte, Sir», erwiderte Morse etwas beklommen.

Strange wirkte sauer. «Es läuft demnach nicht...»

«Wir hoffen auf weitere Entwicklungen...»

«Verschonen Sie mich mit diesem Scheiß! Ich will wissen, was wir zur Zeit in der Hand haben. Kurz und bündig bitte, ich habe nicht den ganzen Tag Zeit.»

Er wisse, sagte Morse – das heißt, er sei sich zu neunundneunzig Prozent sicher –, daß Brooks der Mörder von McClure sei. Sie hatten das Messer aus der Küche im Hause Brooks sichergestellt, allerdings ohne Blutspuren, und inzwischen war auch sein Fahrrad gefunden worden – mit den Blutspuren von McClure. Von Brooks selbst allerdings fehlte bedauerlicherweise zur Zeit jede Spur. Zuletzt war er am Mittwoch, dem 7. September, von seiner Frau, Brenda Brooks, und von Mrs. Stevens gesehen worden. Das war der Tag, an dem das Messer aus dem Pitt Rivers gestohlen worden war.

«Und das ist alles?» fragte Strange. «Da hätten Sie ebensogut auch eine Woche Urlaub machen können.»

«Ich glaube, daß die beiden Frauen lügen, Sir. Daß sie ihn an dem Mittwoch gar nicht gesehen haben. Daß eine von ihnen oder aber beide Brooks umgebracht haben. Aber nicht am Mittwoch und auch nicht am Donnerstag. Ich glaube, daß Brooks am Dienstag ermordet wurde und diese Pitt Rivers-Geschichte ein Bluff ist, der uns einen Zusammenhang zwischen dem Mord und dem Diebstahl vorgaukeln soll. Ich glaube, daß sie das afrikanische Messer von einem Komplizen haben entwenden lassen...»

«Schon gut. Sie glauben – und ich hab gar nicht gewußt, daß Sie so stark im Glauben sind, Morse –, daß das Messer an dem Tag *nach* dem Mord an Brooks gestohlen worden ist.»

«Ja, Sir.»

Morse wußte, daß seinen Folgerungen die letzte Transparenz fehlte, aber er machte unverdrossen weiter.

«Das hängt alles mit ihren Alibis zusammen. Sie selbst hätten das

Messer nicht stehlen können, zu der Zeit fuhren sie nämlich in einem Bus zu einem Theaterbesuch mit Mrs. Stevens' Schulklasse nach Stratford. Wenn wir den Zusammenhang zwischen dem Mord an Brooks und dem Diebstahl des Messers herstellen, der uns hier suggeriert wird, sind sie mehr oder weniger aus dem Schneider. Wenn Brooks' Leiche jemals gefunden wird, was ich zu bezweifeln wage ...»

«Wie kommen Sie darauf?»

«Weil man dann feststellen wird, daß in ihm nicht das Messer aus dem Pitt Rivers steckt, sondern irgendein anderes. Vermutlich ein Küchenmesser. Aber sie werden dafür sorgen, daß wir die Leiche nicht finden. Weil dann nämlich ihre schönen Alibis über den Jordan sind.»

Strange sah auf die Uhr. Es war kurz nach zwölf. «Ich staune eigentlich, daß Sie nicht auch schon über den Jordan sind, um Ihr Bier zu stemmen.»

Morse lächelte pflichtschuldigst, und Lewis feixte. «Das ist doch alles an den Haaren herbeigezogen», mäkelte Strange. «Statt Ihrer ständigen Glaubenssätze würde ich gern mal ein paar Fakten sehen.»

«Da ist noch etwas, Sir. Lewis ist darauf gekommen ...»

Morse gab seinem Sergeant einen Wink, woraufhin der den Faden weiterspann.

«Ein gewisser Davies, Ashley Davies, scheint einiges mit dem Fall zu tun zu haben. Er wohnte zur gleichen Zeit wie Matthew Rodway an dem bewußten Aufgang G. Nach einer Prügelei ist er rausgeschmissen ...» – er sah Morse an – « ... relegiert worden. Bei der Prügelei mit Rodway ging es um eine Frau, eine gewisse Eleanor Smith, und die war McClures Geliebte. Und jetzt hat sich Davies mit ihr verlobt. Außerdem ist sie noch die Stieftochter von Brooks.»

«Sehr gut, Lewis. Verstärkendes Beweismaterial nennt man so was. Hat er Brooks ermordet?»

«So weit sind wir noch nicht, Sir. Der Chief Inspector meint nur ...»

Lewis verstummte, und Morse sprang in die Bresche.

«Ich habe mir nur überlegt, warum Miss Smith eingewilligt hat, ihn zu heiraten. Vielleicht hat der Junge ihr einen Gefallen getan. Lewis hat festgestellt, daß Davies am Mittwoch nachmittag in Oxford war, und wenn er da auch ins Pitt Rivers gegangen ist...»

«Jetzt haben Sie also auch noch die Tochter im Visier...»

«Die Stieftochter, Sir.»

Strange schüttelte den Kopf. «Ganz schlecht, Morse. Sie sind schon wieder in Disneyland.»

Morse lehnte sich seufzend in seinem alten Ledersessel zurück. Er wußte, daß sein Bericht keine Glanzleistung gewesen war. Selbst wenn er ihn besser formuliert hätte, hätte der Bericht keinen guten Eindruck gemacht. Vielleicht sogar einen noch schlechteren.

Strange stand auf.

«Schönen Urlaub gehabt, Sir?» erkundigte sich Lewis.

«Schauderhaft. Nichts als Regen rund um die Uhr. Riesensauerei.»

Strange watschelte zur Tür und hatte zum Abschied noch einen Ratschlag für seinen dienstältesten Chief Inspector. «Beeilen Sie sich ein bißchen, Mann. Sehen Sie zu, daß Sie die Leiche finden, oder schicken Sie Lewis los. Sonst können Sie sich Ihr komisches Messer sonstwohin stecken.»

Lewis sah den bedeppert dasitzenden Morse an.

«Nichts als Regen rund um die Uhr – das ist das, was man eine Hyperbel nennt, nicht?»

Morse lächelte matt und nickte.

«Schadenfreude ist die beste Freude, Chief», stellte der Sergeant trocken fest.

Das Lächeln von Chief Inspector Morse wurde breiter. «Was halten Sie davon, wenn wir jetzt ganz schnell über den Jordan gehen und unser Bier trinken, Lewis?»

53

«Jo, mein armer Freund!»

«Ich kann Sie im Dunkeln hören, Sir, aber ich taste und taste... ich suche nach Ihrer Hand...»

«Jo, kannst du sagen, was ich sage?»

«Ich sag alles, was Sie sagen, Sir, denn ich weiß, daß es was Gutes sein muß.»

«VATERUNSER.»

«Vater unser! Ja, das ist sehr gut, Sir.»

(CHARLES DICKENS, *Bleakhaus*)

Wir müssen nun kurz über einige Vorkommnisse berichten, die sich zwischen dem 21. und dem 24. September zutrugen und auf den ersten Blick nichts miteinander zu tun hatten.

Am Mittwoch, dem 21. September, rief Julia Stevens im Krankenhaus an, um sich nach dem Befinden von Kevin Costyn zu erkundigen, der am Vortag auf die Intensivstation verlegt worden war. Die Ärzte fürchteten ein Blutgerinnsel im Gehirn und mußten möglicherweise operieren. Wie die drei anderen Anrufer (darunter auch seine Mutter) bekam sie den konventionell-zurückhaltenden Bescheid: «Kritisch, aber stabil.»

Was nicht sehr verheißungsvoll klang – aber immerhin positiver war als die Prognose, die man ihr gestellt hatte.

Abends im Bett hätte sie für sich und auch für Kevin gebetet, wäre ihr noch ein Rest von Glauben an einen allmächtigen Gott geblieben, was nicht der Fall war. Mit offenen Augen lag sie da, wußte, daß sie keine ruhige Nacht, kein frohes Erwachen mehr zu erwarten hatte, und überlegte, um wieviel leichter diese Dinge für Menschen sein mußten, die fest an ein Leben im Jenseits glaubten.

Und ihre Entschlossenheit kam so weit ins Wanken, daß sie sich auf den Teppichboden kniete und leise die ersten Bitten des Vaterunsers sprach.

Der *Star* vom 22. September, ein Anzeigenblatt, das jeden Donnerstag kostenlos in ganz Oxford verteilt wird, brachte Fotos der drei jungen Männer, die in den Unfall auf der Eastern Ring Road verwickelt gewesen waren. Von den Begleitumständen dieses «Unfalls» war in dem kurzen dazugehörigen Artikel nicht die Rede, doch einem der Aufseher des Pitt Rivers Museum fiel das langgezogene Gesicht von Kevin Costyn auf. Insbesondere der Ohrring mit dem kleinen Kruzifix hatte seinem löchrigen Gedächtnis unversehens auf die Sprünge geholfen.

Am Donnerstag, dem 22. September, klopfte er kurz vor Schließung des Museums schüchtern an die Tür mit der Aufschrift *Direktion.*

Am gleichen Nachmittag stellte Morse seinem Sergeant eine etwas ungewöhnliche Frage.

«Wenn Sie ein Hochzeitsgeschenk kaufen müßten, wofür würden Sie sich entscheiden? Ein Hochzeitsgeschenk für die Braut, meine ich.»

«So läuft das nicht, Sir. Man kauft das Geschenk für beide. Meist haben sie eine Liste – ein Eßservice, Töpfe, ein Messer-Set...»

«Sehr witzig...»

«Oder wenn Sie nicht soviel ausgeben wollen, kann es auch ein Dosenöffner oder eine Saftpresse sein.»

«Eine große Stütze in Zeiten der Not sind Sie nicht gerade, Lewis.»

«Geht es um Ellie Smith?»

«Ja.» Morse zögerte. «Ich... eigentlich möchte ich ihr lieber was Persönliches kaufen.»

«Warum nicht? Es muß ja nicht gerade für die Hochzeit sein. Parfüm? Ein Tuch? Handschuhe? Schmuck? Eine Brosche vielleicht? Einen Anhänger?»

«Ein hübscher kleiner Anhänger – ja, das wäre vielleicht was.»

«Wenn ihr Mann nichts dagegen hat, daß sie ständig das Geschenk eines anderen um den Hals trägt...»

«Ist Eifersucht heutzutage überhaupt noch modern?»

«Ich glaube, so schnell stirbt Eifersucht nicht aus, Sir.»

«Da könnten Sie recht haben», sagte Morse nachdenklich.

Fünf Minuten später läutete das Telefon. Jane Cotterell vom Pitt Rivers.

Am Freitag, dem 23. September, schob Ellie Smith in der *Vaults Bar* des *Randolph* den Teller mit der nur halb gegessenen Lasagne weg und zündete sich eine Zigarette an.

«Aber es ist doch nett von ihm, daß er zugesagt hat, nicht?»

«Kannst du nicht endlich mal von was anderem reden, Ellie?»

«Du bist doch nicht etwa eifersüchtig?»

Ashley Davies lächelte etwas kläglich. «Doch, ich glaube ja.»

Sie beugte sich zu ihm herüber, legte ihm die Hand auf den Arm und küßte ihn sanft auf die linke Wange.

«Du dummer Kerl!»

«Ein bißchen eifersüchtig ist wahrscheinlich jeder mal.»

«Hm.»

«Du nicht?»

Ellie nickte. «Scheußliches Gefühl. Echt ätzend.»

Sie schwiegen beide einen Augenblick.

«Woran denkst du?» fragte er.

Ellie drückte die Zigarette aus und schob ihren Stuhl zurück. «Willst du das ehrlich wissen?»

«Sag schon...»

«Ich hab gerade überlegt, wie *sie* wohl so ist.»

«Wer?»

«Mrs. Morse.»

Die Sonne hatte sich hinter Wolken verzogen, und Ashley stand auf und zahlte.

Wenige Minuten danach gingen sie Arm in Arm über den Cornmarket Richtung Carfax und durch die St. Aldate's zur Folly Bridge. Dort blieben sie stehen und sahen auf die Themse hinunter.

«Hättest du Lust auf eine Bootsfahrt?» fragte er.

«Heute nachmittag?»

«Warum nicht? Zur Iffley-Schleuse und zurück. Dauert ja nicht lange.»

«Nein, danke.»

«Was würdest du gern machen?»

In einer plötzlichen Anwandlung von Zärtlichkeit und weil sie ihm eine Freude machen wollte, fragte sie: «Willst du mit zu mir kommen?»

Inzwischen war auch die Sonne wieder hinter den Wolken hervorgekommen.

54

Cambridge vermählt sich mit dem Fluß, nimmt ihn in die Arme, hat seine schönsten Häuser an seinen Ufern errichtet. Oxford wendet dem Fluß den Rücken zu, denn nur an einigen Stellen flußabwärts von der Folly Bridge glitzert die Isis so verlockend wie der Cam.

(J. J. Smithfield-Waterstone,
Oxford and Cambridge: A Comparison)

Themse (oder Isis) und Cherwell, die südlich des Stadtzentrums zusammenfließen, bieten den Einwohnern von Oxford Gelegenheit für die verschiedensten Freizeitbetätigungen: Man kann dort staken, rudern, Kanu und Dampfer fahren. Eine beliebte Tour bei weniger sportlichen – und schon ein wenig arthritischen – Mitbürgern ist die Dampferfahrt von der Folly Bridge durch die Schleusen von Iffley und Sandford nach Abingdon.

Für eine solche Fahrt hatte Anthony Hughes, ein gutsituierter Steuerberater, der draußen in Boar's Hill wohnte, zwei Karten für den Fünfzig-Personen-Dampfer *Iffley Princess* erworben, der am Sonntag, dem 25. September, um 9.15 Uhr von der Folly Bridge ablegen sollte.

Am Vorabend hatte er sich den Flußlauf auf der Generalkarte angesehen und seinem Sohn einige Sehenswürdigkeiten gezeigt, an denen sie auf der Fahrt zur Iffley-Schleuse vorbeikommen würden – die Green Bank, den «Engpaß», die Betonbrücke von Donnington und Haystacks Corner.

Die Vorfreude von Klein James war groß. Er war ein ernsthafter, bebrillter kleiner Junge, der bereits in der Dragon School in North Oxford angemeldet war, einer privaten Grundschule mit hohem akademischem und sportlichem Anspruch. Schon jetzt ließ der

Viereinhalbjährige ein waches, ja fast unersättliches Interesse an seiner näheren und weiteren Umgebung erkennen, was für seine Eltern verständlicherweise eine große Freude war, und griff genauso eifrig nach den Wissensbrocken, die am Wege lagen, wie Klein Jason nach den Steinen, mit denen er in der Cutteslowe-Siedlung um sich warf.

Die Brücke über die fünfzig Meter breite Isis, die Iffley Road und Abingdon Road verband, war ein ziemlich flacher Bogen aus Beton mit einem paradoxerweise in hellem Cambridgeblau gestrichenen Geländer. Als die *Iffley Princess* den Engpaß hinter sich gelassen hatte, deutete der kleine James auf das in großen Buchstaben aufgemalte Wort SOMERVILLE, gefolgt von zwei gekreuzten schwarzen Rudern auf rotem Grund direkt unterhalb des Geländers.

«Was ist das, Dad?»

Doch ehe der stolze Vater eine Antwort geben konnte, kam schon die nächste Frage:

«Was ist *das*, Dad?»

Klein James deutete auf eine kleine Bucht linker Hand mit einer Rampe, über die Autobesitzer die Boote, die sie am Haken hatten, rückwärts zu Wasser lassen konnten. An dieser Rampe hatte sich seitlich ein längliches Bündel verfangen, das sich dreißig Zentimeter unterhalb der perlmuttfarbenen Wasseroberfläche wiegte. Auch einige andere Fahrgäste auf der Backbordseite hatten es jetzt gesichtet: etwas potentiell Unheimliches; etwas Verhülltes, aber nicht mehr ganz Unsichtbares.

Fred Andrews, der Skipper der *Iffley Princess*, legte an der zwanzig Meter unterhalb der Brücke gelegenen Bootswerft an. Als erfahrener Flußschiffer hatte er sich dafür entschieden, gleich über Notruf 999 die Polizei zu verständigen. Nachdem er seinen Fahrgästen Sinn und Zweck des Anlegemanövers bekanntgegeben hatte, holte ein sehr alter Mann in verschossenem Streifenblazer, schmuddelig-weißen Flanellhosen und Strohhut, der im Bug gesessen hatte, ein Funktelefon hervor und erbot sich, selbst dreimal die Neun zu drücken.

55

Nur ein starker Magen dreht sich nicht um.
(Oliver Herford)

Lewis fuhr von der Donnington Bridge Road in die Meadow Lane und bog kurz danach in eine ziemlich breite unbefestigte Straße ab, an der die Holzhäuser des Seekadettencorps und der Flußmeisterei standen. Der Weg führte zu einer geöffneten rotweiß gestreiften Schranke, hinter der vier Personenwagen, ein Land-Rover und ein schwarzer Lieferwagen geparkt waren. Etwa fünfzehn Personen umringten ein Etwas, über das eine graue Plane gebreitet war.

Auf der Brücke standen weitere vierzig, fünfzig Personen, die sich über das Geländer lehnten und das, was sich fünfzehn Meter unter ihnen tat, verfolgten wie Regattazuschauer auf den Brücken zwischen Mortlake und Putney. Morse, der schweigend neben Lewis saß, hätte es herzlich gern jedem dieser sensationslüsternen Gaffer überlassen, an seiner Stelle einen Blick unter die Plane und auf die Leiche zu werfen, die man soeben aus der Themse geholt hatte.

Nach dem Notruf-Alarm war alles sehr schnell gegangen. Zehn Minuten später war Constable Carter mit einem weißen Streifenwagen an Ort und Stelle gewesen und hatte dankbar die Ratschläge des Mitarbeiters der Flußmeisterei angenommen, eines untersetzten, dunkelhaarigen Mannes, der in seinen fünfundzwanzig Dienstjahren schon so manche Wasserleiche gesehen hatte. Von Sulhamstead war die Unterwasser-Sucheinheit angerückt, und etwas später war auch ein Arzt eingetroffen. Man hatte die in Plastiksäcken steckende (männliche) Leiche aus dem Fluß gefischt, wobei sie fast aus der äußeren Umhüllung – einer Teppichrolle – gerutscht wäre, auf die Rampe gelegt und zugedeckt. Dann hatte man unverzüglich die Kriminalpolizei verständigt, die Inspector Morrison sowie einen Kollegen von der Spurensicherung und einen Polizeifotografen an den Fundort geschickt hatte. Mit der Ankunft eines munteren jungen Bestattungsunternehmers kurz vor zwölf war das Team fast komplett.

Bis auf Morse und Lewis.

Die unmittelbar Beteiligten kannten natürlich die Gründe für diesen nicht unerheblichen Aufwand, aber auch die Vogelkundler, die sich mit ihren starken Ferngläsern zu den Zuschauern auf der Brücke gesellt hatten, waren inzwischen im Bilde. Es handelte sich offenbar nicht um eine gewöhnliche Wasserleiche. Selbst durch die dreifache Plastikumhüllung sah man deutlich den breiten Griff eines Messers, das tief im Rücken des Toten steckte. Und als auf Anweisung von Morrison – unter einem wahren Blitzlichtgewitter aus den verschiedensten Blickwinkeln – die Naht an der oberen Seite der Plastikumhüllung aufgetrennt worden war und man dem Toten beherzt in die Tasche gegriffen hatte, wußte man sehr bald, wer der Mann war.

Am Schwarzen Brett des Reviers von St. Aldate's hing das Foto eines Vermißten, darunter sein Name und eine kurze Beschreibung. Doch Morrison hatte den Gesuchten nicht an seinem schwärzlich verfärbten Gesicht erkannt, sondern an dem Dienstausweis in der durchweichten Brieftasche.

Es war Edward Brooks.

Woraufhin erneut intensiv herumtelefoniert und Morse zum Fundort beordert worden war.

Hin und wieder läuft etwas auch auf dem Amtsweg schnell und reibungslos, manchmal kann man der Polizei zu ihrer Umsicht nur gratulieren. Es war deshalb besonders bedauerlich, daß ein peinlicher Zwischenfall den professionellen Eindruck etwas getrübt hatte.

Beim Anblick der noch relativ gut erhaltenen Leiche hatte sich Constable Carter, der noch nicht lange bei der Polizei war, tapfer gehalten. Völlig unvorbereitet aber traf ihn der unbeschreibliche

Gestank, der schon vor der Anweisung des Inspector, die Umhüllung zu öffnen, von dem Toten ausging, dieses Gemisch aus fauligem Flußwasser, verstopften Abflüssen und bevorstehendem Verfall – ein wahrer Todeshauch. Und Constable Carter hatte sich abgewandt, ziemlich geräuschvoll in die Themse gekotzt und gehofft, daß vielleicht niemand etwas gemerkt hatte.

Natürlich hatten aber fast alle, auch die Zuschauer auf dem Olymp, den kurzen, peinlichen Vorfall registriert.

Und jetzt war Morse dran.

Phobien sind relativ häufig. Manche Menschen leiden an einer Arachnophobie oder Hypsophobie, einer Myophobie oder Pterophobie... Fast jeder leidet hin und wieder an Thanatophobie, viele an Nekrophobie, auch wenn Morse, wie er sich immer wieder sagte, keine Angst vor Toten hatte. Nein, er litt an einer völlig neuartigen, offenbar ihm ganz allein vorbehaltenen Phobie: der Angst, ihm könne beim Anblick von Menschen, die unter ungeklärten Umständen oder auf besonders grausame Art den Tod gefunden hatten, schlecht werden. Selbst Morse mit seiner humanistischen Bildung hatte für eine solche Phobie keinen hinreichend anschaulichen oder etymologisch treffenden Ausdruck finden können, der im übrigen auch viel zu lang und zu prätentiös ausgefallen wäre.

Weil aber Morse im Gegensatz zu Constable Carter ein alter Hase war, hatte er den Flußmeister beiseite genommen und sich rasch den Weg zur nächsten Toilette zeigen lassen, so daß er sich an diesem Sonntagvormittag nicht in die Themse, sondern in eine Kloschüssel in der Flußmeisterei erbrach.

«Sie schätzen, daß er seit etwa zwei Wochen im Fluß ist», berichtete Lewis, als Morse wieder da war.

«Paßt ja bestens», sagte Morse blaß, aber gefaßt.

«Ist was, Sir?»

«Wieso? Was soll denn sein?» blaffte Morse. Aber Lewis sah es ihm nach.

56

Ein Fracht- oder Flußschiffer konnte er nicht sein; wonach er Ausschau hielt, war nicht zu erkennen, aber er sah mit einem sehr intensiven und suchenden Blick um sich.

(Charles Dickens, *Unser gemeinsamer Freund*)

Hatte es noch vor wenigen Minuten heftig in seinem Magen rumort, so herrschte jetzt Aufruhr in seinem Hirn, und er zwang sich, kurz noch einmal auf den nur halb verhüllten Toten herunterzusehen. Zwischen den Plastikschichten hatte sich Kondenswasser angesammelt, so daß man das Messer, das ihm im Rücken steckte, nur undeutlich erkennen konnte. Aber Morse faßte sich in Geduld. Er wußte, wie wichtig es war, nichts am Tatort zu berühren, und fand deshalb, daß Morrison eigentlich schon zu weit gegangen war.

Der Fund blieb nunmehr unberührt, bis sich eine halbe Stunde später Dr. Laura Hobsons feuerroter Metro zu den anderen Fahrzeugen gesellte. Sie wechselte ein paar Worte mit Morse und widmete sich dann mit zarten Händen ihrer heiklen Aufgabe.

Morse ging indes über einen Uferpfad bis zu dem siebzig Meter flußaufwärts gelegenen Falcon Rowing Club. Dort blieb er stehen, sah sich um, überlegte einen Augenblick und ging zur Rampe zurück.

Er nahm den Flußmeister beiseite und stellte ihm ein paar gezielte Fragen. Wo konnte die Leiche ins Wasser gelangt sein? Wie konnte man die Leiche an die bewußte Stelle geschafft haben? In welche Richtung und wie weit konnte die Leiche von der Strömung getragen worden sein?

Sein Gesprächspartner erwies sich als klug und kompetent. Er betonte, wie wichtig es sei, bei derlei Überlegungen Jahreszeit, Wetterbedingungen, Wassertemperatur und Verkehrsdichte auf dem Fluß miteinzubeziehen, hielt Morse einen präzisen Kurzvortrag über Auftrieb und Schwimmfähigkeit und lieferte einige denkbare Lösungen.

Höchstwahrscheinlich hatte die Strömung den Toten nicht sehr weit getragen. Mit etwas mehr Ballast wäre er für immer auf dem Grund des Flusses geblieben. Es war gut möglich, daß die Leiche am Falcon Rowing Club in den Fluß geworfen worden war, und fest stand, daß sie nicht *gegen* die von Nord nach Süd gehende Strömung getrieben war. Nach dieser Theorie hätte allerdings jemand das schwergewichtige Bündel eine lange Strecke tragen müssen. Da die Schranke vor der Rampe stets abgeschlossen war, konnte man mit dem Wagen an dieser Stelle nicht bis zum Fluß herunterfahren, geschweige denn rechts abbiegen und die Leiche erst sechzig, siebzig Meter stromaufwärts beseitigen.

Es sei denn...

Im Riverside Club gab es gut hundert Mitglieder, die auch Bootsbesitzer waren, die Rampe regelmäßig benutzten und einen Schlüssel zur Schranke hatten. Es kam, wie der Flußmeister einräumte, nicht selten vor, daß ein Bootseigner vergaß, die Schranke hinter sich zu schließen, oder sie absichtlich offenließ, weil er wußte, daß ein Bekannter dicht hinter ihm war. Wenn also die Schranke offengestanden hatte, war dieser Einwand hinfällig.

«Wissen Sie, was ich getan hätte, Mr. Holmes, wenn ich hier eine Leiche hätte deponieren müssen?» Morse sah zur Donnington Bridge hoch, wo das Interesse der Bevölkerung ungeachtet des inzwischen um den Toten errichteten provisorischen Sichtschutzes womöglich noch lebhafter geworden war.

«Das werden Sie mir gleich erzählen.»

«Ich wäre nachts um zwei hergekommen und hätte sie von der Brücke geworfen.»

«Hätte ganz schön geplatscht.»

«Was aber niemand gehört hätte.»

«Das stimmt nicht ganz, Inspector. Ein paar Leute sind immer da. Diebe... Liebespaare... Und die Polizei.»

«Oh», sagte Morse.

Zwanzig Minuten später richtete sich die junge Pathologin wieder auf. Die unappetitliche Voruntersuchung war beendet.

«Ich schätze, daß er zwischen ein und zwei Wochen im Wasser gelegen hat, genauer kann ich es nicht sagen, er ist erstaunlich gut erhalten. Liegt wohl an der sorgfältigen Verpackung. Aber das ermitteln wir später noch genauer. Einverstanden?»

Morse nickte. «Wir verlassen uns da ganz auf Sie.»

«Eindeutig Mord – es sei denn, daß ihm jemand, nachdem er eines natürlichen Todes gestorben war, ein Messer in den Rücken gestoßen und ihn in den Fluß geworfen hat.»

«Ziemlich unwahrscheinlich», räumte Mose ein.

Dr. Hobson packte ihre Ausrüstung zusammen, und Morse fragte vorsichtshalber: «Und Sie rühren bestimmt das Messer nicht an, bis...»

«Na hören Sie mal! Sie trauen Ihren Kollegen ja schöne Sachen zu...»

Sie war eine gutaussehende junge Frau, und als sie die Nachfolge von Max angetreten hatte, dem Morse noch immer nachtrauerte, hatte er die Möglichkeit, sich ein bißchen in sie zu verlieben, nicht ausgeschlossen. Inzwischen aber träumte er nicht mehr von ihr.

Morse hatte wohlweislich (was fast ohne Beispiel war) auf das mittägliche Bier verzichtet, und um 15.15 Uhr stand er mit Lewis vor dem leblosen Körper von Edward Brooks. Die Plastiksäcke lagen zu den Füßen des Toten gefaltet wie die Leintücher nach der Auferstehung. Außer Dr. Hobson standen zwei weitere Forensiker und ein Kollege von der Spurensicherung um die Leiche herum, aus der ein Messergriff ragte.

Doch es war nicht der zwecks Spurensicherung sorgsam bestäubte Griff, dem die Aufmerksamkeit des Chief Inspector galt, sondern das Etikett, das an diesem Griff klebte. Die Beschriftung war von den Fluten der Themse verwischt und ausgewaschen, aber die rechte Seite war noch deutlich lesbar:

arotse, Nordrhodesien.
eta III., Oberhäuptling und Sohn
ka, als Geschenk Bischof May

ochschulexped. n.

Schaukasten 52

«Das darf doch nicht wahr sein», stieß Morse hervor.

«Wie meinten Sie, Sir?»

Morse antwortete nicht, sondern tippte die weißbekittelte Laura an und fragte zum zweitenmal an diesem Tag nach dem schnellsten Weg zur nächsten Toilette.

57

Karl Popper lehrt, daß Wissen durch die Postulierung und Erprobung von Hypothesen gefördert wird. Ich denke, daß unser Unterbewußtsein zahllose Hypothesen gleichzeitig ausprobiert, von denen es nur eine Auswahlliste der Spitzenreiter an unser Bewußtsein weitergibt.

(Matthew Parris, *The Times*, 17. März 1994)

Am nächsten Tag, Montag, dem 26. September, waren Morse und Lewis schon ziemlich früh, nämlich kurz nach sieben, im Präsidium.

Morse hatte schlecht geschlafen. Die ganze Nacht waren seine Augäpfel hin und her gegangen, und erst ganz allmählich hatte sich sein Denkapparat auf die dramatische neue Entwicklung eingestellt. Denn die Erkenntnis, daß Brooks *nach* dem Diebstahl des rhodesischen Messers, ja *mit* dem rhodesischen Messer ermordet worden war, hatte ihn sehr überrascht.

Nach seiner bisherigen Analyse des Falles, der Beurteilung von Motiven, Mitteln und Gelegenheiten war er zu dem Schluß gekommen, daß zwei, vielleicht auch drei möglicherweise gemeinsam agierende Personen Brooks vom Leben zum Tode befördert hatten. Drei Personen (wie Morse es sah), die sämtlich – wenn auch aus unterschiedlichen Gründen – dessen Ableben als einen Segen für die Menschheit betrachteten.

Drei Verdächtige: die so sanftmütig wirkende Brenda Brooks, die undurchschaubare Mrs. Stevens und die Stieftochter Eleanor Smith.

Drei Frauen, die sich von anderen dadurch unterschieden, daß sie das Kainsmal auf der Stirn trugen, das Zeichen des Mörders.

Aus einer verwirrenden Fülle von Möglichkeiten hatte sich im Laufe der Nacht im Kopf von Morse letztlich dieselbe Auswahlliste wie zuvor herauskristallisiert, hatte der Oberste Richter ihm dieselben drei Umschläge überreicht. Im ersten und im zweiten steckte ein Zettel, auf dem in schwarzen Buchstaben ein knappes «Nicht schuldig» stand. Auf dem dritten Zettel las Morse in roten Großbuchstaben das noch knappere «SCHULDIG». Und auf dem Umschlag, in dem dieser Zettel gesteckt hatte, stand der Name *Eleanor Smith*.

Fast eine Stunde erörterten Morse und Lewis an diesem Morgen Überlegungen, Ideen, Hypothesen. Und als Lewis um acht mit zwei Bechern Kaffee aus der Kantine kam, sprach er sachlich und unanfechtbar aus, was im Grunde beide schon wußten.

«Ich kann mir beim besten Willen nicht erklären, wie Brenda Brooks oder diese Mrs. Stevens die Tat begangen haben könnten. Schön, wir sind den beiden, seit das Messer gestohlen wurde, nicht gerade mit der Videokamera nachgelaufen, aber wir sind doch ziemlich genau im Bilde. Sie hatten beide ein Motiv. Aber für beide sehe ich keine Gelegenheit.»

«Ich auch nicht», bestätigte Morse ruhig, so daß Lewis Mut faßte und fortfuhr: «Es war ein raffinierter Plan, Sir, und ich bin ganz Ihrer Meinung, daß Mrs. Stevens diejenige gewesen sein muß, die sich das alles ausgedacht hat. Aber, wie gesagt, getan haben kann sie es nicht.»

Allzu gern schien Morse das nicht zu hören.

«Und Mrs. Brooks ebensowenig», fuhr Lewis fort. «Sie hatte das naheliegendste Motiv und wahrscheinlich auch Mumm genug, aber die Planung traue ich ihr nicht zu. Eine Gelegenheit hätte sie zum Beispiel in der Nacht gehabt, als sie von Stratford zurückkam. Aber...»

«Ich auch nicht», wiederholte Morse, trank noch einen Schluck von dem dünnen, lauwarmen Kaffee und verzog das Gesicht.

«Bleibt also eigentlich nur eine, Sir, es sei denn, wir liegen total falsch...»

Es sei denn, hatte Lewis gesagt – genau wie gestern Holmes von der Flußmeisterei im Zusammenhang mit der rotweiß gestreiften Schranke. Die Möglichkeit, daß Brooks' Leiche in einem Fahrzeug an die Themse gebracht worden sein mußte, hatte sich Morse bisher gleichsam mit einer rotweißen Schranke im Kopf versperrt. Aber Schranken ließen sich natürlich öffnen...

«Fahren Sie bei der Proctor Memorial School vorbei, Lewis, und sagen Sie dem Schulleiter, daß wir gern noch einmal mit Mrs. Stevens sprechen würden. Entweder bei ihr zu Hause oder auch hier, wenn ihr das lieber ist.»

«Es ist wohl wichtig, Sir?»

«Allerdings. Mich können Sie im Labor absetzen, ich will kurz noch mal mit der schönen Laura sprechen.»

58

Es ist aber der Glaube eine gewisse Zuversicht des, das man hofft, und ein Nichtzweifeln an dem, das man nicht sieht.

(*Hebräer*, 11,1)

Dr. Laura Hobson, die aus dem Labor kam, um Morse zu begrüßen, machte einen sehr zufriedenen Eindruck. Sie deutete auf die Tür.

«Gehen Sie besser nicht hinein, Chief Inspector. Noch nicht. Aber mit den Hauptsachen sind wir fast fertig.»

«Was Interessantes?»

«Falls Sie sich für den Mageninhalt interessieren...»

«Nein.»

«Die Kollegen haben ein paar verwischte Spuren auf dem Messer gefunden. Ich drücke Ihnen die Daumen.»

«Danke.» Morse zögerte. «Es hört sich ein bißchen weit hergeholt an, aber...»

«Ja?»

«Das Messer, mit dem McClure ermordet wurde, war dem, das aus dem Pitt Rivers gestohlen worden ist, sehr ähnlich.»

«Ich weiß.»

«Und nun habe ich mir überlegt... wäre es möglich, daß Brooks mit einem anderen Messer erstochen worden ist, einem mit einer ähnlichen Klinge, und daß ihm das Messer, das Sie im Labor haben, das mit den Fingerabdrücken, *hinterher* in den Rücken gestoßen wurde?»

Laura sah ihn einigermaßen verblüfft an. «Daß jemand mit zwei Messern gearbeitet hat, meinen Sie? Mit einem wird er erstochen, dann nimmt man das eine heraus und steckt das andere hinein?»

Morse machte ein betretenes Gesicht, gab aber noch nicht auf.

«Wenn ich *hinterher* sage, meine ich ein paar Stunden, vielleicht sogar erst vierundzwanzig Stunden später.»

«Ausgeschlossen. Da hätte Ihr Mörder schon einen absoluten Zufallstreffer landen oder die Fähigkeiten eines Gehirnchirurgen haben müssen. Außerdem müßte es Anzeichen für zwei Einstichwunden geben. Sie dürfen nicht vergessen, daß er durch die Kleidung hindurch erstochen worden ist.»

«Und die haben Sie nicht gefunden?»

«Nein. Ganz abgesehen von Hinweisen im Körper selbst. Zwei unterschiedliche Auftreffpunkte der Messerspitzen, zwei unterschiedliche Schnittstellen rechts und links der...»

«Verstehe», sagte Morse hastig.

«Wirklich? Sonst erkläre ich es Ihnen gern. Bei einer Stichwunde...»

«Nein, danke, ich glaube Ihnen unbesehen. Bei diesem physiologischen Zeug komme ich einfach nicht mit, das haben wir in der Schule nicht gehabt.»

«Ich weiß. Sie hatten statt dessen Griechisch. Das haben Sie mir mal erzählt, wissen Sie noch? In... in unserer Anfangszeit.»

Morse wich ihrem Blick aus.

«Hätte Ihnen denn das weitergeholfen?» fragte Laura jetzt wieder ganz sachlich.

«Ich bin von Anfang an davon ausgegangen, daß das Messer nur gestohlen wurde, um einer oder mehreren Personen zu einem Alibi zu verhelfen und um uns glauben zu machen, Brooks sei erst *nach* dem Diebstahl ermordet worden.»

Sie hatte offenbar begriffen, worauf es ihm ankam. «Sie meinen, wenn er an einem bestimmten Tag mit dem Messer ermordet worden ist und am nächsten Tag ein zweites Messer gestohlen, das erste Messer entfernt und das zweite Messer in die Wunde gesteckt worden wäre, hätte man damit Leute von der Polizei, Leute wie Sie, hinsichtlich der Todeszeit in die Irre führen können.»

«Ein bewundernswert konstruierter Satz.»

«Aber verlorene Liebesmüh. Ich hätte mich nicht in die Irre führen lassen.»

«Bestimmt nicht?»

«Mit neunundneunzigprozentiger Sicherheit.»

«Könnten Sie bitte das eine verbleibende Prozent auch noch ausschließen?»

«Zeitverschwendung. Aber wenn Ihnen so viel daran liegt...»

«Ich wäre Ihnen sehr dankbar.»

«Wollen Sie sich nicht den Tascheninhalt ansehen? Die Sachen, die er trug?»

«Ja, das muß ich wohl.»

Sie musterte ihn leicht verwundert. «Sie scheinen sich da ganz bestimmte Hoffnungen gemacht zu haben... Tut mir leid, daß ich Sie enttäuschen muß.»

«Nicht weiter schlimm. Zu hoffen habe ich schon lange aufgegeben.»

«Mit handfesten Beweisen kann man in unserem Job auch mehr anfangen.»

Morse nickte und folgte Laura Hobsons hübschen Beinen in einen Nebenraum, wo sie auf einen Tisch am Fenster deutete. «Dann überlasse ich Sie jetzt Ihrem Schicksal, Chief Inspector...»

Morse nahm sich zuerst die Liste der Gegenstände vor, die Brooks bei sich gehabt hatte.

Da war zunächst die Brieftasche, mit deren Hilfe man schon am Fluß die Identität des Toten festgestellt und die Morse sich bereits angesehen hatte. Rasch musterte er noch einmal den inzwischen getrockneten Inhalt: eine Zehn-Pfund-Note, eine Fünf-Pfund-Note, Scheckkarte der Lloyds Bank, Dienstausweis für das Pitt Rivers Museum, Mitgliedskarte für den East Oxford Conservative Club. Keine Fotos, keine Briefe.

Auch die anderen aufgeführten und in Plastiktüten verwahrten Gegenstände waren auf den ersten Blick recht uninteressant: ein schwarzer Kamm; ein weißes Taschentuch; 2,74 Pfund in Münzen; eine halbe Packung zerbröckelter Magentabletten; ein Schlüsselring mit sieben Schlüsseln.

Der größte war etwa 7 Zentimeter lang und schmutzigbraun. Ein Hausschlüssel vielleicht. Auch die beiden Sicherheitsschlüssel, einer khakifarben, der andere metallisch blank, mochten eine Haustür abschließen, die anderen gehörten möglicherweise zu Garten- oder Fahrradschuppen, Aktentasche oder Kassette oder... Plötzlich war Morse hellwach. Auf den vierten Schlüssel, ein kleines silbriges Ding, war ein «X 10» geprägt. Nachdenklich sah Morse aus dem Fenster. Gehörte der vielleicht zu einem ganzen Schlüsselsatz? Und was mochte er schließen? Brachte es etwas, die sieben Schlüssel den entsprechenden Schlössern zuzuordnen und dafür ein paar Stunden zu investieren? Wahrscheinlich war es nur Zeitverschwendung, aber Morse wußte natürlich, daß er nicht darum herumkam. Er – oder Lewis.

Die Kleidung des Toten gab keine weiteren Aufschlüsse. Morse wollte gerade gehen, als Laura hereinkam.

«Gespräch für Chief Inspector Morse. Sergeant Lewis. In meinem Zimmer.»

Lewis rief vom Büro des Schulleiters der Proctor Memorial School aus an. Mrs. Julia Stevens war vorübergehend beurlaubt. Das heißt, eigentlich auf unbestimmte Zeit beurlaubt, aber die verschwommene Formulierung ersparte allen Beteiligten gewisse Peinlichkeiten. Sie hatte nur noch wenige Monate zu leben, eine Aushilfskraft hatte ihre Klassen übernommen. Zur Zeit befand sie sich auf einem kurzen Auslandsurlaub, auch das hatte Lewis von ihrem Vorgesetzten erfahren. Mit einer Freundin. Adresse unbekannt.

«Wissen Sie, wer die Freundin ist?» fragte Morse.

«*Sie* wissen es, Sir.»

«Ich kann es mir zumindest denken.»

«Da fragt man sich, ob sie nicht vielleicht doch schuldig sind.»

«Oder unschuldig», sagte Morse nachdenklich.

Kevin Costyns Zustand hatte sich wesentlich gebessert, eine Operation erübrigte sich. Seit gestern mittag lag er nicht mehr auf der Intensivstation, und die Polizei hatte die Erlaubnis erhalten, ihn zu dem Unfall zu vernehmen.

Sehr bald würde man ihn auch zu anderen Punkten befragen. Zu Rammbrüchen und gestohlenen Fahrzeugen würde er sich wohl äußern müssen, das ließ sich vermutlich nicht vermeiden, aber zu dem Mord an Edward Brooks würden sie kein Wort aus ihm herausbekommen, das stand für ihn fest. Sein bisheriges Leben hatte vornehmlich aus Lügen und Betrug bestanden, aber *ein* Versprechen gab es, an das er sich halten würde.

Vor einem kleinen, aber vornehmen Hotel mit Blick auf die Place de la Concorde hob Julia das Glas und stieß mit ihrer Freundin an. Beide lächelten.

«Hier läßt sich's leben, was, Brenda?»

«Einfach wunderschön, Mrs. Stevens!»

«Möchten Sie jetzt woanders sein?»

«O nein. Das hier ist der schönste Platz auf Erden – natürlich außer Oxford.»

Julia war sehr müde, seit sie in Paris war. Aber auch sehr glücklich.

59

Der heilige Antonius von Ägypten (ca. 251–356 n. Chr.): Eremit und Begründer des christlichen Mönchstums. Ein Asket, der bereitwillig zugab, daß ihn alle nur denkbaren – insbesondere geschlechtliche – Versuchungen heimsuchten. Es heißt, er habe häufig des Nachts nackte Weiber aufgefordert, vor ihm zu paradieren, indes er, die Hände hinter dem Rücken gefesselt, in durchsichtigem, aber nicht allzusehr einengendem Sackleinen dalag.

(Simon Small, *An Irreverent Survey of the Saints*)

Am Dienstag, dem 27. September, ging Morse um 9.30 Uhr vom Carfax kommend die High Street hinunter und langsam an den Schaufenstern einiger exklusiver Juweliergeschäfte vorbei. Er hätte nicht sagen können, ob er sich mit seiner Besorgung leichter oder schwerer tat, nachdem sich der Verdacht erhärtet hatte, daß Eleanor Smith (die Edward Brooks' Leiche am Vortag offiziell identifiziert hatte) die Schuld am Tod ihres Stiefvaters trug. Vielleicht eher leichter, denn er suchte nun nicht mehr nach einem Hochzeitsgeschenk. Daß sie in absehbarer Zeit würde heiraten können, schien recht unwahrscheinlich. Etwas schenken aber wollte er ihr immer noch. Etwas Persönliches.

Etwas in der Art, wie Lewis es vorgeschlagen hatte.

«Wieviel kostet das?» fragte er eine junge Verkäuferin in dem Geschäft gegenüber der Markthalle.

«Netter kleiner Anhänger, nicht? Hübsch gearbeitet, geschmackvoll und nicht mal teuer.»

«Und wieviel?» wiederholte Morse.

«Nur 35 Pfund, Sir.»

Nur!

In den ovalen Anhänger war eine Figur eingraviert. «Ein Christophorus?»

«Ein Antonius, Sir. Sehr bekannter christlicher Heiliger.»

«Ich dachte, der ist der Schutzpatron für Sachen, die man verloren hat.»

«Denken Sie vielleicht an einen späteren Antonius?»

Morse war ziemlich sicher, daß es nur einen Heiligen dieses Namens gegeben hatte. «Dann brauche ich aber auch noch eine Kette dazu, nicht?»

«Ja, ohne Kette kann man einen Anhänger schlecht tragen», sagte sie sichtlich amüsiert. Aber es war auch keine besonders intelligente Frage gewesen.

Und dann hatte er die Qual der Wahl zwischen den verschiedenartigsten Ketten. Ketten mit unterschiedlichem Silber- oder Goldgehalt; Ketten mit größeren oder kleineren Gliedern; Ketten in verschiedener Länge. Ketten zu verschiedenen Preisen.

Schließlich hatte sich Morse zu einer Entscheidung durchgerungen. Er kaufte den Anhänger und eine Kette (die billigste).

Er ging ein paar Schritte in Richtung Carfax Tower, dann machte er kehrt, betrat noch einmal das Geschäft und fragte, ob er die Kette umtauschen könne. Ja, gern, erwiderte die unentwegt lächelnde Verkäuferin (lachte sie ihn an oder aus?), und fünf Minuten später war Morse wieder in Richtung Carfax unterwegs. Mit einer anderen Kette. Der teuersten.

Jetzt war er für die Vernehmung gerüstet.

Eleanor Smith hatte ohne Überraschung zur Kenntnis genommen, daß die Polizei ihr die Fingerabdrücke abnehmen wollte – «um Sie sicher als Täterin ausschließen zu können», wie Morse betont hatte. Und als er sagte, es sei gegen die Vorschriften, wenn jemand, der am Fundort der Leiche gewesen war, sich privat mit Zeugen traf, die möglicherweise – äh – von den Ermittlungen berührt wurden, hatte sie ohne weiteres eingewilligt, ins Präsidium zu kommen. Man würde sie abholen. Um 11.15 Uhr.

Morse hatte gerade noch Zeit, bei Sainsbury am Kidlington-Kreisel vorbeizufahren. An der Schnellkasse war er der einzige Kunde. Er hatte nur vier Posten: zwei kleine Dosen Bohnen in Tomatensoße, ein kleines dunkles Brot, eine Flasche Glenfiddich.

60

Trifft der Himalaya-Bauer einen Bären, groß und grimm,
schreit er, um ihn zu verscheuchen, und oft flieht das Ungetüm.
Doch die Bärin, angebrüllt, zerfetzt ihn mit Klaue und Zahn.
Denn das Weib der Gattung ist viel mörderischer als der Mann.
(RUDYARD KIPLING, *The Female of the Species*)

«Wie werden Sie vorgehen, Sir?»

«Das weiß ich noch nicht. Ich weiß nur, daß wir, falls eine unserer drei Damen Brooks umgebracht hat – und eine von ihnen war es mit Sicherheit –, die anderen beiden vergessen können, wo immer die sich gerade sonnen mögen. Ich wette, daß eine oder beide in das Komplott verwickelt waren, aber nach dem, was wir über Daten und Uhrzeiten wissen, können sie die eigentliche Tat nicht begangen haben. Anders sieht es bei Ellie Smith aus. Sie ist an dem bewußten Mittwoch nach Birmingham gefahren, das haben Sie ja nachgeprüft, aber wann sie zurückkam, wissen wir nicht. Wenn sie eine Stunde, ja auch nur eine halbe Stunde früher zurückgekommen ist...»

«... konnte sie das Messer stehlen.»

«Oder jemanden damit beauftragen.»

«Ashley Davies.»

«Durchaus denkbar. Zur Belohnung bekommt er die Hand der immer ansehnlicher werdenden Miss Smith, auf die er sein lüsternes Auge schon geworfen hatte, als sie noch mit jedem Kerl geschlafen hat.»

«Aber der Aufseher vom Pitt Rivers meint, daß er diesen Costyn dort gesehen hat.»

«Solche Identifizierungen sind immer heikel. Darauf können wir uns nicht verlassen.»

Lewis nickte. «Einen logischen Zusammenhang gibt es da wohl auch nicht.»

«Allenfalls über Mrs. Stevens, sie war seine Lehrerin. Und angenommen, er nimmt Drogen und brauchte Geld... und sie war bereit zu zahlen...»

«Sie könnte ihn ins Museum geschickt haben, um das Messer für jemand anders zu stehlen, meinen Sie? Zum Beispiel für Ellie Smith?»

«Für wen sonst?»

«Aber Sie dachten doch bisher...»

«Jetzt halten Sie aber die Luft an, Lewis», blaffte Morse. «Glauben Sie vielleicht, das alles macht mir Spaß? Glauben Sie, ich reiße mich darum, Ellie Smith die Fingerabdrücke abzunehmen und ihr zu sagen, daß sie das Blaue vom Himmel herunterschwindelt und wir ganz genau wissen, daß sie ihren miesen Stiefvater abgestochen hat?»

Er stand auf und ging zum Fenster.

Lewis war Kummer gewöhnt. «Nein, das denke ich nicht. Ich bin nur ein bißchen durcheinander.»

«Glauben Sie etwa, ich nicht?»

«Als Sie einkaufen waren, hab ich mich noch mal in Mrs. Ewers' Pantry umgesehen.»

«Und?»

«Die Plastiksäcke, in der die Leiche von Brooks steckte, kamen mir irgendwie bekannt vor. Erinnern Sie sich, als wir das erste Mal im Wolsey College waren...»

«Da lag ein Stapel solcher Säcke herum, ja.»

Lewis versuchte, sich seine Enttäuschung nicht anmerken zu lassen. «Das haben Sie aber nie erwähnt, Sir.»

«Die Dinger gibt's doch überall.»

«Ich dachte nur, wenn Brooks manchmal unerlaubterweise irgendwas mit nach Haus genommen hat... Klopapier, Waschpulver, solche Sachen...»

«Ja, wir könnten uns mal bei ihm zu Hause umsehen. Was meinen Sie, wo er sie gelagert hat?»

«Im Gartenschuppen?»

«Dann brauchen wir einen Haussuchungsbefehl, es sei denn...»

«Zum Schlösseraufbrechen müssen Sie sich jemand anders suchen, Sir. Wenn ich an die Kassette in seinem Schlafzimmer denke...»

«Ist vielleicht nicht nötig.» Morse holte den Schlüsselring aus einer Schublade. «Wetten, daß einer zu der Tür vom Gartenschuppen paßt? Ob wir die Säcke da finden, ist eine andere Frage. Vergessen Sie nicht, daß wir es mit sehr raffinierten Tätern zu tun haben.»

«Was wollen Sie damit sagen?»

«Eigentlich hätten auf den Plastiksäcken Fingerabdrücke sein müssen, angeblich wäscht das Wasser sie nie ganz weg. Da wir keine gefunden haben, trugen die Täter Handschuhe. Und haben dafür gesorgt, daß die Leiche nicht aufschwimmen kann. In den Plastiksäcken ist durch alle drei Lagen hindurch ein Schlitz, und ich glaube, daß er nicht zufällig im Fluß entstanden ist, sondern absichtlich in das Material geschnitten wurde, damit die Luft entweichen und die Leiche zumindest zeitweise nach unten sinken konnte. Der Flußmeister ist auch dieser Meinung.»

Lewis erinnerte sich, daß Holmes gesagt hatte, eine Leiche würde, wenn man sie nicht beschwerte, wegen der Gase, die sich im Körper entwickelten, früher oder später immer wieder an die Wasseroberfläche kommen.

«Warum haben sie sich Ihrer Meinung nach diese Mühe mit den Plastiksäcken gemacht? Es ist ja fast, als ob...»

«Als ob? Nur weiter, Lewis...»

«Als ob sie es darauf angelegt hätten, daß wir die Leiche finden.»

«Hm.» Morse sah erneut aus dem Fenster. «Wissen Sie, was mir im Magen liegt, Lewis? Daß wir uns mit einer Anklageerhebung schwertun werden. Bei einer Anwältin wie Helena Kennedy kriegen wir kein Bein auf die Erde. Motive haben wir reichlich, aber keine Gelegenheiten... bis auf den Mittwochnachmittag. Die waren einfach zu raffiniert. Mehr als raffiniert. Skrupellos, wenn auch nicht so offensichtlich. Eine latente Skrupellosigkeit war wohl bei allen vorhanden, aber praktisch von einem Tag zum anderen haben sie dann sämtliche Hemmungen über Bord geworfen und beschlossen: Edward Brooks muß weg. Daß er selbst ein Mörder war, wie sie wußten – gewußt haben *müssen* –, war dabei vielleicht gar nicht mal das Entscheidende. Entscheidend war ihr Haß.»

Es klopfte, und eine Polizistin meldete, Ms Smith warte unten im Empfang.

«Begleiten Sie sie bitte nach oben», antwortete Morse. Eilig öffnete er ein kleines quadratisches schwarzes Etui, das mit weißem Satin ausgeschlagen war, und reichte es Lewis.

«Was meinen Sie?»

Lewis schaute Morse mit einem Ausdruck größten Erstaunens an, wie schon am Vortag Dr. Hobson.

«Aber wenn Sie recht haben mit dem, was Sie sagen, Sir, wird sie das frohe Ereignis eine ganze Weile aufschieben müssen – vermutlich einige Jahre lang.»

«Sie kann in ihrer Zelle sitzen und die Kette durch ihre Finger gleiten lassen. Es gibt kein Gesetz, das so etwas verbietet, oder?»

Bevor Lewis über die strengen Regeln bezüglich Halsketten und dergleichen in den Gefängnissen Ihrer Majestät referieren konnte, klopfte es erneut an der Tür, und Morse nahm hastig den Anhänger des heiligen Antonius wieder an sich – und die goldene Kette.

61

Insgesamt müssen die Frauen in der Ehe
wahrscheinlich mehr unerwünschten Sex erdulden
als bei der Prostitution.
(BERTRAND RUSSELL, *Marriage and Morals*)

Einmal noch den kleinen Finger der linken Hand über das Farbkissen gerollt, dann fest auf das Formular gedrückt – und schon hatte Eleanor Smith die Prozedur hinter sich, und Lewis bat sie nur noch um ihre Unterschrift.

«Ging doch schnell, was?» sagte Morse gönnerhaft.

«Soll das heißen, daß Sie auf dem Messer Abdrücke gefunden haben?» fragte sie.

Morse zögerte einen Augenblick. «Sieht so aus. Bisher noch nicht identifizierte Abdrücke. Es ist, wie gesagt, nur, um sicherzugehen.»

Sie sprühte nicht mehr vor Temperament wie beim Champagner in der *Old Parsonage Bar*, sondern sah müde aus.

«Und Sie denken, es könnten vielleicht meine Abdrücke sein …»

Auch das Lächeln des Chief Inspector wirkte müde.

«Wir brauchen nun mal *ein paar* Verdächtige! Mein Sergeant hat bereits eine lange Liste.»

Sie wandte sich an Lewis. «Und wo stehe ich auf dieser Liste?»

«Wir setzen die hübschesten Frauen immer ganz an die Spitze, stimmt's, Sir?»

Morse nickte und ärgerte sich, daß er nicht selbst auf diese brillante Antwort gekommen war.

«Und wann soll ich dieses Schwein abgestochen haben?»

Sie sah von einem zum anderen, und Morse seinerseits sah auf Lewis, der die Vernehmung führte.

«Vielleicht nach Ihrer Rückkehr aus Birmingham...»

«Aha. Und das Messer habe ich auch geklaut?»

«Nein, das glauben wir nicht, denn als Sie nach Ihrer eigenen Aussage wieder in Oxford waren, hatte das Museum schon geschlossen. Der Zug ist mit nur drei Minuten Verspätung, um 16.35 Uhr, in Oxford Station eingelaufen, das haben wir nachgeprüft.»

«Aber offenbar glauben Sie mir trotzdem nicht so recht...»

«Daß Sie das Messer gestohlen haben, glauben wir nicht», sagte Morse.

Die leichte, aber nicht zu überhörende Betonung des *Sie* war der Verdächtigen Nummer Eins nicht entgangen.

«Sie denken, jemand hat das Messer geklaut und es mir auf dem Weg vom Bahnhof zugesteckt. Und dann bin ich zu diesem Scheißkerl gegangen und hab ihn allegemacht.»

«Ein gar nicht mal so unwahrscheinliches Szenario...»

«Mann, hören Sie auf! Wenn ich das Wort Szenario höre, muß ich kotzen!»

Auch Morse mochte das Wort nicht. Aber ihm war einfach nichts Besseres eingefallen.

«Und was soll ich dann mit ihm angestellt haben?» fuhr Ellie Smith fort.

«Wäre schön, wenn Sie uns darüber ein bißchen was erzählen könnten...»

«Sagen Sie mal – ist das ein Verhör oder was?»

«Nein. Sie sind nicht verpflichtet, unsere Fragen zu beantworten. Aber wir kommen nicht darum herum, Ihnen Fragen zu stellen. Ihnen und auch Ihrer Mutter... Wo ist sie übrigens?»

«Irgendwo im Ausland.»

«Woher wissen Sie das?»

«Sie hat mir 'ne Postkarte geschickt.»

«Von wo?»

«Konnt ich nicht lesen. Der Stempel war verwischt.»

«Aber die Karte muß ja wohl eine Briefmarke gehabt haben.»

«Schon. Aber mit diesen fremden Ländern blick ich nicht so durch. Ständig wechseln sie den Namen und so.»

«Vielleicht ‹France›? Das ist doch wohl nicht so schwer...»

Keine Antwort.

«Haben Sie die Karte noch?»

«Nein. Hab ich weggeschmissen.»

«Was für ein Bild war drauf?»

«Ein Fluß, glaub ich.»

«Nicht die Themse?»

«Nicht die Themse.»

«Sie machen es uns nicht leicht, Miss Smith.»

«Dann will ich Ihnen mal was zeigen.» Sie holte eine Visitenkarte aus der Tasche. «Wegen dem Mittwoch... Da hab ich im Zug so 'n Typen kennengelernt, der hat mich angemacht. Er hätt jederzeit was für mich, hat er gesagt...»

«Mike Williamson», las Morse, «Agentur für Fotomodelle.» Darunter eine Adresse in Reading und eine Telefonnummer.

«Wetten, daß der sich noch an mich erinnert?» Sie lächelte, und für einen Augenblick sprühte ihr Blick wie neulich in der *Old Parsonage Bar*.

«Prüfen Sie das nach, Lewis.» Lewis wollte sich schon ans Telefon hängen, aber Morse winkte ab. «Nebenan, bitte!»

«Warum haben Sie ihn weggeschickt?»

«Was hat der Kerl von Ihnen gewollt?» fragte Morse, den unversehens eine unsinnige Eifersucht gepackt hatte.

«Raten Sie mal... Für den war ich doch einfach 'ne teure bescheuerte Nutte. Und das bin ich ja auch...»

«Das waren Sie...»

«Das bin ich, Morse. Stört Sie hoffentlich nicht, wenn ich ‹Morse› zu Ihnen sage? Ich hatte Sie ja gefragt, ob's nicht 'n bißchen weniger steif sein darf, aber...»

«Wenn Sie erst mit Mr. Davies verheiratet sind...»

«Das mit Ashley ist aus. Wir haben gestern abend stundenlang zusammengesessen und geredet, aber eigentlich haben wir uns bloß immer im Kreis rumgedreht. Er ist ein sympathischer Typ, aber nicht besonders aufregend. Lieben könnt ich ihn nie. Und deshalb ist es besser so. Für ihn und für mich.»

«Sie brauchen mich also nicht mehr. Für die Hochzeit, meine ich.»

«Nein, aber wenn ich in den Knast muß, kann ich mir die Hochzeit ja sowieso schenken.»

Sie sahen sich an. Es war ein Augenblick fast beklemmender Nähe.

Das Telefon läutete.

Es war Strange. Ellie stand auf.

«Warten Sie noch», flüsterte Morse, die Hand über die Sprechmuschel gelegt. «Ja, Sir... In fünf Minuten... Ja, natürlich...»

«Warum sollte ich bleiben?» fragte sie, als er aufgelegt hatte.

Er nahm das schwarze Kästchen aus der Schublade und gab es ihr.

«Leider nicht eingepackt. Von so was versteh ich nichts.»

«Was soll... was...» Sie hielt das Kästchen in der linken Hand, öffnete es mit der rechten und holte behutsam die Kette mit dem Antonius-Anhänger heraus.

«Das habe ich für Sie gekauft.»

«Aber wenn doch die Hochzeit...»

«Ich wollte Ihnen einfach was schenken. So was habe ich noch nie jemandem gekauft. Und... wie gesagt... ich wollte Ihnen einfach was schenken...»

Ellie hatte plötzlich Tränen in den Augen.

«Gefällt es Ihnen?»

«Es ist das... das Tollste...» Sie stand auf, ging um den Schreibtisch herum und küßte Morse sanft auf den Mund. Er spürte ihre nasse Wange an der seinen.

«Ich muß gehen», sagte Morse. «Mein Chef wird ungeduldig.»

Sie nickte. «Das, was ich gerade über Ashley gesagt habe... Daß ich ihn nicht heiraten kann, weil ich ihn nicht liebe... Schluß gemacht hab ich nicht deshalb mit ihm, sondern...»

Vom Verstand her wußte Morse, daß Eleanor Smith ihren Stiefvater ermordet hatte, aber sein Herz sträubte sich gegen das, was sie jetzt sagen würde, was sie unweigerlich sagen mußte.

Aber er hatte sich getäuscht.

Absolut.

«Ich hab Schluß gemacht, weil ich mich in einen anderen verliebt habe.»

«Wie bitte?» Morse fragte sich, ob er richtig gehört hatte.

«Sind Sie schwerhörig oder was?»

«Doch nicht etwa in diesen Angeber von der Modellagentur?»

Sie schüttelte ärgerlich den Kopf. Ein ungeduldiges kleines Mädchen, das mit dem Fuß aufstampft, um ihren Willen durchzusetzen. *Jetzt. Sofort.*

«Können Sie sich das nicht denken? Sind Sie denn blind?» Sie stand schon an der Tür, die grünen Augen zusammengekniffen, um die Tränen zurückzuhalten. «In dich hab ich mich verliebt, du blöder Kerl!»

62

Daktyloskopie (f): Untersuchung von Fingerabdrücken (frühes 20. Jahrhundert).

(The New Shorter Oxford English Dictionary)

Morse hatte sich immer nur widerwillig mit der Daktyloskopie beschäftigt. Die Bogen und Wirbel und Schleifen, die Höhen und Tiefen und Täler waren ihm – wie die Elektrizität oder die Wheatstonesche Brücke – ein Buch mit sieben Siegeln geblieben. Er überließ es deshalb nur zu gern Sergeant Lewis, am Freitag, dem 30. September, den Damen Brooks und Stevens, die am frühen Nachmittag wieder in heimatliche Gefilde zurückgekehrt waren, die Fingerabdrücke abzunehmen. Die Paßkontrollen auf den Flughäfen Heathrow, Gatwick und Stansted waren verständigt worden, und kurz nach zwölf hatte man im Präsidium von Thames Valley die Ankunft der Gesuchten gemeldet, als sie pünktlich auf die Minute in Oxford aus dem Zubringerbus stiegen.

Lewis und die Kollegen von der Spurensicherung hatten sie in Empfang genommen, in ein Büro am Busbahnhof gebracht und ihnen – nur zur Klärung, wie es hieß – offiziell die Fingerabdrücke abgenommen, was sie beide ohne erkennbare Überraschung oder spürbare Beunruhigung hatten geschehen lassen.

Nachdem der Kollege von der Spurensicherung nach St. Aldate's zurückgefahren war, wo er direkten Zugang zum Fahndungscomputer hatte, kehrte Lewis ins Präsidium und zu Morse zurück, der mißgelaunt in Akten wühlte.

Der Anblick seines Sergeant aber schien ihn heiterer zu stimmen.

«Keine Probleme?»

«Keine Probleme, Sir.»

«Sie wetten doch ganz gern, Lewis.»

«Nur gelegentlich. Beim Derby, beim Grand National...»

«Dann wetten Sie doch heute mal mit mir.»

«Um 50 Pence?»

«Wollen wir nicht mal ganz groß einsteigen und ein Pfund setzen?»

«Na gut. Allerdings muß ich zur Zeit ein bißchen aufs Geld schauen. Wir haben die Maler.»

«Ich denke, das machen Sie alles selbst?» fragte Morse erstaunt.

«Das war einmal, Sir. Früher, als ich noch mehr Zeit und Kraft für so was hatte. Ehe ich bei Ihnen angefangen habe...»

«Na dann los. Was würden Sie sagen, wessen Fingerabdrücke es sind – die von Brenda Brooks oder die von Julia Stevens?»

Lewis runzelte die Stirn. «Daß es seine Frau war, kann ich mir nicht vorstellen. Schon von der Kraft her...»

«Meinen Sie?» Morse schien die Sache fast Spaß zu machen.

«Mrs. Stevens ist körperlich viel stärker, aber auch willensfester. Und intelligenter.»

«Und sie hat nichts zu verlieren.» Morse war wieder ernst geworden.

«Auch das...»

«Sie setzen also auf Mrs. Stevens?»

Lewis zögerte. «In Krimis kann man sich nur auf zweierlei wirklich verlassen: daß der Täter weder der Butler ist noch derjenige, auf den man selber tippen würde. Also bin ich für Mrs. Brooks.»

«Und mir lassen Sie Mrs. Stevens.»

«Für die hätten Sie sich sowieso entschieden, Sir.»

«Glauben Sie?»

Lewis, der nicht recht wußte, was er glauben sollte, wechselte das Thema.

«Haben Sie mittags was gegessen?»

«Nicht mal was getrunken», sagte Morse mit Leidensmiene und zündete sich eine Zigarette an.

«Haben Sie keinen Hunger?»

«Ein bißchen.»

«Dann kommen Sie doch heute abend zu uns, meine Frau macht Ihnen gern eine Kleinigkeit.»

Morse überlegte. «Was gibt's denn am Freitag bei Ihnen normalerweise? Fisch?»

«Nein. Setzei und Pommes.»

«Ich dachte, das gibt's bei Ihnen mittwochs.»

Lewis nickte. «Auch. Und montags.»

«Gemacht», entschied Morse. «Sagen Sie ihr, sie soll ein paar Kartoffeln mehr schälen.»

«Nur dürfen Sie sich nicht daran stören, wie's bei uns aussieht, Sir. Sie wissen ja – wenn man die Handwerker im Haus hat ...»

«Hauptsache, Sie haben ein anständiges Bier im Haus.»

Lewis nahm den Anruf von der Spurensicherung entgegen. Keine Übereinstimmungen. Weder Brenda Brooks noch Julia Stevens oder Eleanor Smith hatte ihre Spuren auf dem rhodesischen Messer hinterlassen. Ja, und noch etwas. Bekanntlich ist die Klassifizierung und Identifizierung von Fingerabdrücken eine sehr knifflige Angelegenheit, und sie waren ihrer Sache noch nicht absolut sicher, aber es sah so aus, als gehörten die Fingerabdrücke auf dem Messergriff zu keinem der etwa zwei Millionen Straftäter, die Scotland Yard in den Akten hatte.

«Im Klartext, Kollege: Derjenige, der den Burschen kaltgemacht hat, ist nicht vorbestraft.»

«Oder diejenige», ergänzte Lewis. Aber erst, nachdem er aufgelegt hatte.

Morse nahm die Nachricht kommentarlos zur Kenntnis.

Der Bericht, den Lewis über den Besuch bei Matthew Rodways Mutter geschrieben hatte, lag ganz oben auf dem Aktenstapel des Chief Inspector.

«Hoffentlich hab ich nicht zu viele Rechtschreibfehler gemacht, Sir», brach Lewis nach längerer Zeit das Schweigen.

«Wie? Nein, nein. Sie bessern sich. Langsam, aber sicher.»

«Ich glaube, ihr – Mrs. Rodway, meine ich – ist es egal, wer Brooks umgebracht hat. Hauptsache, er ist tot.»

Morse murmelte etwas Unverständliches. Der Besuch bei Mrs. Rodway schien eine kleine Ewigkeit her zu sein. Als er aber den

Bericht überflog, stand plötzlich alles wieder ganz deutlich vor ihm: das Gespräch, das Zimmer, die schlanke, noch immer verbitterte Mrs. Rodway.

«Ich phantasiere jetzt mal, Sir... Wäre es denkbar, daß *sie* Brooks umgebracht hat?»

«Ein Motiv hatte sie jedenfalls.»

«Sollen wir noch mal hinfahren und die Fingerabdrücke abnehmen?»

«Heute nicht, Lewis. Sie wissen ja – ich bin zum Essen eingeladen.»

«Gut, dann sehen wir uns dort. Gegen sechs?»

«Was haben Sie denn bis dahin noch vor?»

«Allerlei Kleinkram. Unter anderem will ich mich weiter um die Schlüssel kümmern. Hab in zwanzig Minuten einen Termin im Pitt Rivers.»

Morse zündete sich die nächste Zigarette an, lehnte sich in dem schwarzen Ledersessel zurück und sah sich um. An der mit Emulsionsfarbe gestrichenen Wand hatte sich eine dünne Schicht Nikotin niedergeschlagen; besonders die Ecken waren schon ziemlich dunkel. Reif für die Renovierung...

Plötzlich spürte er ein leichtes Kribbeln, als habe er eben etwas sehr Wichtiges gelesen, gedacht oder gesehen. Aber sosehr er sich auch bemühte – der Gedanke wollte sich nicht greifen, nicht konkretisieren lassen, und schließlich gab Morse entmutigt auf.

63

In den meisten Fällen bleiben Fingerabdrücke am Tatort zurück. Selbst der gewiefteste Täter vergißt mal, alles säuberlich abzuwischen.

(*Murder Ink*, Belastende Beweise)

«Stört es Sie, wenn wir heute in der Küche essen, Inspector?» fragte Mrs. Lewis in ihrem singenden walisischen Tonfall.

«Keine Sorge, das stört mich überhaupt nicht.»

«Wir haben nämlich die Maler. Setzen Sie sich solange ins Wohnzimmer, ich hab Bier und ein Glas hingestellt.»

Morse warf im Vorübergehen einen Blick ins Eßzimmer. Die Maler hatten für heute Feierabend gemacht und waren offenbar ohnehin fast fertig, denn nur um das große Fenster herum lagen noch Tücher über dem lachsfarbenen Teppich, und die meisten Möbel waren schon wieder an Ort und Stelle. Nur noch ein Bücherregal, an dem eine hölzerne Trittleiter lehnte, stand mitten im Zimmer. Ein erdbeerrotes Rechteck links vom Fenster verriet, wo es eigentlich hingehörte.

«Gefällt Ihnen die Farbe?» fragte Mrs. Lewis hinter ihm.

«Sehr gut gemacht», sagte Morse, der von Anstreichen und Tapezieren keine Ahnung hatte.

Mrs. Lewis hatte einen scharfen Blick. «Sie haben sich gerade den Teppich angesehen, nicht? Wir haben ihn erst fünf Jahre – und im Geschäft haben sie uns erzählt, er sei absolut farbecht.»

«Alles verblaßt wohl mal», sagte Morse, eine (wie er in diesem Moment fand) wenig tiefsinnige Bemerkung.

«Das macht die Sonne. Wo die hinkommt, verfärbt sich alles. Der Stoff, mit dem die Schrankfächer und Schubladen ausgelegt sind, ändert sich überhaupt nicht.»

Morse ging ins Wohnzimmer, machte eine Dose Cask Flow Beamish auf, lehnte sich zufrieden zurück und sah sich die Sechsuhrnachrichten an, als Lewis hereinkam.

«Sie sehen sehr zufrieden aus», stellte Morse fest.

«Ich hab wieder zwei Schlüssel identifiziert. Der zweite Sicherheitsschlüssel paßt für den Personaleingang im Pitt Rivers an der South Parks Road, und der kleine X 10 ist auch aus dem Pitt Rivers, er gehört zu einem Wandsafe, in dem die Schlüssel für die Schaukästen hängen.»

«Na bestens», brummte Morse zerstreut und konzentrierte sich wieder auf die Nachrichten.

Wenig später meldete sich Mrs. Lewis mit einem nicht sehr damenhaften Pfiff: «Essen fassen, Jungs!»

Von den kulinarischen Künsten beherrschte Morse nur das Eierkochen, eine Fertigkeit, die, wie er gern bemerkte, durchaus nicht so weit verbreitet war, wie man annehmen sollte. Wenn Morse auch ein (nach seiner Einschätzung) vorzüglicher Eier*koch* war, so mußte er zugeben, daß Mrs. Lewis *(omnia consensus)* es im Eier*braten* zu höchster Meisterschaft gebracht hatte. Der Anblick der beiden milchig-gelbweißen Spiegeleier auf jedem Teller neben dem Berg goldgelber Pommes frites war ein ästhetischer Genuß.

Während Morse sich mit Tomatenketchup bediente, griff Lewis nach Messer und Gabel. «Wenn Sie jemals eine Leiche finden, Sir, neben der ein leerer Teller Setzei und Pommes steht...»

«Ein Teller, auf dem mal Setzei und Pommes waren, meinen Sie wohl, Lewis...»

«Wenn Sie die Fingerabdrücke auf dem Messer nicht in unserem Archiv finden, sind's wahrscheinlich meine...»

Morse nickte, griff ebenfalls nach seinem Werkzeug, stellte zufrieden fest, daß der Teller heiß war – und erstarrte wie das Bild auf einem Video, wenn jemand die Pausetaste gedrückt hat.

«Ist was, Sir?»

Morse antwortete nicht.

«Ist Ihnen nicht gut, Sir?» fragte Lewis besorgt.

«Verdammt noch eins, Lewis! Sie haben's mal wieder geschafft!»

Lewis legte – ein höchst seltenes Ereignis – mitten im Essen Messer und Gabel aus der Hand.

«Erinnern Sie sich noch an unsere kleine Wette?» Die Stimme des Chief Inspector schwankte leicht.

«Die wir beide verloren haben, Sir...»

«Die wir, um genau zu sein, beide nicht gewonnen haben. Ich wette um noch was mit Ihnen, Lewis: daß ich weiß, wessen Fingerabdrücke auf dem Messer sind, das der tote Brooks im Rücken stekken hatte.»

«Das wissen ja nicht mal die Jungs von der Spurensicherung.»

Morse schnaubte verächtlich. «Ich hätte nicht übel Lust, denen eine Dienstaufsichtsbeschwerde an den Hals zu hängen. So was von Unfähigkeit... Aber es ist ja verständlich», fuhr er milder fort.

«Tut mir leid, Sir. Da komme ich nicht mehr mit.»

«Soll ich Ihnen sagen, wessen Fingerabdrücke wir auf dem Messer gefunden haben?»

Die blauen Augen blickten so wild, daß Lewis es mit der Angst zu tun bekam. Hatte Morse einen leichten Schlaganfall erlitten? Litt er plötzlich an Epilepsie?

«Soll ich es Ihnen sagen?» wiederholte Morse. «Es gibt eine Regel, die Sie genau kennen, die jeder Kriminalbeamte kennt. Und an die wir uns in diesem Fall nicht gehalten haben. Nicht halten konnten. Daß man, wenn man Fingerabdrücke am Tatort sichert, allen Beteiligten – auch dem Toten – die Fingerabdrücke abnimmt.»

Lewis spürte, wie das Blut in seinen Adern so kalt wurde wie der Teller, der vor ihm stand. «Sie meinen doch nicht...»

«Doch, Lewis. Genau das meine ich. *Es sind die Fingerabdrücke von Edward Brooks.*»

64

Gestalt (f): hauptsächl. i. d. Psychologie. Eine funktionell mehr als die Summe ihrer Teile darstellende integrierte begriffliche Struktur oder Einheit.

(The New Shorter Oxford Dictionary)

Es war, wie Morse genau wußte, schwierig genug, jemandem eine relativ einfache körperliche Tätigkeit wie das Gehen zu beschreiben, geschweige denn kompliziertere Sachverhalte wie einen Aufschlag beim Tennis. Um wieviel schwieriger aber war es, Lewis' direkte Frage nach der zerebralen Genese eines solchen Vorgangs zu beantworten.

«Wie sind Sie nur darauf gekommen, Sir?» hatte ihn Lewis gefragt.

Welche Gehirnakrobatik zum Lösen eines besonders haarigen Kreuzworträtsels erforderlich war, konnte man seinen Mitmenschen ja noch klarmachen. Wie aber erklärte man jene geistigen Verrenkungen, die sich praktisch jeder Erklärung entzogen, aber die Lösungsworte für das ganze kriminologische Kreuzgitter lieferten und damit zu einem dramatischen Moment der Erleuchtung führten? Wie erklärte man auch nur ansatzweise einen so jähen, fast irrationalen psychologischen Vorgang?

Natürlich nur mit Mühe. Morse tat sein Bestes, um zu erläutern, wie er zu seiner erstaunlichen Lösung gekommen war, einer Lösung, die er der Tatsache verdankte, daß eine Reihe scheinbar unzusammenhängender Erinnerungen und Rückblenden unvermittelt in seinem Kopf zu einem Ganzen verschmolzen waren.

Da war zunächst Lewis' Bericht über das Gespräch mit Mrs. Rodway, das ihm in aller Deutlichkeit und in allen Einzelheiten das Zimmer in Erinnerung gerufen hatte, in dem sie mit ihr gesprochen hatten, insbesondere die helle Stelle, an der offenbar ein Bild gehangen hatte.

Wie eine Fortsetzung dieser Erinnerung wirkte die gegenüber dem übrigen Teppichboden dunklere Stelle im Wohnzimmer und auch das, was Mrs. Lewis über den farblich unveränderten Stoff in ihren Schrankfächern gesagt hatte.

Dann war da der Besuch im Pitt Rivers Museum, bei dem die Kuratorin stolz auf die vorzügliche Qualität der Jute für die Schaukästen und die für «ewig und drei Tage» gegebene Farbechtheitsgarantie hingewiesen hatte.

Und eine Kindheitserinnerung. Die Erinnerung an einen Besteckkasten, ein Familienerbstück, auf dessen blauem Samt sich im Lauf der Jahre Messer, Gabel und Löffel immer deutlicher abzeichneten. Die Zeit hinterläßt eben ihre Spuren auch an unerwarteten Stellen...

Aber war es nicht denkbar, daß die Artefakte in ihren Schaukästen in den düsteren, sonnenlosen Räumen des Pitt Rivers – gleich den Gerätschaften in Mrs. Lewis' Küchenschränken – nur sehr schwache Spuren hinterließen? Oder vielleicht gar keine?

Dazu kam die Diskrepanz zwischen dem Bericht der Pathologin über das Messer, mit dem McClure ermordet worden war, und die Aussage der Raysons über das Messer, das sie in ihrem Vorgarten gefunden hatten: «Klinge offenbar nicht sehr scharf» im ersteren, «Klinge, die zunächst nicht nachgeschärft zu werden brauchte» im letzteren Fall. Eine auf den ersten Blick geringfügige, aber äußerst gewichtige Abweichung, die nicht hätte übersehen werden dürfen.

Da waren nun all diese (bisher noch) einzelnen Komponenten und warteten auf einen Katalysator.

Der mal wieder Lewis hieß.

Denn Lewis war mit der Mitteilung zurückgekommen, daß einer der kleinen Schlüssel, den sie an dem Ring in Brooks' Tasche gefunden hatten, zum Wandsafe des Pitt Rivers Museum gehörte, in dem unter anderem auch der Schlüssel zu Schaukasten Nummer 52 hing. Und Lewis hatte, als er nach dem Messer griff, um sich über Setzei und Pommes frites herzumachen, ganz harmlos festgestellt, daß man in Kürze daran seine Fingerabdrücke finden würde.

Und wohin hatte dieser logische Gedankengang Chief Inspector Morse geführt, der, als er wie Abraham sein Zelt verließ, um in die Wüste zu gehen, nicht wußte, wohin er ging? Zu der erstaunlichen Schlußfolgerung, daß am Mittwoch, dem 7. September, aus dem Schaukasten 52 im Pitt Rivers Museum in Oxford – *nichts gestohlen worden war.*

65

Siehe, ich sage euch ein Geheimnis.
(1. Brief des Paulus an die Korinther, 15,51)

Zwei Tage später, am Sonntag, dem 2. Oktober, wurde für 10.00 Uhr ein Kriegsrat in Cäsars Zelt – sprich im Büro von Chief Superintendent Strange – einberufen, an dem außer diesem Chief Inspector Morse, Chief Inspector Phillotson und Sergeant Lewis teilnahmen. Morse setzte sich mit Nachdruck für eine drastische Intensivierung der Ermittlungen, für die Ausstellung von Haftbefehlen und die Einbeziehung einer Kohorte forensischer Experten ein.

Er sei sich, wie er erklärte, jetzt über die Umstände der Morde an McClure und Brooks völlig im klaren und wolle seinen Kollegen gern einen entsprechenden Überblick geben, wobei zunächst nicht von Motiven, sondern ausschließlich von Methoden, den *modi operandi*, die Rede sein solle.

Bald nickend, bald skeptisch die Stirn runzelnd, folgte Strange den Ausführungen seines Chief Inspector.

McClure hatte auf dem Aufgang gewohnt, für den Brooks als Hausdiener zuständig gewesen war. Letzterer hatte Kontakte im Drogenmilieu und belieferte etliche Studenten, unter anderem Matthew Rodway, der (vermutlich aber ohne homosexuellen Hintergrund) sehr eng mit McClure verbunden war und auf tragische und nie völlig aufgeklärte Weise Selbstmord begangen hatte. McClure hatte den Hausdiener Brooks veranlaßt, seine Stellung im Wolsey College aufzugeben, diesem aber zugesagt, seine Verstrikkung in den Drogenhandel nicht dem Dekan zu melden, sondern ihm noch eine Referenz zu geben, sofern er zusicherte, nicht mehr als Dealer tätig zu sein.

Später erfuhr McClure, daß Brooks seine Dealertätigkeit nicht aufgegeben hatte, sondern seine früheren Abnehmer weiterhin belieferte. Aufgebracht drohte McClure, er würde Brooks seinem neuen Arbeitgeber und der Polizei melden, und möglicherweise verabredeten sich die beiden (oder auch nicht). Fest stand nur, daß Brooks McClure aufsuchte und umbrachte.

Als Brooks mit dem Fahrrad nach Hause fuhr, bekam er plötzlich starke Schmerzen. Er kam noch bis zur St. Giles', stellte sein Fahrrad vor der Kirche ab – vielleicht sogar, ohne es anzuschließen –, ließ sich zuerst von einem Taxi nach East Oxford und wenig später, nachdem er noch seiner Frau die blutbefleckten Sachen zur Beseitigung anvertraut hatte, mit einem Krankenwagen zum John Radcliffe Hospital fahren.

Nachdem er wußte, daß er sich von seinem Infarkt wieder erholen würde, muß Brooks vor allem ein Gedanke verfolgt haben: daß die Mordwaffe noch im Haus war. Er wies seine Frau an, sie wegzuschließen, wahrscheinlich in die Kassette, die in seinem Schlafzimmer gefunden wurde, was sie auch tat, wobei sie offenbar – wie auch später – mit dem Messer sehr vorsichtig umging (praktischerweise trug sie an ihrer verletzten rechten Hand einen Stützhandschuh), weil sie den Zorn eines brutalen Schlägers fürchtete, der höchstwahrscheinlich früher seine Stieftochter sexuell mißbraucht hatte. Diese Stieftochter nun tauchte nach vielen Jahren wieder zu Hause auf, offenbar, nachdem sie erfahren hatte, daß Brooks im Krankenhaus lag.

Brenda Brooks hatte jetzt eine Verbündete.

Genaugenommen sogar zwei, denn unsere Aufmerksamkeit richtet sich zunehmend auf die ungewöhnlich herzliche Freundschaft zwischen der Putzfrau Brenda Brooks und der Lehrerin Julia Stevens, die, wie wir erst seit kurzem wissen, an einem inoperablen Gehirntumor leidet.

Und so kam es zu einem erstaunlich raffinierten Plan, der die Polizei auf eine falsche Fährte locken sollte, was auch gelang. «Wenn ich das etwas ausführlicher erläutern darf...»

«Wird auch Zeit», brummte Strange.

Brenda Brooks hatte Mrs. Stevens eingeweiht. Beide kannten

jetzt nicht nur McClures Mörder, sondern wußten auch, mit welcher Waffe der Mord begangen worden war und warum Brooks sie nicht hatte beseitigen können.

An dem Samstag vor dem Mord an McClure hatte Brooks kurz vor Schließung des Museums das Messer aus dem Schaukasten Nr. 52 genommen. Am Montag morgen wollte er eine halbe Stunde früher als sonst zum Dienst kommen und es zurücklegen. Unter fünfzig anderen Messern hätte es niemand vermißt. Außerdem hätte es bis dahin auch deshalb niemand vermissen können, weil das Museum am Sonntag geschlossen war.

«Warum?» setzte Strange an, aber Morse kam seiner Frage zuvor.

Warum Brooks diesen komplizierten Weg gewählt und ob er das Messer bereits mit der erklärten Absicht entwendet hatte, einen Mord zu begehen, konnte man jetzt nur noch raten. Gewisse Rückschlüsse ließen sich allenfalls daraus ziehen, daß sich im Haus der Familie Brooks – die offenkundig mit Büchern ansonsten nicht viel am Hut hatte – ein aus der Stadtbücherei entliehenes Exemplar der *Unschuld von Father Brown* gefunden hatte, in dem Chesterton bemerkt, ein Schlachtfeld sei der sicherste Ort, eine Leiche zu verstekken, was Brooks zu der Folgerung veranlaßt haben mag, ein Schaukasten mit Waffen sei der sicherste Ort, ein Messer zu verstecken.

Doch aus seinem schönen Plan, das Messer baldmöglichst zurückzubringen, war nichts geworden.

Natürlich hoffte er, niemand würde etwas merken, und diese Hoffnung war auch nicht unberechtigt. Nicht nur, weil in dem Schaukasten so viele andere Messer lagen, sondern weil die Ausstellungsstücke auf dem Stoff, mit dem der Schaukasten kürzlich neu ausgelegt worden war, noch keine Spuren hinterlassen hatten, so daß man daran nicht erkennen konnte, ob etwas fehlte. Wurde einmal etwas herausgenommen, legte man gewöhnlich ein weißes Kärtchen mit der Aufschrift «Vorübergehend entnommen» an die leere Stelle. Aber es *gab* keine leere Stelle, denn Brooks hatte nur zwei, drei Messer ein wenig zu verschieben brauchen, um die Lücke zu schließen. Und so vergingen die Tage, ohne daß jemand Verdacht schöpfte.

Doch außer Brooks wußten zwei weitere Personen Bescheid. Eine davon war Julia Stevens.

Und so wurde die geniale Idee geboren: Wenn nun Brooks mit ebenjenem Messer ermordet werden würde, das er selbst gestohlen hatte...?

Dazu war nur zweierlei nötig.

Erstens mußte ein anderes, aber ganz ähnliches Messer in der Daventry Avenue oder ihrer unmittelbaren Umgebung deponiert werden. Wenn es gefunden wurde (womit früher oder später zu rechnen war), würde die Polizei irgendwann herausbekommen, daß es aus der Brooksschen Küche stammte.

Zweitens mußte der Schaukasten, aus dem die Mordwaffe entwendet worden war (auf dem Schildchen stand klar und deutlich «Schaukasten 52»), aufgebrochen werden, denn nur bei einer Überprüfung des Inhalts würde sich herausstellen, daß und welches Messer fehlte.

Und so wurde denn jemand damit beauftragt, den Schaukasten aufzubrechen und den Inhalt ein wenig durcheinanderzubringen (was Brooks seinerzeit tunlichst vermieden hatte), der «Diebstahl» wurde entdeckt und gemeldet, das fehlende Messer ziemlich schnell identifiziert, und vor allem: Die entscheidenden Alibis waren erstellt.

Wie das?

Weil es wohl für jeden logisch denkenden Menschen unbestreitbar sein dürfte, daß ein mit einem gestohlenen Messer Ermordeter nur *nach dem Diebstahl des Messers* getötet worden sein konnte.

In Wirklichkeit aber war Brooks *vor* dem Diebstahl des Messers ermordet worden, vermutlich am Vortag, denn daß die beiden Frauen ihn an dem Tag, als sie mit der Schulgruppe nach Stratford gefahren waren, noch lebend gesehen hatten, war natürlich gelogen.

Unbeantwortet war jetzt eigentlich nur noch die Frage, warum die Leiche so sorgfältig in Plastiksäcke und eine braune Teppichrolle eingepackt worden war, ehe man sie oberhalb der Donnington Bridge in der Isis deponiert hatte. (Die Fahrt dorthin hatte sie wahrscheinlich im Kofferraum eines Autos zurückgelegt, vermutlich dem von Julia Stevens, da sie von den drei Frauen als einzige ein solches Transportmittel besaß.)

Der Grund dafür lag, so Morse, auf der Hand: Falls oder vielmehr wenn die Leiche gefunden wurde, konnte man dank dieser Umhüllung sicher sein, daß das Messer nicht verlorengegangen war, sondern noch in der Leiche steckte, so daß die so raffiniert erdachten Alibis nicht gefährdet waren.

«Sie sehen also», schloß Detective Chief Inspector Morse, «daß die beiden Frauen, die aus unserer Sicht Brooks keinesfalls ermordet haben konnten, plötzlich ganz oben auf unserer Liste stehen.» Er lächelte selbstzufrieden in Richtung des Chief Superintendent. «Wenn Sie nichts dagegen haben, Sir, beantragen wir sofort zwei Haftbefehle.»

«Warum nur zwei?» fragte Detective Chief Inspector Phillotson.

66

Die Seele ist ein eigener Ort und kann die Hölle zum Himmel und den Himmel zur Hölle machen.

(John Milton, *Das verlorene Paradies*, Buch 1)

Tags darauf stellte die Zentrale einen Anruf von Dr. Basil Shepstone, dem Chefneurologen des Churchill Hospital in Oxford, zu Morse durch («Chief Inspector Morse persönlich, bitte!»), und zwanzig Minuten später saßen sich die beiden in Shepstones Sprechzimmer gegenüber.

Julia Stevens war mittags in die Klinik eingeliefert worden, die Putzfrau hatte sie bewußtlos vor ihrem Bett gefunden. Mit einem relativ raschen Verfall der geistigen Kräfte hatte man rechnen müssen, aber der dramatische physische Zusammenbruch war überraschend gekommen. Eine Biopsie hatte die vorläufige Diagnose bestätigt: Glioblastom, ein rasch wachsender Hirntumor, maligne, inoperabel, schnell zum Tode führend.

Eine erste Untersuchung im Krankenhaus hatte ergeben, daß der Tumor Teile des Gehirns gegen den Schädelknochen preßte, was qualvolle Übelkeit, Hörstörungen und Probleme mit der räumlichen Orientierung hervorrief. Trotzdem hatte Mrs. Stevens noch zum Ausdruck bringen können, daß sie mit Chief Inspector Morse von der Kriminalpolizei sprechen wolle.

Im Verlauf des Nachmittags, berichtete Shepstone, war sie sehr aggressiv geworden, besonders als eine der jungen Schwestern ihr Medikamente verabreichen wollte, aber da mit der Entwicklung eines solchen Tumors häufig eine Persönlichkeitsveränderung einhergeht, war das nichts Außergewöhnliches.

«Hatten Sie diese Persönlichkeitsveränderung schon zuvor bei ihr bemerkt?» fragte Morse.

Shepstone zögerte. «Ja, vielleicht. Ich denke... sagen wir es so: Das häufigste Symptom ist eine Aufhebung der Hemmschwelle. Das bedeutet zum Beispiel, daß die Patienten weniger abhängig von den Reaktionen ihrer Mitmenschen – im Falle von Mrs. Stevens ihrer Kollegen – werden, so daß Mrs. Stevens etwa auf Lehrerkonferenzen unerschrockener ihre eigene Meinung vortragen konnte. Ich will nicht sagen, daß sie schüchtern war, aber sie empfand wohl immer – wem von uns ginge das nicht so – gewisse Ängste, gewisse Unsicherheiten...»

«Eine attraktive Frau, nicht wahr?»

Shepstone sah Morse scharf an.

«Ich weiß, worauf Sie hinauswollen. Und die Antwort lautet vermutlich ja. Wenn in den vergangenen Monaten jemand mit ihr... hätte schlafen wollen...»

«Und heute, sagen Sie, ist sie gewalttätig geworden?»

«Aggressiv.»

Morse nickte.

«Bei solchen Patienten sind nicht so sehr die Verhaltensweisen an sich auffällig, sondern das Unvermutete daran. Ich erinnere mich zum Beispiel an eine sehr sittenstrenge alte Dame in unserer geriatrischen Abteilung, die einen ähnlichen Tumor hatte und eines Nachts aus dem Bett stieg, um draußen nackt im Springbrunnen zu tanzen.»

«Aber Julia Stevens ist keine sittenstrenge alte Dame», sagte Morse nachdenklich.

«Nein», bestätigte der Arzt mit den traurigen Augen. «Nein, sicherlich nicht.»

Als Julia wieder zu sich kam, war sie zunächst davon überzeugt, daß sie in Wirklichkeit noch immer in ihrem eigenen Bett lag. Irgend jemand wollte sie foppen, wollte ihr vorgaukeln, sie sei im Krankenhaus, und um die Täuschung perfekt zu machen, hatte man ihre in beruhigenden Grüntönen gehaltenen Schlafzimmerwände mit einem harten, grellen Weiß überstrichen.

Alles war weiß.

Alle trugen Weiß.

Nach und nach löste sich ihre Anspannung ein wenig.

Anfangs hatte sie sich überhaupt nicht mehr zurechtgefunden. Sie wußte nicht einmal, welche Tageszeit, welchen Tag, welchen Monat, ja welches Jahr sie hatten. Und als die junge Frau in dem weißen Kittel sie ansprach, hatte sie jähe Panik erfaßt, denn Julia Stevens konnte sich nicht entsinnen, wer sie war.

Allmählich war dann manches wiedergekommen. Sie wußte wieder ungefähr über sich und über ihr Leben Bescheid, und darüber hinaus war etwas sehr Erfreuliches geschehen: Die dumpfen, belastenden Kopfschmerzen, mit denen sie so viele Monate gelebt hatte, waren weg. Einfach weg.

Sie wußte, was sie sagen wollte. Zumindest ihr Kopf wußte es. Daß sie mit Morse sprechen wollte. Doch dann stellte sich heraus, daß das, was sie sich im Kopf zurechtgelegt hatte, nichts mit dem zu tun hatte, was sie dann sagte:

«Tausendeins, tausendzwei...»

Aber schreiben konnte sie.

Wie war das möglich, wenn sie nicht sprechen konnte? Egal. Sie konnte schreiben.

Julia Stevens war selbst an der Schwelle des Todes noch eine attraktive Frau. Morse berührte mit einer Hand leicht ihren rechten Arm und lächelte ihr zu. Sie lächelte zurück, aber das Lächeln war angespannt, weil sie all ihre Willenskraft aufbot, das, was ihr so wichtig war, so zu sagen, daß er es verstand.

Als sie in Brendas Wohnzimmer machtlos vor einer Tat gestanden hatte, aus der es kein Zurück mehr gab, hatte sie sich geschworen, notfalls alle Schuld auf sich zu nehmen. In ihrem Kopf lagen die Worte bereit. Worte, die eine Lüge waren, die es aber nun auszusprechen galt. Was ihr bestimmt auch gelingen würde, wenn sie es sich immer wieder vorsagte: «*Ich* habe ihn umgebracht, *ich* habe ihn umgebracht...» Sie sah zu Morse hoch und zwang ihren Mund, die Worte zu formen:

«Tausenddrei, tausendvier, tausendfünf...»

Noch während sie sprach, begriff sie offenbar, daß der Versuch gescheitert war. Verzweifelt suchte sie nach dem Bleistift, mit dem sie vorhin den Namen «Morse» geschrieben hatte. Ihr rechter Arm ruderte wild und stieß das Glas Orangensaft auf dem Nachttisch um. Frustrierte Tränen stiegen ihr in die Augen.

Und dann waren drei Krankenschwestern bei ihr, drei Gestalten in Weiß. Zwei versuchten sie festzuhalten, während die dritte ihr ein weiteres Beruhigungsmittel verabreichte. Und Morse, der gern noch einen zarten Kuß auf das rote Haar gedrückt hätte, wurde hastig aus dem Krankenzimmer gescheucht.

67

Wir können beweisen, was immer wir wollen; die einzige wirkliche Schwierigkeit besteht darin, zu wissen, was wir beweisen wollen.

(ÉMILE CHARTIER, *Système des beaux arts*)

Der Fall näherte sich nun zügig seinem Abschluß. Noch fehlten viele Antworten, von denen die meisten sich fanden, obschon nicht nur Lewis sich fragte, was genau Morse eigentlich finden *wollte*. Ein, zwei kleinere Überraschungen standen noch bevor, aber im Grunde waren es nur zusätzliche bestätigende Details, die dank gründlicher forensischer Untersuchungen und in ein oder zwei recht unangenehmen Gesprächen an den Tag gebracht werden konnten.

Morse hatte ein Buch in der Hand, als Lewis am Dienstag, dem 4. Oktober, kurz nach drei Uhr nachmittags aus dem Krankenhaus zurückkam, wo er Kevin Costyn vernommen hatte, dessen Zustand sich erheblich gebessert und gegen den er auf Anhieb eine heftige Abneigung gefaßt hatte – so wie es Morse zunächst auch mit Miss Smith gegangen war.

Wesentliches hatte Lewis von ihm nicht erfahren. Was den Rammbruch betraf, hatte sich Costyn auf seine pampige Art wohl oder übel zu einer Aussage bequemt, Fragen nach seinem (sehr wahrscheinlichen) Besuch im Pitt Rivers Museum aber, seiner Beziehung (Beziehung?) zu Mrs. Stevens, seinem (möglichen) Wissen um den Mord an Edward Brooks, seiner Verwicklung, seiner Komplizenschaft tat er mit einem flapsigen Schulterzucken ab.

Er hatte nichts zu sagen. Wie auch? Er wußte nichts.

Wenn Lewis zu fünfundneunzig Prozent davon überzeugt war, daß Costyn log, war er zu hundert Prozent davon überzeugt, daß

Ashley Davies, den er am Vortag vernommen hatte, den Schaukasten Nummer 52 nicht aufgebrochen hatte. Davies war zwar an jenem Nachmittag tatsächlich in Oxford gewesen – und zwar von 15.45 bis 16.45 Uhr –, hatte aber in diesen sechzig Minuten auf dem Behandlungsstuhl von Mr. Balaguer-Morris in Summertown gesessen, einem angesehenen und über jeden Verdacht erhabenen Kieferchirurgen.

Quod erat demonstrandum.

Die beiden jungen Männer waren deshalb nach Lewis' Meinung (die Morse teilte) allenfalls Randfiguren im Mordfall Edward Brooks. Irgend jemand aber war im Pitt Rivers gewesen, irgend jemand hatte bei der Beseitigung der Leiche geholfen. Brooks war zwar kein besonders schwerer Brocken, aber eine Frau allein wäre kaum mit ihm fertig geworden. Für zwei war es schon leichter, zu dritt hätten sie es wahrscheinlich ziemlich mühelos geschafft, aber ein kräftiger junger Mann wäre ihnen sicher hoch willkommen gewesen...

Die drei Haftbefehle waren anstandslos ausgestellt worden, und das gebündelte Scheinwerferlicht richtete sich nun erneut auf drei Frauen: Brenda Brooks, Julia Stevens, Eleanor Smith.

Eine am Nachmittag des Vortags durchgeführte Durchsuchung im Hause Brooks hatte dramatische Erfolge gezeitigt. Einer der kleinen Schlüssel von Lewis' Schlüsselring hatte ihnen den Gartenschuppen geöffnet. Plastiksäcke hatten sich dort ebensowenig gefunden wie Reste der dunkelgrünen Kordel, die zum Verpacken der Leiche verwendet worden war. Gefunden aber hatten sich Fasern von einem brauen Material, das dem Teppich, in den die Leiche von Edward Brooks eingerollt worden war, verdächtig ähnlich sah (und wie sich später herausstellen sollte, handelte es sich tatsächlich um Flusen von besagtem Teppichstoff).

Daraufhin hatte man Brenda Brooks abends zum Verhör geholt und zweimal höflich darauf hingewiesen, daß man ihre Aussage schriftlich aufnehmen und gegebenenfalls später als Beweismaterial verwenden würde. Doch schon *ein* Hinweis wäre überflüssig gewesen, denn sie war so geschockt, daß sie überhaupt nichts sagte.

Später hatte man sie dann, nachdem förmlich Anklage wegen Beihilfe zum Mord erhoben worden war, gegen Kaution freigelassen. Und das war, wie Morse fand, völlig in Ordnung, denn daß diese sanftmütige kleine Frau, sobald sie wieder auf freiem Fuß war, im Zuständigkeitsbereich der Thames Valley Police in einen Mordrausch verfallen könnte, war kaum vorstellbar.

Er mochte Mrs. Brooks.

Und er mochte auch Mrs. Stevens, in deren Garage am gleichen Tag ein Team der Spurensicherung eine ebenso dramatische Entdeckung gemacht hatte. Im Kofferraum eines klapprigen Volvo hatten sie Fasern von einem braunen Material gefunden, das dem Teppich, in den die Leiche von Edward Brooks eingerollt worden war, verdächtig ähnlich sah (und wie sich später herausstellen sollte, handelte es sich tatsächlich um Flusen von besagtem Teppichstoff).

Morse hatte zufrieden genickt. Die beiden Frauen waren sehr umsichtig, sehr raffiniert vorgegangen. Aber selbst der raffinierteste Verbrecher kann nicht an alles denken. Früher oder später macht auch er einen kleinen, aber entscheidenden Fehler, und Morse konnte eigentlich nur froh darüber sein.

Er *war* darüber auch froh.

Er selbst hatte sich den Band aus der Stadtbücherei vorgenommen, den sie in Brooks' Schlafzimmer gefunden hatten und dessen Ausleihfrist längst abgelaufen war, und mit Genugtuung vermerkt, daß zwei Seiten der Erzählung «Das zerbrochene Schwert» mit Eselsohren versehen waren. Stammten die Markierungen von Brooks? Lohnte es sich, Fingerabdrücke zu sichern? Nein, dieser Gedanke war wohl doch zu abwegig. Aber Morse nahm sich vor, bei nächster Gelegenheit die Erzählung noch einmal zu lesen. Schon jetzt war sein Blick an der einen oder anderen Zeile hängengeblieben, an die er sich aus seiner Jugend so gut erinnerte:

> Wo kickt ein Mann nach Kieselsteinen? Am Strand.
> Wo versteckt ein Weiser ein Blatt? Im Wald...

Ja, es ging gut und zügig voran.

Noch stand die Zustellung eines dritten Haftbefehls aus. Des Haftbefehls für Miss Eleanor Smith, die Morse in einem höchst beklemmenden Traum erschienen war. Er hatte sie (von wo denn nur, um Himmels willen?) dabei beobachtet, wie sie, äußerst dürftig bekleidet, einem lüsternen Yuppie auf der Rückbank eines BMW Avancen gemacht hatte, und Ekel und Eifersucht hatten ihn gepackt.

Er hatte schon bessere Nächte, bessere Träume gehabt.

Aber wie das Leben so spielt: Zehn Minuten nach Lewis' Rückkehr am Dienstag nachmittag kam ein Anruf vom Empfang, der den Herzschlag von Chief Inspector Morse stark beschleunigte.

68

Sie kehrt' sich weg, doch da der Herbst sich nahte,
Beherrscht' sie meine Phantasie gar viele Tage,
Viele Tage und viele Stunden.

(T. S. ELIOT, *La Figlia Che Piange*)

Sie schloß die Beifahrertür und bat den Fahrer, zehn Minuten – nicht länger – auf der Zufahrtsstraße zu warten. Dann solle er sie abholen.

Rasch ging sie an dem blauen Schild mit der weißen Aufschrift «Thames Valley Police, Präsidium» vorbei und die ziemlich lange Auffahrt hoch, die zu dem Klotz aus Backstein und Beton führte.

Am Empfang brachte sie ihr Anliegen vor.

«Erwartet er Sie, Miss?» fragte der Diensthabende.

«Nein.»

«Darf ich fragen, worum es sich handelt?»

«Um einen Mord.»

Der grauhaarige Beamte sah sie neugierig an. Irgendwie kam sie ihm bekannt vor, aber er konnte sie nicht unterbringen. Dann sagte er Morse Bescheid.

«Soll reinkommen, Bill, ich hole sie gleich ab.»

Bill trug ihren Namen ins Besucherbuch ein und betätigte den Türöffner. Sie hatte ein kleines Päckchen bei sich, und er nahm sich vor, es im Auge zu behalten. Strenggenommen hätte er sie nicht ohne Durchsuchung hereinlassen dürfen, aber er hatte auf diesem Posten einen gewissen Ermessensspielraum, und nach einer Terroristin sah sie eigentlich nicht aus. Eher nach einer erfolgreichen Handelsvertreterin. Und Chief Inspector Morse kam sie offenbar nicht ungelegen.

«Wenn Sie hier Platz nehmen wollen, Miss...?»

Ellie Smith ging über den dunklen Marmorboden zu einem kleinen quadratischen, mit blauem Teppichboden ausgelegten Warteraum. An der Wand waren farblich darauf abgestimmte Sessel aufgereiht. Sie setzte sich und musterte die zahlreichen Plakate mit Merksätzen wie «Taschendiebe sind überall!», dem Bild eines Streifenwagens, der sich durch die Fluten einer Überschwemmung kämpft, und dem eines freundlichen Bobbys, der in einem Dorf mit der Frau eines Farmers plaudert. Gegenüber hing eine große Landkarte, die –

Doch an dieser Stelle mußte sie die Besichtigung abbrechen. Über die weiße Marmortreppe zu ihrer Linken kam ein Mann mit weißen Haaren auf sie zu.

«Schön, daß Sie da sind», sagte Morse. «Kommen Sie bitte mit nach oben.» (Widerwillig mußte er an einen Haftbefehl denken, dessen Vollstreckung noch ausstand.)

«Nein, danke, ich werde gleich wieder abgeholt.»

«Aber wir können Sie doch nach Hause bringen... *Ich* kann Sie nach Hause bringen.» (Morse hatte den unangenehmen Gedanken bereits erfolgreich vertrieben.)

«Nein. Tut mir leid.»

Morse setzte sich neben sie. «Warum sind Sie gekommen?»

«Sie haben Mum hier gehabt und sie auf Kaution wieder laufenlassen, nicht? Sie hat mir alles erzählt. Und nun wollte ich einfach mal wissen, wie das weitergeht mit ihr. Und mit mir.»

«Gegen Ihre Mutter ist im Zusammenhang mit dem Mord an Ihrem Stiefvater Anklage erhoben worden», sagte Morse behutsam. «Sie müssen Verständnis dafür haben, wenn im Augenblick...»

«Sie hat mir gesagt, daß Sie mich auch verhaften würden. Stimmt das?»

«Hier können wir nicht in Ruhe reden. Wollen Sie nicht doch...»

Sie schüttelte den Kopf. «Solange ich noch nicht verhaftet bin... Außerdem ist es mir in Ihrem Büro zu riskant. Sie erinnern sich?»

Morse wählte seine Worte sorgfältig. «Was Ihre Mutter betrifft, sieht es im Augenblick leider so aus, daß sie möglicherweise tatsächlich in den Mord an Ihrem Stiefvater verwickelt war.»

«Na gut, wenn Sie's mir nicht sagen wollen...» Sie stand auf, und Morse folgte ihrem Beispiel. Sie streckte ihm das Päckchen hin, das sie in der rechten Hand hielt.

«Für Sie.»

«Was ist das?»

«Versprechen Sie mir eins?»

«Falls ich das kann...»

«Daß Sie es erst aufmachen, wenn Sie heute abend zu Hause sind.»

«Wenn Sie meinen...»

Morse war plötzlich sehr gerührt, hilflos und aufgewühlt.

«So, das war's. Mehr wollte ich eigentlich nicht.»

«Ich rufe Sie an, wenn ich es aufgemacht habe. Versprochen!»

«Erst, wenn Sie zu Hause sind...»

«Erst, wenn ich zu Hause bin.»

«Meine Nummer haben Sie sich ja aufgeschrieben, nicht?»

«Die weiß ich auswendig.»

«Ich muß los. Hoffentlich gefällt's Ihnen», brachte sie mit einiger Mühe heraus. Sie strich mit Daumen und Zeigefinger der linken Hand über das Antoniusbild. Einen Augenblick sah es so aus, als könnte es doch noch zu einem Abschiedskuß kommen, aber in diesem Moment trat der stellvertretende Polizeichef an den Empfang und winkte Morse freundlich zu.

Sie drehte sich um und ging.

Draußen fuhr ein roter BMW vor, und sie stieg ein. Während sie sich angurtete, warf sie noch einen letzten wehmütigen Blick zurück.

«Schade, daß Sie sie nicht mitgebracht haben, Sir. Sie hat sich enorm rausgemacht, nicht?»

Morse machte rasch die Tür zu und antwortete nicht. Sein Leben schien ihm plötzlich freudlos und leer.

«Kaffee?» fragte Lewis, dem in diesem Moment wohl manches klar wurde.

Morse nickte.

Als Lewis draußen war, hielt er es nicht mehr aus.

In dem mit Glockenblumen bedruckten Geschenkpapier war eine sanft gerundete kleine silberne Taschenflasche.

Der beigelegte Brief hatte keine Anrede:

Meine Mum hat mich antelefoniert und mir alles erzählt, aber sie hat ihn nicht umgebracht, das weiß ich am besten, weil ich es war. Schreiben kann ich das nicht so richtig, aber ich finds schade, daß wir nicht nochmal zusammen Schampus trinken konnten. Das war der schönste Abend in meinem ganzen Leben, denn so verrückt sich das anhört – ich hab Dich sehr, sehr lieb. Hoffentlich gefällt Dir das kleine Geschenk. Große Worte kann ich nicht machen, deshalb mach ich jetzt Schluß. Weißt Du eigentlich, wie gern ich Dich damals im Taxi geküßt hätte? Dafür kriegst Du jetzt ein paar Küsse von

Ellie

Vom Kummer übermannt wandte Morse sich ab, als Lewis wieder hereinkam, faltete das Blatt und legte es in seine Schreibtischschublade.

Einen Augenblick schwiegen sie sich an. Dann holte Morse den Brief wieder heraus und reichte ihn Lewis.

Nachdem der ihn gelesen hatte, blieb es noch eine ganze Weile still. Schließlich stand Morse auf. «Sollte ich sie irgendwann mal wiedersehen, Lewis, muß ich ihr sagen, daß es nicht *antelefoniert* heißt...»

«Ich glaube kaum, daß ihr das sehr wichtig wäre», gab Lewis leise zurück.

Morse schwieg.

«Darf ich mir das Geschenk mal ansehen, Sir?»

Morse reichte ihm die Taschenflasche.

«Das Wort aus dem Kreuzworträtsel damals, Lewis, das ich nicht rausgekriegt habe – wissen Sie noch? ‹Freund und Gefährte›, neun Buchstaben...»

Sein Sergeant lächelte schmerzlich und nickte.

Flachmann...

69

Bei den Stämmen Zentralaustraliens hat jeder Mensch neben seinem Alltagsnamen einen geheimen Namen, der ihm gleich nach der Geburt verliehen wird und nur den Eingeweihten bekannt ist.

(JAMES FRAZER, *The Golden Bough*)

«Sie müssen zugeben, daß ich ein leichtgläubiger Trottel war, Lewis. ‹Machen Sie's erst auf, wenn Sie zu Hause sind.› Und ich dachte...»

«*Numquam animus*, Sir, wie die Römer sagen. Das hab ich übrigens von Ihnen.»

«Na, dann los!»

«Sie glauben, Ellie Smith ist getürmt?»

«Allerdings.»

«Mit Davies?»

«Hat Davies einen roten BMW?»

«Da müßte er sich inzwischen was Neues angeschafft haben.»

«Vielleicht dieser geile Bock aus Reading... Wo haben wir die Karte?»

«Wenn wir die Kollegen von der Verkehrspolizei...»

«So lange kann ich nicht warten.»

Er fand die Karte, wählte die Nummer und sagte der Frau, die sich meldete, er rufe aus dem Präsidium an, es ginge um einen gestohlenen Wagen, einen roten BMW, er wolle nur nachfragen, ob...

Mr. Williamson sei nicht zu Hause, erfuhr Morse, er habe tatsächlich einen roten BMW, aber der sei nicht gestohlen. Sie habe ihn heute nachmittag noch gesehen, Mr. Williamson wollte mit dem Wagen nach Oxford.

Als sie eine halbe Stunde später in die Princess Street kamen, zeigte sich, daß Ellie Smith ihre Zelte recht überstürzt abgebrochen hatte. Die in einer Einzimmerwohnung ohnehin überschaubare Habe war weitgehend noch da: Kühlschrank, Fernseher, Plattenspieler, Mikrowelle, Kleidung und Schuhe – von bieder bis verrucht –, Dutzende von Bildern und Postern, unter anderem ein riesiges von Marilyn Monroe in Lebensgröße, ein gerahmter Druck von Paul Klee und ein ebenfalls gerahmtes Abschlußzeugnis der East Oxford Senior School vom Juli 1983, unterschrieben von C. P. Taylor (Schulleiter), aus dem hervorging, daß Kay Eleanor Brooks der Schulpreis für Kunst zuerkannt worden war.

«Die Schubladen sind unergiebig, Sir. Wenn Sie mal in den Terminkalender...»

«Danke, kein Bedarf.» Morse setzte sich aufs Bett.

«Nehmen Sie's mir nicht übel, Sir – aber es war schon ein bißchen hart, daß sie sich all die Jahre nicht um ihre Mutter gekümmert und sich erst wieder gemeldet hat, als...»

Er unterbrach sich. «Sir!»

Morse sah auf.

«Unter Dienstag, dem 6. September, steht eine Telefonnummer, dahinter ein GL und eine Zahl, scheint eine Eins zu sein...»

Morse stand auf und sah Lewis über die Schulter. «Könnte auch ein kleines ‹l› sein.»

«Soll ich es mal probieren?»

Morse zuckte die Schultern. «Von mir aus...»

Eine verbindliche walisische Männerstimme: «Gareth Llewellyn-Jones. Was kann ich für Sie tun?»

«Sergeant Lewis, Thames Valley Police. Wir ermitteln in einer Mordsache und glauben, daß Sie uns in ein, zwei Punkten weiterhelfen könnten.»

«Was Sie nicht sagen... Aber hoffentlich nicht gleich. Ich gebe gerade ein Tutorium.»

«Wann wären Sie frei, Sir?»

«Könnte wichtig sein», sagte Lewis und legte auf. «Wenn sie die ganze Nacht weg war...»

«Weg?» wiederholte Morse bitter. «Mit einem scharfen Gockel im Bett, meinen Sie wohl. Sie gehen mir auf den Geist mit Ihrer verdammten Scheinheiligkeit.»

Lewis zählte bis sieben. «Also jedenfalls kann sie dann bei der Sache mit Brooks nicht entscheidend mitgewirkt haben.»

«Hat sie auch nicht», blaffte Morse. «Sie will nur ihre Mutter schützen.»

«Ist es nicht meist umgekehrt?»

«Wie meinen Sie das?»

«Meist versucht doch die Mutter, ihre Kids zu schützen.»

«Kid» war für Morse ein Reizwort wie «Szenario» für Ellie Smith, er hatte schon den Mund aufgemacht, um dagegen zu protestieren, aber dann machte er ihn wieder zu und schlug sich mit der rechten Hand an die Stirn.

«Wann haben Edward und Brenda Brooks geheiratet?»

«Vor zwölf Jahren, glaube ich, aber das läßt sich nachprüfen.»

«Wann treffen Sie sich mit Armstrong-Jones?»

«Llewellyn-Jones, Sir. Um halb neun, da ist er mit dem gemeinsamen Abendessen im College fertig.»

«Wie nett, daß Sie bei unseren Ermittlungen Rücksicht auf seinen akademischen Tagesablauf nehmen.»

«So war es gar nicht...»

Morse deutete auf das Abschlußzeugnis. «Wenn Sie sagen, es sei ziemlich hart gewesen, daß Ellie Smith sich all die Jahre nicht um ihre Mutter gekümmert hat, haben Sie in gewisser Hinsicht recht. Aber sie ist gar nicht vor ihrer Mutter weggelaufen, Lewis, sondern vor ihrem leiblichen Vater.»

«Oder sie hat einfach ihren Namen geändert.»

«Quatsch.»

Im Telefonbuch fand sich nur ein C. P. Taylor, der in der Abingdon Road wohnte. Morse wählte die angegebene Nummer. Ja, er sei der frühere Schulleiter der East Oxford Senior School, bestätigte der Angerufene, und sei gern bereit, Chief Inspector Morse behilflich zu sein. Heute abend? Warum nicht?

Lewis setzte Morse («Nach Hause finde ich allein») vor einem eleganten Zweifamilienhaus in der Abingdon Road ab und fuhr zum Lonsdale College, wo er ohne viel Aufwand einen schönen Erfolg verbuchen konnte.

Llewellyn-Jones gab unumwunden zu, daß er mit der jungen Frau, die er nur als Kay kannte, ziemlich regelmäßig Geschlechtsverkehr gehabt hatte. Nie im College, meist in einem Hotel und zweimal – so auch am Dienstag, dem 6. September – in ihrer kleinen Wohnung. Er hatte den Abend mit ihr verbracht und wäre auch noch länger geblieben, doch dann war gegen halb zehn – vielleicht auch Viertel vor zehn – ein Anruf gekommen, der sie geradezu elektrisiert hatte. Sie müsse weg, er müsse weg, ein Notfall... Mehr hatte er nicht erfahren. Irgendwie hatte er den Eindruck gehabt, daß es eine Frau gewesen war, die angerufen hatte.

Lewis bedankte sich bei dem gepflegten, dunkelhaarigen kleinen Waliser. Man würde seine Informationen selbstverständlich vertraulich behandeln.

«Ich bin Junggeselle, Sergeant, und war sehr gern mit ihr zusammen. Ich hätte sogar... Aber sie gehört wohl zu den Frauen, die sich nicht richtig verlieben können. Bei mir hat's jedenfalls nicht geklappt...»

Mit einem melancholischen Lächeln verabschiedete er Lewis an der Pforte.

Auf der Heimfahrt überlegte der Sergeant, daß Morse mit dem, was er über Ellie Smiths Beteiligung an dem Mord gesagt hatte, offenbar recht behalten sollte.

Der Scotch, den sein Gastgeber ihm offerierte, war sehr willkommen. Zufrieden lehnte sich Morse zurück.

«Kay Brooks? Ja, an die kann ich mich sogar sehr gut erinnern», sagte der frühere Schulleiter, ein hagerer, leicht gebeugter Mann Anfang Siebzig.

Mit elf war sie an seine Schule gekommen, ein lebhaftes, ausgelassenes Kind mit langen dunklen Haaren und einem reizenden, kecken Lächeln. Überdurchschnittlich intelligent, besonders begabt im Zeichnen, Malen, Konstruieren. Aber irgendwann mußte es in ihrem Leben einen Knick gegeben haben. Als Teenager wurde sie sehr schwierig. Schwänzte die Schule. War mürrisch, unaufmerksam, faul. Probleme zu Hause vermutlich, aber Genaueres wußte niemand. Kays Mutter war ein paarmal bei ihm gewesen, aber...

«Genau deshalb bin ich hier, Sir», fiel Morse ihm ins Wort. «Es ist vielleicht nicht weiter wichtig, aber Sie meinen wohl ihre *Stief*mutter...»

«Bitte?» fragte Taylor, als ob er sich verhört hätte.

«Edward Brooks, dessen Leiche in der Isis gefunden wurde, könnte durchaus ihr leiblicher Vater und nicht ihr Stiefvater gewesen sein.»

«Quatsch!» (Das Wort fiel zum zweitenmal innerhalb einer halben Stunde.) «Ich kann mir schon denken, worauf Sie hinauswollen, Inspector, aber Sie irren sich. Kay hat, als ihre Mutter zum zweitenmal heiratete, den Namen ihres Stiefvaters angenommen.»

«Ist so was üblich?» fragte Morse erstaunt.

Taylor lächelte. «Kommt darauf an. Manche Leute würden viel dafür geben, einen anderen Namen annehmen zu können. Das weiß ich aus eigener Erfahrung. Meine Eltern waren liebe Menschen, aber leider ließen sie es sich nicht nehmen, mich auf den Namen Cecil Paul taufen zu lassen. Ich war kaum eingeschult, da nannten mich die anderen Kinder – Sie können's sich ja denken...»

Morse nickte verständnisvoll.

«Kay hat wegen ihres Nachnamens viel Hohn und Spott erdulden müssen. Und als sich dann die Gelegenheit ergab, ihn zu ändern, war es nur zu verständlich, daß...»

«Wie war denn ihr Nachname?» wollte Morse wissen.

Taylor sagte es ihm.

Arme Ellie...

Doch sehr bald war ihr der Name Brooks zutiefst verhaßt. Und als der Namensträger sie schließlich aus dem Haus trieb, wählte sie für ihr neues Leben den schlichten Allerweltsnamen Smith, bei dem keinerlei unliebsame Überraschungen zu erwarten waren. Auch Morse hatte wegen eines Namens – in seinem Falle des Vornamens

– Hohn und Spott erdulden müssen und fühlte sich ihr in diesem Moment sehr nah. Was hätte er jetzt nicht dafür gegeben, von ihr zu Hause erwartet zu werden...

Ellie Morse?

Eleanor Morse?

Schwer zu sagen.

Morse wäre das eine so recht gewesen wie das andere, als er langsam zum Cornmarket ging. Dort mußte er fünfundzwanzig Minuten auf den Bus warten, der ihn in seine Junggesellenwohnung in North Oxford zurückbrachte.

70

Dann Leiden für und für; denn für und für mag
nichts Geringeres es tun.
(J. G. F. Potter, *Anything to Declare?*)

Die junge Frau in Mike Williamsons Wagen, von der auf diesen Seiten hauptsächlich als Ellie Smith die Rede war, wischte sich kurz die Augen und schwieg beharrlich. Sie dachte in diesem Moment nicht so sehr an Morse, sondern an das, was sie ihm hätte erzählen können. Oder vielmehr an das, was er nie von ihr erfahren würde...

Sie dachte an den schrecklichen Dienstagabend, als ihre Mutter angerufen und flehentlich um Hilfe gebeten hatte. Sie hatte den sympathischen kleinen Waliser weggeschickt und war hingefahren. Ihre Mutter stand wie ein Zombie in der Diele und rieb sich mit der Linken die behandschuhte Rechte, als habe sie Schmerzen. In der Küche lag Ellies Stiefvater auf dem Linoleumboden. Genau zwischen seinen Schulterblättern steckte ein fremdartig aussehendes Messer mit Holzgriff. Merkwürdigerweise war kaum Blut zu sehen. Vielleicht hatte er nie viel Blut gehabt – jedenfalls kein warmes.

Fünf Minuten später war die Rothaarige gekommen und hatte erstaunlich kompetent, erstaunlich zielstrebig das Kommando übernommen. Man hatte fast den Eindruck, als liefe alles nach einem vorher festgelegten Plan ab. Die Requisiten lagen schon im Gartenschuppen bereit, nur das Timing stimmte nicht – als sei die Generalprobe unversehens zur Premiere geworden. Und das lag mit Sicherheit an ihrer Mutter, die am Start vorzeitig losgeprescht war und die Zügel selbst in die Hand (die rechte Hand) genommen hatte.

Dann hatte die Rothaarige kurz telefoniert, und nach zehn Minuten war ein junger Mann aufgekreuzt, mit dem sie leise in der Diele gesprochen hatte. Merkwürdige Zufälle gab es: Sie, Ellie, kannte den jungen Mann vom Sehen, sie waren zusammen in einem Kampfsportkurs gewesen, aber sie wechselten kein Wort miteinander. Er schien kaum zu merken, daß sie da war, während er die unhandliche Leiche in die Plastikhüllen bugsierte.

Sogar sein Name war ihr wieder eingefallen, der Vorname zumindest. Kevin...

Als der Wagen von der Park End Street nach rechts zum Bahnhof einbog, kehrten Ellies Gedanken notgedrungen wieder in die Gegenwart zurück. Sie merkte, daß Williamsons Linke sich an ihrem Schenkel bis zum rechten Strumpfrand hochgearbeitet hatte. Aber mit Typen wie Williamson würde sie immer fertig werden. Spielend. Während er das Gepäck aus dem Kofferraum wuchtete, sagte er:

«Und du rufst an, Süße, abgemacht?»

Ellie nickte. Sie nahm die Visitenkarte aus der Handtasche und las die Telefonnummer laut vor.

«Okay. Und paß auf – mit deiner Figur machen wir beide noch das große Geschäft.»

Es wäre eine nette Geste gewesen, wenn er ihr angeboten hätte, die Koffer die Treppe zum Bahnsteig hoch oder auch nur bis zum Fahrkartenschalter zu tragen, aber sie war ganz froh, daß er es nicht tat. Sonst hätte sie sich wohl oder übel, nachdem sie unbestimmt von «Freunden in London» gesprochen hatte, eine Fahrkarte nach Paddington kaufen müssen. Jetzt verlangte sie eine einfache Fahrt nach Liverpool und schleppte ihr Gepäck ohne Hilfe über die Fußgängerbrücke zum Bahnsteig zwei. Während der fünfundzwanzig Minuten, die sie dort auf ihren Zug warten mußte, vergaß sie eine Weile das, was ihrer Mutter nun bevorstand, und die kleine Rolle, die sie selbst beim Tod des verhaßten Stiefvaters gespielt hatte. Sie griff nach dem goldenen Anhänger und dachte an den Mann, der ihr dieses Geschenk gemacht hatte und dem sie alles gegeben hätte, was sie besaß. Wenn er sie nur hätte lieben können.

Epilog

Das Leben ist ein Fortschreiten von Wunsch zu Wunsch, nicht von Genuß zu Genuß.

(SAMUEL JOHNSON in BOSWELLS *Das Leben Samuel Johnsons*)

Wir schreiben Freitag, den 28. Oktober 1994, das Fest des hl. Simon und des hl. Judas, und es ist an der Zeit, diese Chronik abzuschließen. Es bleibt nur wenig Raum, um das eine oder andere über einige der handelnden Personen nachzutragen, die uns auf diesen Seiten begegnet sind.

Am Donnerstag, dem 20. Oktober, wurde Mrs. Brenda Brooks erneut festgenommen, des Mordes an ihrem Ehemann Edward Brooks angeklagt und ins Gefängnis von Holloway eingeliefert. Von dort durfte sie in Begleitung einer Vollzugsbeamtin an einer Trauerfeier im Krematorium von Oxford teilnehmen. In der kleinen Aussegnungskapelle hatten sich zahlreiche Lehrkräfte der Proctor Memorial School und einige Verwandte und Freunde versammelt; das Ehepaar aus Kalifornien allerdings hatte so kurzfristig nicht anreisen können.

Hinzu kamen zwei weitere Trauergäste – ein durch Narben im Gesicht entstellter Kevin Costyn und ein sehr blasser Inspector Morse. Beide beteten die (wie letzterer fand) banale Überarbeitung von Erzbischof Cranmers wunderschönem Text zum Gedenken an die Toten nicht mit.

Als letzter hatte sich ein offenbar gutsituierter Herr mittleren Alters in dunklem Anzug in die hinterste Reihe links vom Gang neben Morse gesetzt. Unbeachtet hatte er seine Blumengabe – einen Kranz weißer Lilien – zu den übrigen gelegt. Auf der Karte standen ohne Anrede, ohne Grußformel jene Worte, die Julia Stevens vor eineinhalb Jahren auf einer Geburtstagskarte gelesen hatte: «Vergiß nicht, daß wir auch gute Zeiten miteinander hatten.»

Das neue Heim des aristokratischen Katers St. Giles ist nicht mehr in Oxford, aber er ist mit der Gegend nicht unzufrieden. Besonders gefallen ihm die Felder hinter dem Kingfisher Way 22 in Bicester und das weiche, beigefarbene Ledersofa, auf dem er viele Stunden des Tages verschläft, bis seine attraktive junge Herrin von ihrer täglichen Arbeit bei der Oxford University Press zurückkommt.

Janis Lawrence ist wieder einmal arbeitslos – nur vorübergehend, wie sie hofft –, und ihr vertrautes «Hör endlich auf mit Steineschmeißen, Jason!» ist immer noch in der Cutteslowe-Siedlung zu hören.

Alles in allem ist Mrs. Lewis mit der Arbeit der Maler sehr zufrieden. Besonders freut sie sich über das Geschenk ihres Mannes, ein fünfteiliges Messer-Set für die Küche, schöne solide Messer mit schwarzem Griff, von denen eins (Nummer vier) eine an der Basis ungewöhnlich breite Klinge hat, die sich nach oben zu einer bedrohlich wirkenden Spitze verjüngt.

Die ehemalige Wohnung von Dr. Felix McClure (deren Wohnzimmer einen nagelneuen Teppichboden bekommen hat) ist jetzt seit zwei Wochen auf dem Markt, aber bisher hat Mrs. (Miss?) Laura Wynne-Wilson auf ihrem Beobachtungsposten hinter den gefällig gerafften Tüllgardinen noch keinen einzigen potentiellen Käufer gesichtet. Und die für ihre zuverlässigen Maßangaben bekannte Maklerfirma Adkinson fürchtet sehr, daß der brutale Mord in Nummer 6 die Käufer zumindest vorläufig abgeschreckt hat, was durchaus verständlich wäre.

Und was macht Morse?

Das Treffen mit Strange, bei dem sie mit vereinten Kräften die komplizierten Formulare angehen wollten, hat noch nicht stattgefunden, und Morse hat es auch nicht eilig, einen Termin festzulegen, denn er hat sich wegen seiner Pensionierung noch nicht entschieden und ist, was die nächsten Monate betrifft, ohnehin merkwürdig unentschlossen.

Natürlich wußte er von vornherein, daß es hoffnungslos war, Ellie Smith anzurufen, und versuchte es deshalb in der ersten Woche nur dreimal und in der zweiten Woche zweimal. Schließlich ist Hoffnung eine der höchsten christlichen Tugenden, wie Morse sich ins Gedächtnis rief, aus der Zeit, als er noch glauben konnte.

Die dritte Woche schien schon wieder mehr oder weniger normal zu verlaufen. Abends um halb zehn konnte man ihn in der Banbury Road den einen oder anderen Pub ansteuern sehen. Er hat sich fest vorgenommen, ab 1. November seinen Alkoholkonsum drastisch einzuschränken und an diesem Tag auch das Rauchen ganz aufzugeben.

Um den Fall – besser gesagt, die beiden Fälle – restlos abzuwickeln, bleibt noch einiges zu tun. Als seine wichtigste Aufgabe betrachtet es Morse, Ellie Smith ausfindig zu machen, denn das ist seine Pflicht (als Polizeibeamter) und sein Lebensziel (als Mann).

Martha Grimes

Die Amerikanerin **Martha Grimes** gilt zu Recht als die legitime Thronerbin Agatha Christies. Mit ihrem Superintendent Jury von Scotland Yard belebte sie eine fast ausgestorbene Gattung neu: die typisch britische «Mystery Novel», das brillante Rätselspiel um die Frage «Wer war's?».
Martha Grimes lebt, wenn sie nicht gerade in England unterwegs ist, in Maryland/USA.

Inspektor Jury küßt die Muse
Roman
(rororo 12176 und in der Reihe Großdruck 33129)

Inspektor Jury schläft außer Haus *Roman*
(rororo 15947 und in der Reihe Großdruck 33146)

Inspektor Jury spielt Domino
Roman
(rororo 15948)

Inspektor Jury sucht den Kennington-Smaragd *Roman*
(rororo 12161)

Was am See geschah *Roman*
(rororo 13735)

Inspektor Jury bricht das Eis
Roman
(rororo 12257 und in der Reihe Großdruck 33152)

Inspektor Jury spielt Katz und Maus *Roman*
(rororo 13650 und in der Reihe Großdruck 33135)

Inspektor Jury geht übers Moor
Roman
(rororo 13478)

3233/10

rororo Unterhaltung

Inspektor Jury lichtet den Nebel
Roman
(rororo 13580)

Inspektor Jury steht im Regen
Roman
(rororo 22160)

Inspektor Jury gerät unter Verdacht *Roman*
(rororo 13900)

Mit Schirm und blinkender Pistole *Roman*
(rororo 13206)

«Es ist das reinste Vergnügen, diese Kriminalgeschichten vom klassischen Anfang bis zu ihrem ebenso klassischen Ende zu lesen.».
The New Yorker

Weitere Informationen in der **Rowohlt Revue**, kostenlos in Ihrer Buchhandlung oder im **Internet: www.rororo.de**